Rendez-vous à Venise

Elizabeth Adler

Rendez-vous à Venise

Traduit de l'anglais par Agnès Jaubert

ÉDITIONS FRANCE LOISIRS

Titre original : *MEET ME IN VENICE*
publié par St. Martin's Press, New York

Édition du Club France Loisirs,
avec l'autorisation des Éditions Belfond

Éditions France Loisirs
123, boulevard de Grenelle, Paris
www.franceloisirs.com

À ma mère et mon père,
qui auraient tant aimé lire cette histoire

Prologue

Quand, à la gare de Shanghai, Ana Yuan, une jeune femme insignifiante en robe bleue et en sandales, monta dans le train pour gagner Suzhou, sur les bords du lac Taihu, l'idée qu'elle pouvait courir un danger ne l'effleura même pas.

Quatre-vingt-dix minutes plus tard, après avoir traversé un sublime paysage de collines et de rizières, elle arriva à destination. D'innombrables canaux enjambés par de gracieux ponts sillonnaient la ville séculaire. Les rues ombragées étaient bordées de pavillons vieux de plusieurs siècles et de jardins célèbres qui avaient connu quatre dynasties. Il était aisé de comprendre pourquoi Marco Polo avait surnommé cette cité la « Venise de l'Orient ».

À sa grande consternation, Ana s'aperçut qu'il pleuvait. Si, connaissant les caprices du temps, elle avait pensé à prendre un parapluie, elle regretta d'avoir opté pour une tenue estivale, et sauta dans un taxi.

Après avoir payé le chauffeur, elle descendit de voiture, ouvrit son parapluie et s'engagea dans la rue pavée qui longeait le canal. Il était tard ; le quartier était désert. La pluie tombait de plus en plus dru, et les nuages avaient plongé l'allée déjà assombrie par la voûte épaisse des feuilles dans une pénombre d'un gris charbonneux. Soudain saisie par un puissant sentiment de solitude, Ana regarda autour d'elle avec appréhension : il n'y avait pas âme qui vive.

Elle se hâtait pour aller à son rendez-vous, ses sandales claquant bruyamment sur les pavés glissants. Frissonnant dans l'humidité, la tête cachée sous son parapluie, elle ne remarqua pas l'homme qui, dissimulé par les arbres, l'observait.

Elle s'arrêta un instant à l'ombre du pont dont l'arche évoquait Venise et, esquissant un sourire, elle observa les lieux. Elle n'entendit pas qu'on s'approchait d'elle à pas feutrés. Son crâne heurta les pavés et elle perdit connaissance. On la traîna sur la berge, puis on la poussa dans l'eau. Il y eut un plouf, et le bruit étouffé de pas pressés qui rebroussaient chemin en courant. La pluie violente effacerait du sol toute trace de sang : une aubaine pour l'assassin, qui venait de commettre le crime parfait.

Le lendemain matin, on retrouva le cadavre d'Ana, dans sa robe d'été bleue à l'endroit où le courant l'avait déposé : dans les roseaux, en aval. Le décès de la jeune femme fut classé comme un accident : une chute sur les pavés glissants. La tête avait dû cogner par terre et le corps basculer dans le canal.

Anna fut enterrée en grande pompe dans la riche concession familiale des Yuan à Shanghai. Le cœur brisé, son jeune et beau mari américain, Bennett Yuan, manifesta un grand chagrin, tandis que, malgré sa peine, la famille chinoise de la jeune femme se murait pour sa part dans un silence plein de dignité.

« C'est tragique, déclarèrent ses proches. Une jeune femme si charmante, un couple si heureux, pour qui la vie était pleine de promesses. Mais que diable allait-elle faire à Suzhou ? »

PREMIÈRE PARTIE

Precious

1

Shanghai

Six mois plus tard

Lily Song prenait son petit déjeuner à la Happybird Tea House, un salon de thé dont la façade ouvrait sur une rue perpendiculaire à Renmin Road. L'endroit devait son nom aux oiseaux que les clients apportaient dans leurs petites cages de bambou, et qui chantaient leurs trilles du matin. Tous les jours à huit heures précises, Lily prenait le même petit déjeuner : un *dim sum* de crevettes accompagné de légumes, un thé vert additionné de grains de semoule que la chaleur du breuvage faisait gonfler comme des boulets miniatures et qui avaient un goût d'excrément d'oiseau. Le fait qu'elle soit la seule femme des lieux ne la dérangeait pas le moins du monde ; malgré son physique séduisant, les clients étaient bien trop absorbés par leurs journaux et leurs nouilles pour la remarquer.

Lily Song était petite et mince. Ses cheveux lustrés, d'un noir de jais, descendaient jusqu'aux épaules, et ses yeux étaient si sombres qu'ils en étaient presque noirs. Elle avait hérité sa peau claire d'une mère européenne et son nez délicat, un peu aplati, d'un père chinois. Suivant les jours, elle optait pour des vêtements occidentaux de style classique qu'elle achetait dans les meilleures boutiques de Nanjing Road, ou encore pour la traditionnelle robe de brocart, ou *qipao*, aux tons de pierres précieuses, confectionnée suivant ses instructions par un expert qui possédait une échoppe sur Bubbling Well Road. Lily n'était pas vraiment belle, mais ses tenues tant occidentales qu'orientales faisaient d'elle une femme attirante affichant sa réussite.

Ce matin-là, elle portait un étroit pantalon noir et un haut en lin également noir. Ses cheveux étaient tirés en arrière et de grosses lunettes de soleil cachaient ses yeux. Elle serait passée inaperçue dans la foule de Shanghai. Elle leva les yeux : un homme entrait, un attaché-case à la main. Il s'arrêta et regarda autour de lui. Il s'agissait d'un étranger, plus âgé qu'elle, élégant dans son costume d'homme d'affaires beige. Lily lui fit un signe de la main.

Il s'approcha et prit place sur la chaise située en face d'elle. Il la salua de façon bourrue et posa sa serviette sur la table. Un serveur se précipita vers eux, et Lily commanda du thé vert pour son invité. Puis elle lui demanda s'il souhaitait manger quelque chose, mais il déclina l'offre avec un air dégoûté. Il était suisse, c'était un conservateur, et il n'aimait pas la nourriture chinoise. Du reste, lui n'aurait pas choisi ce salon de thé pour un tel rendez-vous, mais c'était Lily qui décidait.

— Mon client est intéressé par tout ce que vous pourrez lui montrer, déclara-t-il sans préambule.

À condition, bien sûr, que vous puissiez authentifier chaque pièce.

Ce n'était pas la première fois qu'il opérait une transaction avec Lily. L'identité de son client était celée sous la chape de l'anonymat le plus strict, ce qui lui convenait très bien et lui évitait d'avoir à traiter en direct avec les riches collectionneurs d'art, à la personnalité complexe et convaincus de leur supériorité. Elle travaillait dans les antiquités, les antiquités volées plus exactement, depuis l'âge de seize ans, et elle maîtrisait son sujet.

— J'ai quelques pièces qui pourraient intéresser votre client, annonça-t-elle à voix basse, attentive à ce que ses paroles ne soient pas entendues par des oreilles indiscrètes. Je pense réceptionner un paquet d'antiquités très bientôt. Des cloisonnés, des porcelaines Kangxi de la famille verte, des statues...

— Quand les aurez-vous ? demanda-t-il en la scrutant afin de jauger son honnêteté.

Ne laissant rien paraître de la contrariété que suscita cette déplaisante méfiance, elle se contenta de lui sourire.

— D'ici quelques semaines. En attendant, j'ai quelque chose de très particulier : c'est la pièce la plus importante de ma carrière.

Elle prit une photo dans son sac et la lui tendit. Après l'avoir étudiée avec attention, l'homme déclara d'un ton catégorique :

— Les bijoux n'intéressent pas mon client.

— Je pense qu'il changera d'avis quand il connaîtra l'origine de celui-ci.

Elle avala une nouvelle gorgée de thé vert, le regard rivé à celui de l'homme qui lui faisait face.

— Votre client aura sans aucun doute entendu parler de Cixi, l'impératrice douairière de Chine ?

Elle épela le nom et lui apprit qu'il se prononçait « Chi Chi » afin qu'il puisse prendre des notes correctes.

— Cixi a d'abord été concubine, puis elle a fini par régner sur la Chine. On la considérait comme plus puissante encore que sa contemporaine la reine Victoria. L'impératrice vivait dans l'immense splendeur de la Cité interdite et, en prévision de sa mort, s'était fait construire une tombe magnifique, un fastueux complexe de temples, de portiques, de pavillons incrustés d'or et de pierres fines.

» Elle a été enterrée coiffée de sa couronne richement décorée, habillée d'une robe splendide et parée de bijoux et d'ornements précieux. Suivant les coutumes impériales, une énorme perle de la taille d'un œuf de pigeon a été placée dans sa bouche juste avant de sceller le cercueil. Cette perle était censée préserver le corps royal de la décomposition.

Lily interrompit son histoire et regarda son interlocuteur. Il fixait la photo qu'elle lui avait donnée. Tout dans son attitude laissait deviner qu'il était intéressé, même s'il prétendait le contraire. Tout cela parce qu'il y a beaucoup d'argent en jeu, songea-t-elle avec cynisme. Mais n'est-ce pas toujours le cas ?

— Vingt ans plus tard, reprit-elle, les troupes révolutionnaires ont dynamité l'entrée de la chambre funéraire de Cixi. Les soldats ont pillé les trésors des temples et ouvert le cercueil de l'impératrice. Ils l'ont dépouilllée de sa robe impériale, se sont emparés de sa couronne et ont jeté son corps nu dans la boue.

18

Lily fit une nouvelle pause. L'homme la regardait d'un air étonné, attendant la suite.

— À ce qu'on dit, le corps était intact, continua-t-elle d'une voix douce. Les pillards ont alors dérobé la perle si rare qui reposait dans la bouche de la défunte. D'une taille exceptionnelle, elle luisait comme un rayon de lune, aussi glaciale que la mort même.

L'homme baissa les yeux sur la photo. Voyant qu'elle avait réussi à éveiller son intérêt, Lily esquissa un sourire de satisfaction.

— Oui, poursuivit-elle d'une voix douce, c'est elle. On parle aussi de l'existence d'une seconde perle, qui, elle, venait de la couronne de l'impératrice. Elle serait arrivée entre les mains du Président Tchang Kaï-chek et aurait fini sur l'un des escarpins de soirée de sa femme, la célèbre Soong Mai-ling. Le reste des bijoux s'est volatilisé, ou s'est retrouvé dans des collections secrètes.

Lily s'interrompit de nouveau, pour faire languir son client.

— Jusqu'à ce que, soudain, il y a soixante ans environ, apparaisse un collier incrusté d'émeraudes, de rubis, de diamants et de jade censé provenir du tombeau de Cixi. Au centre de ce collier, il y avait la fameuse perle…

Elle entendit l'homme pousser un profond soupir et elle sourit.

— Et vous allez m'annoncer que vous possédez ce collier et cette perle, n'est-ce pas ? demanda-t-il.

Elle baissa les yeux, l'air énigmatique, avant de répondre :

— Disons juste que je sais comment me les procurer.

L'existence d'un tel collier devait demeurer secrète ; si les autorités la découvraient, Lily serait en danger. L'homme le savait, elle en était sûre.

— Et le prix ?

— Comme d'habitude, il est négociable. Bien entendu, ce ne sera pas donné. Et, naturellement, le lourd passé de cette pièce unique mérite une prime. Beaucoup d'hommes aimeraient posséder la perle provenant de la bouche de l'impératrice morte, car cette femme, en son temps, fut une concubine célèbre. À mon avis, ce détail est de poids et peut contribuer à la jouissance d'une telle possession.

Avec un nouveau sourire, elle prit son sac et se leva.

— Je suis sûre que nous parviendrons à faire affaire, déclara-t-elle en tendant la main à l'homme.

Sur ces mots, elle sortit du salon de thé accompagnée par le joyeux gazouillis des oiseaux.

2

Paris

À dix mille kilomètres de là, la cousine de Lily, Precious Rafferty, Preshy pour ses proches, buvait un double crème et grignotait une tartine grillée dans un café bondé de la rive gauche, rue de Buci. Il était dix heures du matin, c'était un samedi pluvieux, et les passants, abrités sous leurs parapluies, se bousculaient devant les étalages de fruits, légumes, herbes aromatiques et fromages odorants du marché en pleine effervescence.

La foule commençait à se clairsemer ; la pluie n'était pas bonne pour les affaires. Heureusement, la clientèle des Antiquités Rafferty, la boutique de Precious, n'était pas celle du marché.

La jeune femme finit son café et adressa un petit salut au serveur. Il la connaissait bien : elle habitait le quartier et prenait son petit déjeuner ici depuis des années. Après s'être frayé un chemin entre les tables bondées, elle s'arrêta sous l'auvent et enveloppa ses cheveux dans son foulard bleu afin de les protéger de la pluie. Un jeune couple assis à une table de la terrasse retint son attention. Main dans la main, l'homme et la femme se regardaient amoureusement. Sans doute des touristes en voyage de noces. Comme ils ont l'air heureux ! se dit Precious avec une pointe de mélancolie.

Comment pouvait-on atteindre pareille félicité ? D'où provenait-elle ? Était-ce un élément invisible qui flottait dans l'air, qui s'immisçait en vous à votre insu, faisant de vous un être amoureux nageant dans le bonheur ? Alors vous n'étiez plus seul ; vous étiez un couple. Elle ignorait tout de cet état. Elle savait juste qu'elle ne l'avait jamais éprouvé.

Elle fit halte à la pâtisserie et acheta un mille-feuille aux framboises qui lui permettrait de tenir jusqu'à l'heure du déjeuner. Puis elle se hâta sous la pluie, prit la rue Jacob, où elle habitait, et gagna son magasin d'antiquités.

Preshy gérait l'affaire depuis la mort de son grand-père, Arthur Hennessy, quinze ans auparavant. Elle s'arrêta devant la boutique comme l'aurait fait une cliente. Aujourd'hui encore elle ressentait la même émotion devant les majuscules anglaises dorées qui s'étalaient sur la vitrine : Antiquités Rafferty. Elle s'arrêta devant sa boutique, comme l'aurait fait une cliente. Au fil des années, les murs, baignés par la lumière tamisée d'appliques d'albâtre en forme de coquillage, étaient passés du rouge à un pâle fuchsia patiné.

La pièce étroite regorgeait d'antiquités éclairées par des plafonniers : une ravissante tête de garçonnet en marbre aux cheveux bouclés de l'enfance, une coupe étrusque – sans doute une copie –, et un marbre

22

grandeur nature d'Aphrodite émergeant des eaux, sa main délicate tendue.

À côté du magasin, une massive porte cochère en bois ouvrait sur l'une de ces délicieuses cours parisiennes dérobées. Au centre se dressait un vieux paulownia qui, au printemps, croulait sous une profusion de fleurs. Les pavés gris se couvraient alors d'une pluie de pétales blancs.

Le grand-père de Preshy, qui était venu faire la guerre en France dans l'armée américaine, était tombé amoureux de Paris. Il avait déniché un appartement dans cette cour, l'avait acheté pour une bouchée de pain et avait ouvert le commerce d'antiquités. Il s'était spécialisé dans la vente d'objets en provenance d'Italie et des Balkans, pièces qu'il était facile de se procurer après la guerre.

Preshy avait passé son enfance en Californie. Mais, alors qu'elle avait six ans, l'avion qui conduisait ses parents à une conférence d'écrivains avait été pris dans une tempête de neige, et ils avaient péri. La grand-mère de Preshy, une aristocrate autrichienne, était morte aussi, mais Arthur Hennessy avait délégué à une tante autrichienne, Grizelda, le soin de lui ramener sa petite-fille à Paris. Tante Grizelda, épouse du comte von Hoffenberg, était une femme du monde très élégante, excentrique et séduisante. N'ayant pas d'enfant, elle n'avait aucune idée des règles d'éducation. C'était pourtant elle qui avait élevé Preshy.

L'arrivée de la fillette n'avait rien changé au style de vie de la comtesse. Elle s'était contentée d'engager une gouvernante française et avait traîné Preshy par monts et par vaux – du château de Hoffenberg, près de Salzbourg, à sa suite du Carlyle, à New York, en passant

23

par celle du Ritz, à Paris. Preshy était ainsi devenue la coqueluche des portiers, des gouvernantes et des serveurs, tandis que les maîtres d'hôtel et les directeurs étaient aux petits soins pour elle.

Preshy vouait le même amour inconditionnel à sa tante et à son grand-père. Celui-ci avait fini par s'intéresser à elle lorsqu'elle avait été en âge de partir à l'université, à Boston. Elle venait alors le voir régulièrement à Paris, où il lui avait appris le métier d'antiquaire.

Persuadé qu'elle réussirait, il lui avait légué la boutique et l'appartement au-dessus. Mais, quelques jours après la mort du vieil homme, Preshy avait découvert que la boutique était au bord de la faillite. En vieillissant, Arthur Hennessy s'était désintéressé de son commerce et son héritière s'était retrouvée avec un maigre stock et encore moins de fonds. Petit à petit, grâce à son travail acharné, elle avait remis l'entreprise à flot. Mais elle était encore loin de la fortune. Même si ses bénéfices étaient réinvestis en totalité dans l'achat de nouvelles pièces, elle s'octroyait un petit salaire et abordait le futur avec optimisme.

Le temps avait passé et, à aujourd'hui trente-huit ans, elle déplorait de n'avoir jamais vécu de vraie histoire d'amour. Bien sûr, il y avait eu quelques romances, et même deux ou trois hommes intéressants, romantiques, mais cela n'avait jamais duré.

« Tu es trop difficile », se plaignait tante Grizelda chaque fois qu'un nouveau prétendant mordait la poussière.

Preshy se contentait de sourire. Pourtant, au fond d'elle-même, elle se demandait si elle rencontrerait un jour un homme qu'elle aimerait vraiment, qui la ferait rire, lui ferait perdre la tête. Elle ne s'illusionnait pas ; c'était très peu probable.

Preshy jouissait d'un physique parfait : grande, élancée, séduisante, une cascade de cheveux blond vénitien qui frisaient atrocement sous la pluie ondulait sur les épaules ; de jolies pommettes saillantes héritées de sa mère, et la grande bouche des Hennessy. Au grand dam de la très élégante Grizelda, sa garde-robe ne la préoccupait guère, mais elle savait s'habiller lorsqu'elle y était obligée – même si elle se rabattait souvent sur l'éternel classique de la petite robe noire. Sinon, au quotidien, c'était jean et T-shirt.

Cultivée et curieuse, elle voyait les derniers films, assistait à des vernissages, à des concerts, et allait au théâtre avec ses amis. Elle appréciait la bonne cuisine, le bon vin. En fait, elle aimait la vie, mais ne pouvait s'empêcher de songer avec une certaine mélancolie qu'elle l'aimerait encore plus si elle trouvait l'âme sœur.

Rue Jacob, elle entra dans la cour de l'hôtel particulier du XVIᵉ siècle et gagna l'appartement à l'étage. C'était un refuge douillet en hiver, et, l'été, lorsque ses hautes fenêtres étaient ouvertes sur la brise, un havre de fraîcheur qui résonnait du pépiement des oiseaux nichés dans le paulownia.

Au moment où elle entrait, le téléphone sonna. Elle se précipita et décrocha avec un « Allô ? » essoufflé.

— Salut, chérie, c'est moi.

Le fort accent bostonien de Daria, l'une de ses deux meilleures amies, retentit dans son oreille et elle éloigna le combiné avec un froncement de sourcils

25

exaspéré. Elles s'étaient connues à Boston, pendant leurs études.

— Il n'est pas un peu tôt pour me téléphoner ? demanda-t-elle, essayant de calculer le décalage horaire.

— Si, mais Lauren a fait la java toute la nuit. Qu'est-ce qu'on est censé faire quand son enfant de trois ans fait des cauchemars ? L'emmener chez un psy ?

Preshy se mit à rire. Lauren était sa filleule.

— Dans un premier temps, il faut arrêter de le bourrer de boissons sucrées et de bonbons. C'est toujours moins cher que le psy... Et puis je serais étonnée que Lauren ait assez de vocabulaire pour ce genre de séance !

Elle adorait blaguer avec son amie.

— Bon, lança Daria. Nous sommes samedi. Tu fais quoi ce soir ?

Daria avait épousé Tom, un professeur de physique. Elle ne perdait jamais une occasion de pousser Preshy à trouver « chaussure à son pied ».

— Je suis fatiguée, Daria. La semaine a été longue. Je suis allée à Bruxelles en voiture pour un salon d'antiquités et, quand je suis rentrée, mon assistante avait la grippe. Quoique je la soupçonne d'avoir trouvé ce prétexte pour pouvoir s'envoyer en l'air avec son amant.

— Dommage que ce ne soit pas toi qui aies attrapé une petite grippe de ce genre, la taquina son amie. Ça ne t'aurait pas fait de mal. Comment une fille aussi belle que toi peut-elle rester seule chez elle un samedi soir à Paris ?

26

— Parce que je le veux. Je suis invitée à un vernissage juste au bout de la rue, mais je n'ai aucune envie de boire du vin blanc ni de bavarder avec l'artiste. De plus, je n'aime pas son travail. Et je suis trop fatiguée pour me faire une toile.

— Il faut que tu commences à vivre, la réprimanda son amie. Rappelle-toi, on n'a qu'une vie ! Et si tu venais à Boston ? Je te présenterais un gentil professeur. Tu ferais une femme d'universitaire idéale.

— Moi ? Tu parles ! Et il vivrait à Boston et moi à Paris ? Ça ferait un super-mariage !

— Alors demande à Sylvie de te faire rencontrer quelqu'un.

Sylvie, son autre meilleure amie, était française. Elle l'avait rencontrée dans l'une des écoles qu'elle avait fréquentées à l'époque où tante Grizelda vivait à Paris. Persuadée que Sylvie et Daria s'entendraient bien, elle les avait présentées lorsqu'elles étaient étudiantes. Depuis, les trois jeunes femmes étaient les meilleures amies du monde. Elles savaient tout les unes des autres et Preshy les aimait comme ses sœurs.

Chef cuisinier professionnel, Sylvie avait, deux ans auparavant, ouvert son propre restaurant, Chez Verlaine, qui était tout de suite devenu très populaire. Son travail était si prenant qu'elle non plus n'avait pas de temps à consacrer à sa vie privée.

— Sylvie ne connaît que des cuisiniers. Avec leurs horaires, ce ne sont pas vraiment les prétendants idéaux ! rétorqua Preshy. De toute façon, je suis peut-être très heureuse ainsi. Je ne veux rien changer. Je n'ai pas le temps pour ça. J'ai ma vie, je sors quand je veux.

— Avec qui ? répliqua Daria sans lui laisser l'ombre d'une échappatoire.

Pour toute réponse, Preshy se mit à rire.

— Je suis sérieuse, chérie, insista Daria avec un soupir exaspéré. Contente-toi de confier le magasin à ta nymphomane d'assistante pendant une semaine et viens. Je te promets que tu vas t'amuser.

Preshy répondit qu'elle allait y réfléchir et elles continuèrent à bavarder un peu. Une fois qu'elle eut raccroché, Preshy se dirigea vers l'étagère sur laquelle trônait une photo des trois amies à dix-huit ans, dans un cadre d'argent.

Au centre, fermement plantés sur ses longues jambes, Daria et ses longs cheveux blonds flottant dans la brise marine, ses yeux bleus et sereins, souriants, comme toujours : la parfaite BCBG, en short et polo.

Sylvie était à gauche, avec son carré brun et brillant, ses yeux noirs au regard grave et ses rondeurs. Cet été-là, elle travaillait dans un restaurant local et goûtait chaque plat afin de s'assurer de leur qualité.

Preshy, sur la droite, un peu maigre, le visage fendu d'un large sourire, les yeux bleu-vert pétillant d'humour, les cheveux blond vénitien bouclés par l'air humide de la mer, dépassait ses amies de plusieurs centimètres. Si elles n'étaient pas de grandes beautés, toutes trois étaient jeunes et fraîches, séduisantes, pleines de vie.

Lorsqu'elles étaient plus jeunes, elles avaient passé ensemble des semaines d'été à Cape Cod, dans le cottage délabré au toit de bardeaux de la famille de Daria, se couvrant de lotion solaire, paressant pendant des heures au soleil comme des couleuvres, bien déterminées à bronzer. Elles faisaient de longues promenades sur la plage, flirtaient avec les étudiants qu'elles rencontraient en chemin, les retrouvaient au crépuscule pour grignoter des encas et boire des bières sur la jetée en bois fragile qui s'écaillait. Puis la lune montait et elles allaient danser et tourbillonner, heureuses d'être en compagnie de ces garçons pleins de la vigueur de leur jeunesse. En short et débardeur, exhibant leur bronzage, elles se sentaient terriblement séduisantes.

Submergée par une soudaine nostalgie pour leur insouciance, leur fraîcheur, pour cette époque où elles avaient le monde à leur porte et la vie devant elles, Preshy se demanda si elle n'avait pas fait les mauvais choix. Mais ces années étaient loin. Aujourd'hui, tout ce qu'elle pouvait espérer, c'était le succès professionnel. Un mariage et des enfants n'étaient assurément pas son destin.

Se rabrouant pour son sentimentalisme idiot, elle reposa la photo sur l'étagère, à côté de celle du mariage de ses grands-parents. La mariée portait un collier d'émeraudes et de diamants, avec au centre une perle de la taille d'un œuf de pigeon. Un étrange bijou pour une aussi jeune femme dans un costume traditionnel autrichien. Preshy ne l'avait jamais vu en vrai. Le collier n'avait pas été retrouvé dans les biens de son grand-père et il semblait avoir purement et simplement disparu.

Elle regarda alors la photo de ses parents, regrettant encore une fois que leurs visages se soient effacés de sa mémoire. Mais elle se souvenait avec tendresse de moments passés avec eux, tout particulièrement d'un voyage à Venise. Si tous s'accordaient à dire qu'elle était trop jeune pour pouvoir se rappeler ces précieux instants, elle les gardait enfouis au plus profond de son cœur.

Et puis, bien sûr, elle contempla les photos de tante Grizelda. L'une la représentait sirotant un gin-fizz avec le prince Rainier sur une terrasse de la Côte d'Azur. Sur une autre, elle acceptait la coupe des gagnants sur un champ de courses quelconque, à côté du roi d'Espagne ; sur une autre encore, elle apparaissait dans un nuage de tulle rouge vermillon à la table de célébrités internationales au gala de la Croix-Rouge, à Monte-Carlo, ses longs cheveux encore plus rouges que sa robe, et son sourire radieux rehaussé d'un rouge à lèvres vif. Avec elle, bien sûr, son amie de toujours, la blonde et élancée Mimi Moskowitz, ex-danseuse aux Folies Bergère et veuve d'un riche banquier appartenant à une famille en vue.

Grizelda adorait le sud de la France, son climat chaud, sa mode, ses fêtes, le gin-fizz et sa société si amusante. Il en allait de même pour la petite Preshy. Tout le monde la dorlotait tout en la traitant en grande personne. Mais elle n'avait pas droit au gin-fizz.

Les deux veuves partageaient aujourd'hui un fastueux appartement à Monte-Carlo et voyageaient ensemble, rendant visite aux amis qui leur restaient. Toutes deux sans enfant, elles considéraient Preshy comme leur fille et, bien sûr, au fil des années, elles s'étaient appliquées à la choyer.

« Mais soyons réalistes, ma chérie, avait fini par dire Grizelda, découragée. Elle est impossible à gâter ! Elle se fiche des bijoux, des vêtements. Elle n'aime que ses

30

antiquités si ennuyeuses ! Aucun homme n'a même jamais vraiment compté pour elle. »

Ma tante chérie avait sans doute raison, pensa Preshy avec un petit sourire.

Mettant un terme à ses réflexions, elle décida de sortir. Daria n'avait pas tort, après tout. Ce soir, elle mettrait sa petite robe noire, des escarpins, le délicat collier de diamants que tante Grizelda lui avait offert pour ses seize ans et qui ne ressemblait en rien à l'étonnant collier de sa grand-mère, et le solitaire canari reçu pour ses vingt et un ans.

« Puisque aucun homme ne t'a encore offert de diamant, autant que ce soit moi qui le fasse », avait dit sa tante en lui faisant ce splendide cadeau. Or, pour la comtesse von Hoffenberg, ce qui comptait avant tout, c'était la taille. Par conséquent, la pierre était énorme. Preshy se sentait toujours très élégante quand elle portait ce bijou. Et Daria estimait qu'il lui donnait un air de fille riche et une touche de classe en plus.

Preshy poussa un profond soupir. Elle irait faire un tour à ce vernissage avant d'aller dîner Chez Verlaine avec Sylvie, à la fin de son service : un samedi soir à Paris, en somme.

3

Shanghai

Lily vivait dans la partie historique de Shanghai, connue sous le nom de concession française, dans une vieille maison de style colonial qui, grâce à ses efforts, avait survécu au boum immobilier de ces dernières années.

À la fin du XIXᵉ siècle et au début du XXᵉ, le quartier était celui des diplomates, des hommes d'affaires, des entrepreneurs, et des mondains qui aimaient faire la fête. Mais, après la révolution, il avait traversé des temps difficiles. Aujourd'hui, vieilles échoppes, restaurants, bars branchés et boutiques chics se côtoyaient sur les allées et les larges avenues arborées du quartier, qui renaissait de ses cendres.

La maison de Lily était nichée dans une allée étroite, ou *longtang*, entre une boîte de nuit et un *noodle shop*. Sise dans une cour privée, cette maison était un véritable joyau du passé, avec son toit de tuiles rouges, ses hautes persiennes peintes en vert et sa spacieuse véranda.

Propriété de la famille Song depuis des générations, elle était le rare bien que le père de Lily n'avait pas perdu au jeu. Pour la jeune femme, cet unique ancrage dans leur vie familiale chaotique était la seule chose qu'on ne pourrait jamais lui prendre. Son père s'était ruiné au baccarat et au *pai gow*, à Monaco et dans les autres capitales mondiales du jeu, laissant sa femme se démener pour nourrir sa famille. Mais Lily ne ressemblait pas à son père. Très jeune, elle avait décidé de réussir, coûte que coûte.

La mère de Lily était la fille aînée d'Arthur Hennessy et de sa femme autrichienne. Faisant fi du veto de ses parents, elle s'était enfuie à Shanghai avec le play-boy et joueur Henry Song et avait coupé les ponts avec eux. Pendant qu'Henry jouait au casino, son épouse vendait des répliques d'antiquités bon marché – un petit commerce qui permettait à la famille de survivre tant bien que mal. À la mort de son père, Lily, alors âgée de seize ans, avait quitté l'école et repris l'affaire. Quand, cinq ans plus tard, sa mère était morte à son tour, la jeune fille s'était retrouvée seule au monde, ne pouvant plus compter que sur elle-même.

Elle gérait son commerce d'antiquités de chez elle et dénichait la plupart de ses pièces bon marché dans des villages et des petites villes, chez des gens simples de la campagne qui n'avaient aucune idée de la valeur de leurs biens. Loin de considérer qu'elle les volait, elle avait juste l'impression de faire de bonnes affaires. Plus récemment, quand le grand fleuve Jaune, le Huang He, avait été asséché pour la construction d'un barrage, des gangs de pilleurs avaient découvert des tombes cachées à proximité des vieux villages. Leur activité illégale consistait depuis à voler les trésors de leurs ancêtres afin de les revendre.

Si, par superstition, Lily s'était d'abord encombrée de quelques réticences, elle n'avait pas été longue à s'en débarrasser. Devenue acheteuse des gangs, qu'elle préférait appeler ses « fournisseurs », elle revendait le butin des pilleurs de tombes à des clients privés, comme l'homme d'affaires suisse qui agissait pour le compte d'un riche collectionneur. En couverture de ses activités illégales qui représentaient pour elle une nouvelle source de revenus, elle faisait tourner son affaire de répliques d'antiquités : les bouddhas traditionnels, les souvenirs de Mao et les célèbres guerriers de Xi'an en terre cuite, qu'elle vendait aussi bien aux boutiques de touristes qu'à l'étranger.

Elle gara sa voiture dans la cour et pressa le bouton électronique qui commandait la fermeture des grilles. Des caméras de surveillance surplombaient l'allée : il lui arrivait parfois d'entreposer des objets de valeur.

Si la maison était de style colonial français, le jardin était typiquement chinois. De gros poissons rouges, symboles de prospérité, nageaient dans un étang, et le parfum sucré des lotus roses arrosés par une fontaine au chant serein planait dans l'air.

C'était là que Lily aimait s'asseoir au crépuscule, avec un verre de vin et, pour toute compagnie, ses pensées et le gazouillis de son canari. Elle n'avait pas de petit ami, étant incapable de sacrifier du temps à ce genre de relation compliquée. Elle consacrait chaque instant de sa vie à gagner de l'argent.

Mary-Lou Chen surgit sur la terrasse, tirant Lily de ses réflexions.

— Tu es là, Lily ? Quelqu'un a téléphoné il y a quelques minutes, un homme. Il n'a pas voulu laisser son nom. Une nouvelle conquête ? s'enquit-elle avec un grand sourire.

— Aucune chance ! fit Lily avec un geste de dédain. Mais je crois savoir qui c'était.

— Je lui ai demandé son numéro, mais il a refusé de me le donner. Il a dit qu'il rappellerait dans une demi-heure.

— Bien ! répondit Lily avec un sourire de satisfaction, convaincue que le Suisse était intéressé.

Mary-Lou Chen était sa meilleure amie et son employée. Les deux femmes se connaissaient depuis toujours. Toutes deux de père chinois et de mère européenne, elles avaient été les seules Eurasiennes à l'école chinoise. L'une et l'autre venaient de familles pauvres, Lily parce que son père avait le vice du jeu, Mary-Lou parce que le sien était paresseux et donc mauvais en affaires. En grandissant, elles avaient nourri la même ambition dévorante : devenir riches. Et elles le seraient, par quelque moyen que ce soit.

Mary-Lou était une beauté. Ses pommettes hautes et ses traits délicats mettaient en valeur ses immenses yeux légèrement bridés dont la couleur rappelait une orchidée pailletée. Elle portait ses cheveux bruns et épais coupés au carré, la coiffure traditionnelle des Chinoises, et sa frange ainsi que la peau de porcelaine héritée de sa mère faisaient encore ressortir ses yeux étonnants.

Elle avait d'abord tenté une carrière dans le cinéma, mais elle ne s'était découvert aucun talent pour la comédie. Bien sûr, elle avait eu des tas de propositions pour jouer dans un autre genre de films et, à vrai dire, l'appât du gain avait bien failli la faire céder. En lui proposant d'entrer dans son affaire, en lui enseignant les ficelles du métier, Lily l'avait sauvée. Aujourd'hui, les deux amies travaillaient ensemble, mais ne partageaient pas pour autant le même toit.

Mary-Lou possédait un appartement moderne sur le Bund, la rue la plus chic de Shanghai, bordée de palais transformés en bureaux, d'élégants restaurants haut perchés, de bars branchés et d'appartements de luxe qui surplombaient le fleuve Huangpu. Situé au troisième étage, son petit logement était parmi les moins chers, mais elle l'avait aménagé de manière extravagante, avec des meubles modernes importés d'Italie. Elle s'habillait à la dernière mode européenne dans les boutiques les plus cossues et, pour pouvoir s'offrir ce style de vie, elle revendait à l'insu de Lily des bijoux volés dont elle faisait retailler et remonter les pierres.

Mary-Lou n'avait ni scrupules ni morale. Quiconque aurait été aussi pauvre qu'elle aurait cherché à s'en sortir coûte que coûte. « Riche à n'importe quel prix », telle était sa devise. Elle n'éprouvait de loyauté envers personne, pas même envers Lily.

Elle suivit son amie à l'intérieur, faisant claquer ses talons sur le parquet de bambou.

— Il faut encore que je te rappelle d'enlever tes chaussures ? se plaignit Lily, irritée. Tu sais qu'elles apportent de la poussière. Tu as des tongs propres derrière la porte.

— Désolée.

Mary-Lou avait beau avoir été élevée à la chinoise, elle n'adhérait pas à la tradition qui consistait à retirer ses chaussures en entrant dans une maison. Je suis devenue plus occidentale que Lily, se dit-elle en enlevant ses sandales avec une certaine rancœur.

À l'intérieur, le mobilier clairsemé comprenait un canapé peu confortable, deux bons fauteuils de bois d'orme et une vieille table d'autel laquée rouge, sur laquelle trônait un bouddha en or. Des bâtons d'encens brûlaient dans un support cloisonné, et une gerbe de chrysanthèmes en bronze était posée sur un joli plateau de bois. Au-dessus de l'autel était accrochée une photo de la mère de Lily, mais aucune de son père. La jeune femme le haïssait à tel point que, même sur son lit de mort, elle n'avait pas pu lui pardonner d'avoir ruiné leur vie en les laissant, sa mère et elle, complètement démunies.

Hormis les fauteuils et la table-autel, aucune antiquité, aucun objet de valeur ne venait agrémenter ce décor empreint d'austérité. La seule véritable pièce classique – un lit de mariage chinois à baldaquin, également laqué de rouge, la couleur du bonheur et du succès – se trouvait dans la chambre de Lily. Encastré dans un mur et clos par des persiennes, le lit formait une petite pièce à part. Mary-Lou savait que Lily y dormait seule. Aucun homme, elle en était sûre, n'avait jamais franchi la porte de sa chambre, ni refermé ces persiennes sur deux corps alanguis avant de faire l'amour jusqu'à épuisement, comme elle-même aimait le faire avec ses amants.

Les deux jeunes femmes gagnèrent la cave et s'attelèrent à empiler les caisses de répliques de guerriers en terre cuite. Puis Lily envoya Mary-Lou faire une course. Cela signifiait qu'elle voulait être seule pour attendre un appel téléphonique. Mary-Lou en voulut à Lily de la tenir à l'écart d'une affaire en cours.

4

Lily décrocha le téléphone dès la première sonnerie.

— J'ai parlé à mon client ; il est très intéressé, fit la voix ferme et vive de l'homme d'affaires. Naturellement, il aura besoin d'un certificat d'authentification.

— Hum ! répondit Lily d'un ton sceptique. Vu les circonstances, cela risque d'être difficile. Vous savez que l'objet a été volé voilà presque quatre-vingts ans. Quoi qu'il en soit, son âge et son authenticité pourront être prouvés par un expert adéquat – en d'autres mots par quelqu'un de la plus grande discrétion.

— Ça peut se trouver. Mais nous devons aussi parler du prix.

— Rappelez-moi pour me faire une offre, suggéra Lily avant de raccrocher.

Elle n'était pas prête à marchander avec lui. Cela prendrait du temps, des mois peut-être, mais il finirait par lui proposer la somme voulue : des millions de francs suisses, qui, enfin, lui apporteraient cette liberté tant attendue.

Elle se dirigea vers le fond de la cave. Il faisait sombre mais elle connaissait le chemin. Elle pressa un interrupteur caché derrière une poutre et un panneau glissa, dévoilant un vieux coffre-fort en fer dont il fallait tourner le bouton pour obtenir la combinaison. Elle connaissait les numéros par cœur ; la lourde porte s'ouvrit. À l'intérieur, au milieu des liasses de billets empilées, se trouvait un écrin plat de couleur rouge foncé. Lily le prit, gagna la partie éclairée de la pièce et l'ouvrit.

Sur son coussin de velours noir, le collier scintillait de toutes ses pierres anciennes – émeraudes, rubis et diamants – serties dans leur lourde monture d'or. La grosse perle laiteuse luisait dans l'obscurité et semblait respirer. D'un doigt hésitant, Lily la toucha et, surprise par sa froideur, retira vivement la main.

Elle possédait ce collier depuis quelques semaines seulement. Le jour de ses quarante ans, elle avait reçu la visite d'un inconnu – un homme âgé à la barbe grise, vêtu d'une longue tunique grise sur un pantalon étroit ; il semblait venir d'une autre époque. Pourtant, sans pouvoir se l'expliquer, elle avait eu l'impression de le connaître.

— Je m'appelle Tai Lam, lui avait-il déclaré. J'étais un ami de votre mère.

Surprise, elle l'avait invité à entrer et lui avait offert du thé, le traitant avec tous les honneurs, lui avouant ignorer que sa mère ait eu des amis. Il avait acquiescé d'un air grave, déclarant qu'elle avait raison. Elle avait commencé par venir le voir pour lui demander conseil et, petit à petit, une amitié s'était nouée entre eux.

« Votre mère a été une femme honorable presque toute sa vie, lui avait-il raconté, mais elle a toujours été une forte tête. Une fois seulement, par pur ressentiment, elle a eu recours au vol car elle n'arrivait pas à obtenir de ses parents la permission d'épouser Henry Song. À l'époque, elle était très jeune.

» Avant de mourir, elle m'a demandé de vous remettre ceci le jour de vos quarante ans, ajoutant que vous seriez libre d'en user comme bon vous semblerait, avait-il enchaîné en tendant un paquet à Lily. Elle m'a ensuite raconté comment cet objet était entré en sa possession.

» Le collier appartenait à votre grand-mère, une certaine Mme Arthur Hennessy de Paris. C'était un cadeau de mariage de son mari. Il était censé l'avoir acheté avec un lot d'antiquités et de bijoux introduits en France dans la confusion de l'après-guerre, et, bien que la pièce lui eût été vendue avec une histoire, votre grand-père – qui ne faisait pas le commerce de bijoux – n'avait aucune idée de sa véritable valeur. Il a toutefois remarqué que ces pierres extraordinaires feraient un cadeau idéal pour sa jeune épouse.

» Lorsque votre mère s'est enfuie avec Henry Song, elle a volé le collier. Elle m'a avoué ne s'être jamais pardonné son acte, mais son orgueil et son obstination l'ont toujours empêchée de le rendre. Durant ses années de mariage, elle l'a dissimulé à son joueur de mari afin qu'il ne le perde pas au casino, comme le reste de sa fortune.

» Finalement, lorsque, malade, elle s'est sue condamnée, elle est venue me voir et m'a dit : « Prenez ce collier, gardez-le pour ma fille, Lily. C'est tout ce que je peux lui laisser. Mais ne le lui remettez pas avant ses quarante ans ; elle sera alors en âge de savoir quoi en faire et sera assez avisée pour ne pas se le faire subtiliser par un homme dont elle se croirait amoureuse.

» Votre mère vous a aussi laissé une lettre. Elle y raconte l'histoire du collier. C'est une histoire vraie. »

En l'écoutant, Lily avait serré le long écrin contre sa poitrine et les larmes lui étaient montées aux yeux. Sa mère lui avait légué la seule chose de valeur encore en sa possession. Elle l'avait gardée toutes ces années pour elle.

Lily savait qu'elle avait de la famille en France, les Hennessy. Sa mère lui avait même parlé d'une cousine, Precious Rafferty. Mais elle n'en savait pas plus.

Une fois seule, elle avait lu l'histoire du collier. D'après les informations que son grand-père possédait sur la perle et sur Cixi, l'impératrice douairière – informations qu'il avait rejetées comme s'il s'agissait d'un conte de fées –, les morceaux avaient été minutieusement recollés.

Des recherches plus approfondies avaient permis à Lily de trouver des photos du bijou et autres preuves de son existence. Et maintenant, la célèbre perle lui appartenait et elle en ferait ce qu'elle voudrait. À condition, bien sûr, d'user de discrétion : les autorités ne devaient rien savoir si Lily ne voulait pas finir derrière les barreaux.

5

Mary-Lou avait plusieurs « petits secrets ». Non seulement elle volait des bijoux, mais encore elle espionnait Lily. Et, ce matin-là, au lieu d'aller faire la course que son employeuse lui avait inventée, elle décida de l'épier. Cachée dans la pénombre de la cave, elle la vit presser l'interrupteur qui commandait l'ouverture des panneaux de bois, dévoilant le vieux coffre de fer.

Elle savait que ce coffre existait. Elle l'avait découvert plusieurs mois auparavant, un jour qu'elle surveillait son amie. Tapie dans la cave, elle s'était approchée à pas de loup et, pendant que Lily composait le code secret, elle avait photographié ses gestes à l'aide de son téléphone portable. Puis elle était remontée, aussi silencieuse qu'un fantôme.

Plus tard, restée seule dans la boutique, elle avait redescendu les marches de bois, avait longé les caisses de répliques des guerriers de la dynastie Qin, de statuettes de Mao et de Bouddha. À son tour elle avait ouvert le panneau, composé la combinaison et le coffre s'était ouvert, lui dévoilant son contenu.

Elle venait de découvrir les liasses secrètes de Lily, l'endroit où son amie gardait les bénéfices de ses transactions illégales sur les antiquités volées. Les billets étaient soigneusement rangés, mais Mary-Lou était presque sûre que Lily ne les comptait jamais. Pourquoi l'aurait-elle fait, puisqu'elle se croyait seule à connaître l'existence de son coffre caché et sa combinaison ?

Alors, au fil des mois, Mary-Lou n'avait pas hésité à se servir généreusement, confortée par l'idée que, si d'aventure Lily vérifiait, elle n'aurait pas les moyens de l'accuser de l'avoir volée, encore moins l'idée de soupçonner son employée de connaître l'existence du coffre-fort et sa combinaison. De toute façon, Mary-Lou n'avait aucun scrupule à voler son amie. Elle avait besoin de l'argent et elle le prenait.

Mais, jusqu'à présent, le coffre n'avait renfermé « que » de l'argent – sa raison de vivre.

Toujours à l'écoute des humeurs de Lily, elle sentait ce jour-là qu'il se passait quelque chose et s'attarda dans l'escalier de la cave, remerciant le Ciel que son amie lui ait demandé d'enlever ses chaussures. Pieds nus, elle s'avança sans un bruit. Et, comme elle l'avait déjà fait par le passé, elle prit quelques photos rapides et silencieuses, retenant à grand-peine un cri de surprise lorsque Lily ouvrit l'écrin.

Jamais de sa vie elle n'avait posé les yeux sur de tels joyaux : d'énormes pierres précieuses – émeraudes, diamants, rubis – et une perle de la taille d'un œuf de pigeon. Où diable Lily a-t-elle déniché cette merveille ? se demanda-t-elle, ébahie.

Elle remonta l'escalier à pas feutrés, le cœur battant d'excitation, échafaudant mille plans. Ce collier devait valoir une fortune. Il ne restait plus qu'à dénicher le bon acheteur, ce qui expliquait le coup de téléphone qu'attendait Lily. Elle avait déjà quelqu'un en tête.

Mary-Lou se hâta de sortir dans la rue où était garée sa petite voiture. Elle démarra en trombe. Lily ne devait surtout pas la voir traîner dans les parages et la soupçonner de l'espionner. Elle roula sans but, tout en réfléchissant. Dérober le collier ne serait pas difficile, mais il lui fallait d'abord trouver un acquéreur.

Le jour suivant, profitant de l'absence de Lily, Mary-Lou redescendit à la cave et ouvrit le coffre-fort. Elle en sortit le bijou, qu'elle laissa glisser entre ses doigts, s'émerveillant de son poids, de l'éclat de ses pierres, de la grosseur de la perle à la blancheur crémeuse. Les yeux écarquillés, elle lut la note de Lily sur sa provenance. Sa valeur était encore plus inestimable que ce qu'elle avait espéré.

Tenait-elle enfin l'objet qui mettrait fin à tous ses malheurs ? Ce collier lui apporterait les millions nécessaires à la vie qu'elle voulait mener et qu'elle estimait mériter. Cela valait la peine de prendre les plus grands risques. Et si Lily devenait un obstacle, elle s'arrangerait pour la faire disparaître. Elle n'était pas à ce détail près. Mais pour le moment il fallait dénicher un acquéreur.

6

Quelques jours plus tard, Mary-Lou sortait du bureau du tailleur de diamants, au deuxième étage d'un petit immeuble miteux dans un quartier mal famé, coincé entre un centre de massages douteux et un magasin de loterie.

L'immeuble était protégé par une grille à doubles battants en acier et la rue étroite scintillait d'enseignes en néon brillantes, surmontant des bars vulgaires et des salons de thé aux relents d'anguilles frites, de cervelle de mouton et de riz baignant dans un bouillon très liquide et piquant. Sur le trottoir, des hommes déguenillés, des paumés, des ivrognes ou des drogués fumaient, adossés à l'immeuble, les yeux fixés au ciel, vendant parfois des objets, à grand renfort de crachats.

Le petit nez si parfait de Mary-Lou se fronça de dégoût. Elle détestait venir ici et s'habillait toujours simplement : jean et T-shirt, sans bijou – pas même une montre, afin de ne pas attirer l'attention. Ce qui ne l'empêchait pas de craindre pour sa petite voiture, même si celle-ci était loin d'être luxueuse. L'insécurité de ces rues la rendait nerveuse, d'autant plus qu'elle cachait dans sa poche deux diamants d'environ quatre carats chacun, fraîchement retaillés par l'artisan à qui elle les avait confiés. S'ils avaient perdu quelques carats dans l'opération, ces diamants, qui avaient été dérobés à une famille aisée étaient désormais impossibles à retrouver. L'argent qu'elle avait pris à Lily avait permis à Mary-Lou de conclure un marché avec leurs voleurs, et les pierres étaient maintenant à elle.

Mary-Lou remit ses lunettes noires et sortit dans la rue. À la place de sa voiture, qu'elle avait garée devant l'immeuble, se trouvait un vieux camion. Elle laissa échapper un grognement de rage et fit volte-face, lançant un œil accusateur aux clochards. Ils la foudroyèrent du regard, se mirent à rire, et l'un d'eux cracha dans sa direction.

— Seigneur ! s'exclama-t-elle en reculant d'un pas et en sentant son talon écraser un pied.

Des bras masculins se refermèrent sur elle, et elle poussa un hurlement. Une petite foule s'était assemblée, curieuse et hilare. Furibonde, Mary-Lou se retourna et frappa de sa main droite l'homme qui la retenait. Sans lui laisser le temps d'atteindre son visage, il lui arrêta le bras.

— Attention ! Vous pourriez blesser quelqu'un.

Mary-Lou avait devant elle le plus bel homme sur lequel elle ait jamais posé les yeux : grand, de belle carrure, élancé comme le sont certains Américains. Ses cheveux bruns faisaient ressortir le bleu profond de ses yeux qui la fixaient avec une grave intensité teintée de sensualité. Elle le connaissait. Du moins elle savait qui il était. Peu de temps auparavant, la mort accidentelle de sa riche femme avait fait la une des médias pendant plusieurs semaines.

— Je vous connais, déclara-t-elle, l'air toujours furieux.

— Et moi, j'aimerais bien vous connaître, répliqua-t-il, mais seulement si vous promettez de ne plus m'écraser le pied et de renoncer à me frapper.

Mary-Lou le regarda droit dans les yeux pendant un temps interminable.

— D'accord, finit-elle par dire.

Il la relâcha.

— Alors, que se passe-t-il ?

— On m'a volé ma voiture.

Il hocha la tête.

— Je ne suis pas surpris. On vous volerait jusqu'à vos dents, dans ce quartier. Quand vous avez des affaires à régler dans le coin, vous devriez toujours venir avec quelqu'un pour garder votre voiture.

Il ne s'enquit pas de ce qui l'avait conduite là, pas plus qu'elle ne lui demanda ce qu'il faisait dans les parages. Les questions directes sur une quelconque activité dans ce quartier louche n'étaient pas autorisées. Chacun gardait ses « affaires » pour lui seul.

— Ma voiture est au bout de la rue. Si je vous raccompagnais ? proposa-t-il. Vous pourriez appeler la police et lui donner des détails sur le vol.

— Pour ce que ce sera utile ! répliqua-t-elle avec amertume, provoquant son rire.

— Attendez, c'est juste une voiture. Je suppose qu'elle était assurée.

— Oui, répondit-elle d'un ton lugubre. Mais je vais devoir attendre des mois et me coltiner des montagnes de paperasse avant d'obtenir un remboursement. Je connais la chanson.

— Votre grande beauté cache un extraordinaire cynisme, fit-il remarquer en faisant signe au garde de lui ouvrir la portière.

Mary-Lou monta dans la Hummer verte, une voiture blindée, et l'homme s'installa à côté d'elle.

— Où allez-vous ? demanda-t-il.

Elle se tourna vers lui et le dévisagea longuement, avant de chuchoter d'une voix rauque, empreinte de désir :

— Au bar le plus proche.

7

Bennett Yuan emmena Mary-Lou au Bar Rouge, sur le Bund, non loin de chez elle. C'était un endroit chic, moderne, décoré par d'immenses photos de beautés asiatiques aux moues boudeuses, encadrées d'un bois rouge vif assorti à leur rouge à lèvres. Ces panneaux servaient de cloisons, préservant ainsi l'intimité des tables. Des dizaines de lanternes vénitiennes, rouges elles aussi, diffusaient une lumière rose tamisée, et les fenêtres et les terrasses offraient une vue spectaculaire sur les gratte-ciel de Shanghai.

Bennett prit place en face d'elle, et non, comme elle l'avait espéré, à côté d'elle. Un peu déçue, elle fit une jolie moue.

— Je vous vois mieux ainsi, expliqua-t-il. Vous savez pourquoi je vous ai amenée ici ?

Elle secoua la tête.

— Parce que vous êtes plus belle que toutes les filles réunies sur ces murs.

Il la regarda dans les yeux – un long regard empreint d'une intensité qui la fit frissonner de tous ses membres. Une boule se forma au creux de son ventre.

— Vous ne m'avez pas dit votre nom, reprit-il.
À moins que vous ne préfériez rester anonyme ?

— Mary-Lou Chen, répondit-elle. Moi j'ai lu le
vôtre dans les journaux.

Il eut un haussement d'épaules dédaigneux.

— Dans ce cas, j'aurais préféré garder l'anonymat…
Et qu'aimeriez-vous boire, Mary-Lou Chen ? enchaîna-
t-il en faisant signe au serveur.

La jeune femme réfléchit un instant.

— Une coupe de champagne, décida-t-elle.

Bennett commanda une bouteille.

Ils restèrent assis en silence, les yeux dans les yeux,
chacun lisant dans le regard de l'autre un désir qui
laissait présager ce qui pouvait arriver entre eux ; puis
le serveur réapparut avec le champagne dans un seau à
glace en argent. Il enroula la bouteille dans un torchon
blanc et la déboucha d'une main experte, presque sans
bruit. Seule une volute d'air sortait du goulot. Il servit
Bennett, qui le goûta, puis, obéissant à son signe
d'approbation, emplit les deux flûtes. Un second
serveur apporta une assiette de gâteaux apéritifs, puis
ils se retrouvèrent seuls dans leur box cloisonné, sous
la lumière floue du lustre rouge.

Bennett Yuan leva son verre et déclara :

— À nous, Mary-Lou Chen !

— Oui, répondit-elle, soudain nerveuse.

Il dégageait une énergie et une force de caractère
qu'elle n'avait jamais rencontrées chez un homme
auparavant. Et elle avait un peu peur de lui.

— Bien, parlez-moi de vous, déclara-t-il en s'adossant à la banquette, le bras allongé sur le dossier.

Alors il cessa de la fixer droit dans les yeux et
sembla devenir un autre, plus détendu, plus à l'aise,

parfaitement bien dans sa peau. Et si beau que Mary-Lou ne lui trouvait aucun défaut. Ses cheveux bruns étaient lissés en arrière. Sous la barre de ses sourcils bruns, ses yeux étaient graves. Il avait un nez presque trop parfait pour un homme, le menton carré, et une bouche large et ferme qui poussa la jeune femme à se demander malgré elle quel effet cela lui ferait de l'embrasser.

Elle secoua ses courts cheveux bruns, avala une gorgée de champagne et commença à parler de son travail et de Lily.

— Qui est Lily Song ? demanda-t-il en remplissant de nouveau sa flûte.

— Une vieille amie d'école. Elle a toujours fait le commerce d'antiquités, mais son activité principale consiste à fabriquer et vendre des objets touristiques. Vous savez, les répliques de Mao, de guerriers, de Bouddha.

— Et ça rapporte ?

Elle but une nouvelle gorgée de champagne et enveloppa Bennett d'un regard pénétrant.

— En partie, oui.

— Et de quelle partie s'agit-il ?

Mary-Lou se mit à rire, secoua la tête et rejeta de nouveau ses courts cheveux bruns en arrière.

— Je ne peux pas vous le dire, répondit-elle en le fixant par-dessous sa frange. Pourquoi parlons-nous autant de moi, de toute façon ? Je veux tout savoir de vous.

— Je n'ai pas grand-chose à ajouter à ce que je vous soupçonne de savoir déjà. Je possède une affaire de pièces détachées pour mobilier, ajouta-t-il avec un nouveau haussement d'épaules, comme si son activité professionnelle ne lui plaisait pas. Je suis basé ici, à Shanghai, mais je voyage beaucoup. Ça m'occupe.

Il remplit leurs verres et fit signe au serveur d'apporter une seconde bouteille.

— C'est peut-être une bonne chose, fit-elle remarquer en pensant à la mort d'Ana Yuan, sa femme. Étant donné ce qui est arrivé… Je veux dire, vous vous occupez afin de ne pas avoir à penser.

Il lui lança un regard glacial et elle se tut, consciente qu'elle était en train de perdre pied. Elle vida sa coupe.

— Qu'allez-vous faire pour retrouver votre voiture ? s'enquit alors Bennett.

Elle avait complètement oublié cet incident. Il lui tendit son téléphone portable.

— Tenez, vous pouvez toujours déclarer le vol, suggéra-t-il.

La démarche administrative prit plus de temps que prévu et, quand Mary-Lou eut fini, la seconde bouteille de champagne l'était aussi. Délicieusement grisée par la boisson, la jeune femme se fichait pas mal, à cette minute précise, de savoir si elle reverrait ou non sa voiture.

— J'habite au bout de la rue, déclara-t-elle, l'invitant d'un regard éloquent.

Il hocha la tête, comprenant l'allusion. Il paya le serveur, prit son invitée par le bras et ils se dirigèrent vers l'ascenseur. Une fois dedans, cependant, ils se tinrent éloignés l'un de l'autre, silencieux. Les yeux baissés sur ses mules de daim rouge, Mary-Lou se demandait ce qui allait suivre. Bennett, pour sa part, fixait le plafond, impassible.

Le chauffeur les attendait près de la Hummer et les conduisit un peu plus bas dans la rue, jusqu'à l'immeuble de Mary-Lou.

Bennett regarda le gratte-ciel moderne d'un œil approbateur. Il demanda au chauffeur de faire garer le véhicule par un voiturier, avant de le renvoyer.

— Dites-moi, Mary-Lou, comment une femme qui vend des répliques de Mao et de Bouddha peut-elle se permettre de vivre dans pareil endroit ?

Elle lui sourit, tandis que l'ascenseur les conduisait au troisième étage.

— C'est parce que je suis une femme intelligente. Vous n'aviez pas remarqué ?

Elle ouvrit la porte et ils entrèrent.

— J'étais trop préoccupé par ta beauté, répondit-il une fois à l'intérieur en l'attirant à lui. Tu es douce comme de la soie de Chine, murmura-t-il en embrassant son oreille gauche. Tu sens les épices, la fleur de gingembre et le bois de santal.

Sa bouche se posa sur le cou de Mary-Lou, et il baisa le pouls qui palpitait à la base de sa gorge avant de remonter jusqu'à ses lèvres.

— Et ta bouche a le goût du champagne, reprit-il en l'embrassant à perdre haleine.

Elle se dégagea, mais prit sa main et le conduisit vers sa chambre, un endroit minuscule, aux murs rouge coquelicot. La tête de lit était en cuir noir, le couvre-lit en soie, noire elle aussi ; les rideaux, eux, étaient en soie rouge, et les abat-jour des lampes dorés.

— Une vraie chambre de pute de luxe ! s'esclaffa-t-il.

Mary-Lou, offensée par son commentaire, choisit toutefois d'en rire.

— Attends-moi ! lui intima-t-elle en le poussant sur le lit et en sortant de la pièce.

Elle réapparut quelques minutes plus tard, nue sous son peignoir de soie noire brodé de dragons rouges, tenant d'une main une bouteille de champagne, de l'autre, deux flûtes.

— J'ai pensé que nous pourrions continuer au champagne, annonça-t-elle en les servant.

Il l'enveloppa d'un regard plein de convoitise, prit la coupe qu'elle lui tendait et attrapa la ceinture de son peignoir pour l'attirer à lui.

— Viens, fit-il d'une voix rauque.

Il défit la ceinture, ouvrit le peignoir, et contempla le magnifique corps nu. Puis, attirant la jeune femme sur ses genoux, il commença à l'embrasser.

Elle retira son peignoir et s'allongea sur le lit, nue, le fixant droit dans les yeux, alors qu'il se penchait vers elle avec avidité. Il prit la bouteille et la renversa sur Mary-Lou, laissant le champagne dégouliner sur ses seins, sur son ventre, sur la splendeur de son corps.

— Merveilleux ! s'exclama-t-il en léchant le liquide sur sa peau fraîche. Vous êtes délicieuse, Mary-Lou Chen !

8

Les semaines suivantes, quand elle ne pensait pas à Bennett Yuan, Mary-Lou pensait au collier. Si elle avait su prier, le bijou aurait été la réponse à toutes ses prières. Elle n'aurait pas de mal à le dérober. En revanche, il faudrait trouver un acheteur assez fortuné pour payer le prix qu'elle en voulait. Or elle ne connaissait pas les étrangers richissimes. Ils évoluaient dans un monde qui n'était pas le sien.

Pensive, debout à la fenêtre de son appartement, elle fumait une cigarette tout en regardant la circulation animée des péniches sur le fleuve. Parmi tous les hommes aisés dont elle avait été la petite amie, aucun ne l'avait jamais demandée en mariage. Ces types-là n'épousaient pas les filles comme elle, c'était un fait. Ils formaient des alliances. L'argent attirait l'argent, et ce tout particulièrement en Chine.

Bennett Yuan, lui, était différent. Tout le monde savait comment sa femme était morte. Les spéculations étaient allées bon train et avaient fait la une du journal télévisé du soir et des quotidiens pendant plus d'une semaine. La rumeur était le meilleur circuit d'information à Shanghai et Mary-Lou avait entendu dire que lorsque la fille des Yuan avait donné sa main à Bennett, sa riche famille avait sommé son futur gendre d'adopter le nom de son épouse afin que leur « dynastie » se perpétue avec leurs enfants. Des photos de la défunte avaient également été diffusées à la télévision. Ana Yuan était une jeune femme banale, qui s'habillait avec sobriété. Bien sûr, on racontait que le bel Américain l'avait épousée pour son argent.

Il n'y a pas de mal à ça, pensa Mary-Lou. J'aurais fait la même chose si j'en avais eu l'occasion. Mais la rumeur laissait aussi entendre que l'argent d'Ana était bloqué dans un fonds familial, empêchant Bennett d'y toucher.

Après la mort d'Ana, les Yuan avaient essayé de dissuader Bennett de garder le prestigieux patronyme, en vain. Ils avaient alors fait en sorte que l'argent d'Ana et ses biens immobiliers – incluant l'appartement fastueux dans l'une des tours les plus cossues de Shanghai – reviennent à la famille. Lorsqu'on leur avait demandé pourquoi ils avaient pris des mesures aussi drastiques, ils auraient répondu de manière implacable : « Cet homme est un étranger. Il ne fait pas partie de la famille. Il n'a pas d'enfant Yuan, il n'a aucune valeur pour nous. »

Toujours d'après le bouche-à-oreille, Bennett n'aurait en effet pas hérité d'un centime. Mais il avait avoué à Mary-Lou avoir aimé sa femme et avoir été anéanti par sa mort tragique. Et surtout il n'avait jamais pu savoir ce qu'elle était allée faire à Suzhou.

C'était tout. Bennett était seul. Il n'était certainement pas un homme riche, bien qu'il se comportât toujours comme tel. En fait, il était comme elle, un « battant », un bel homme qui revendiquait son droit à la belle vie, quel que soit le moyen d'y arriver. Il se remarierait avec une riche héritière, Mary-Lou en était convaincue. Tout comme elle avait la certitude qu'il ne l'épouserait pas, elle.

Avec un grognement de frustration, elle écrasa sa cigarette. Elle attendait deux choses de la vie : avoir Bennett pour elle et vendre ce collier qui ferait sa fortune. D'une certaine façon, ses deux aspirations étaient liées.

La réponse jaillit soudain dans son esprit. Comment n'y avait-elle pas pensé plus tôt ? Bennett connaissait des gens riches qui étaient dans les affaires, en Chine et à l'étranger. Il était le candidat idéal pour l'aider à trouver un acheteur. Cela signifiait qu'elle devrait se séparer de cinquante pour cent du gain sur le collier, mais, puisque celui-ci ne leur aurait rien coûté, le bénéfice serait encore très gros. Sauf qu'il lui fallait être sûre de savoir garder Bennett...

Une autre idée lui vint, qui lui arracha un sourire. Elle saurait comment obtenir Bennett et l'argent. Cette fois, elle ne se contenterait pas d'être la petite amie jetable.

Elle éclata de rire. Son plan était si simple, si intelligent. Bennett allait trouver un acheteur et elle volerait le collier dans le coffre-fort. Mais elle ne le lui remettrait qu'à la condition qu'il l'épouse. Puis il le vendrait et tous deux seraient riches. C'était la boucle parfaite : collier, acheteur, mariage, argent. Ils vivraient heureux pour le reste de leurs jours.

Satisfaite de son plan, elle appela Bennett et lui donna rendez-vous à dix-neuf heures ce soir-là à Pudong, le quartier des affaires situé sur l'autre rive du fleuve, précisément au Cloud 9, le bar panoramique de l'hôtel Hyatt.

9

Au volant de sa Mini rouge toute neuve, dans le tunnel qui reliait les deux quartiers, Mary-Lou pensa à Bennett d'une façon complètement différente. Elle ne le voyait plus uniquement comme un bel homme de Shanghai, l'amant idéal dont elle ne se rassasiait pas. Pour la première fois, elle se servait de sa tête et pensait en femme d'affaires.

Avec un sourire, elle remit sa Mini au voiturier et entra dans l'imposante Jim Mao Tower, le troisième bâtiment le plus haut du monde. L'hôtel occupait les trente derniers étages. Elle prit l'ascenseur rapide qui conduisait au sommet et émergea dans un bar Arts déco scintillant de mille feux offrant un somptueux panorama sur la ville, si haut dans le ciel que des nuages planaient derrière les fenêtres – d'où son nom, Cloud 9.

Elle détailla les lieux : Bennett n'était pas arrivé. Elle s'installa à une table et commanda une vodka-martini.

— Avec trois olives au bleu, demanda-t-elle au serveur, ajoutant qu'elle aimait son martini très frais, agrémenté d'un soupçon de vermouth.

Mary-Lou était le genre de fille qui savait ce qu'elle voulait.

Tout en sirotant le breuvage, elle réfléchit à la façon d'aborder le sujet du collier avec son amant. Elle venait de décider de sa tactique lorsqu'il entra dans le bar. Il parla à la jolie hôtesse, dont le sourire un peu trop engageant irrita Mary-Lou. Puis la jeune femme l'escorta en personne à sa table, et le sourire très chaleureux dont Bennett la gratifia mit Mary-Lou hors d'elle.

— Je suis désolé d'être en retard, dit-il en se glissant sur la banquette face à elle.

Il ne l'embrassa pas, ne lui prit pas la main, mais se contenta de lui adresser un sourire las en précisant :

— La circulation.

Elle n'avait, pour sa part, rencontré aucun problème de ce genre, mais n'y fit pas allusion, se contentant d'attendre qu'il ait commandé un Jack Daniel's avec glaçons et que le garçon soit parti.

— J'ai un secret, déclara-t-elle alors en le fixant droit dans les yeux.

— J'en suis bien convaincu. J'espère juste que cela ne me concerne pas, répondit-il en allumant une cigarette sans lui en proposer une.

Elle fronça les sourcils. Quelque chose clochait.

— Dans ce cas, je ne vais peut-être pas t'en parler, reprit-elle en tirant avec ostentation sur sa propre cigarette, attendant qu'il lui offre de l'allumer – ce qu'il fit, avec un sourire narquois.

— Eh bien ne m'en parle pas, répliqua-t-il. C'est le meilleur moyen de garder un secret.

— Oui, mais celui-là te concerne. Et c'est quelque chose que tu serais content d'apprendre.

59

Incapable de se retenir plus longtemps, elle posa son téléphone portable sur la table, entre eux.

— Regarde la photo à l'intérieur, dit-elle d'une voix douce. Je pense que cela va te surprendre.

Bennett avala une gorgée de Jack Daniel's, sans faire mine de prendre le téléphone.

— Allez, le pressa-t-elle. Je te garantis que tu vas aimer ce que tu verras.

Avec un soupir, il obtempéra. Une vague photo du collier apparut.

— Qu'est-ce que ça représente ? C'est flou, fit-il avec impatience.

— Appuie de nouveau.

Il s'exécuta et, cette fois, le collier apparut plus clairement. Il le regarda un moment avant de refermer le téléphone et de le rendre à sa maîtresse.

— Eh bien ? demanda-t-il en s'adossant à la banquette et en sirotant son bourbon.

Mary-Lou s'accouda à la table et se pencha vers lui. Elle jeta un coup d'œil à la ronde pour s'assurer que personne ne les écoutait et chuchota :

— Ce collier est une pièce unique. Non seulement il est serti de pierres d'une valeur quasi inestimable, mais en plus il a une histoire qui le rend encore plus précieux ; partout dans le monde les connaisseurs seraient prêts à payer une véritable fortune pour le posséder.

Elle se rassit, s'attendant à le voir s'enthousiasmer, s'étonner. Mais il resta de marbre, se contentant de la regarder.

— Et alors ?

— Je vais te raconter une histoire, déclara-t-elle.

60

À la manière de Shéhérazade, elle lui narra les péripéties de la célèbre perle de l'impératrice douairière Cixi.

— Je sais où se trouve le collier, conclut-elle. Je peux l'avoir en ma possession tout de suite, ou demain, ou la semaine prochaine. Mais il faut d'abord que je trouve un acquéreur. Et c'est là que tu interviens, mon cher Bennett.

Elle s'adossa à sa banquette et le regarda, un sourire triomphant sur les lèvres. Il l'enveloppa d'un regard froid, avant de déclarer, glacial :

— Je présume qu'il s'agit d'un collier volé. Es-tu en train de me demander de devenir un escroc, Mary-Lou ?

— Pas un escroc, un associé, rétorqua-t-elle sur un ton très sérieux. J'ai l'objet, tu trouves l'acheteur.

Elle ne mentionna pas la troisième partie de l'équation : le mariage. Elle n'avait pas l'intention de le faire avant que l'acheteur soit prêt à lui remettre l'argent et à prendre possession du collier.

Bennett haussa les épaules d'un air dégagé.

— Je n'ai pas besoin de ce genre de marché, j'ai ma propre affaire à gérer.

Elle savait tout de l'« affaire » de son amant. Elle s'était informée à son sujet. Sa belle-famille, les Yuan, avait utilisé son nom pour monter une société d'exportation de pièces détachées pour mobilier, mais, depuis la mort de son épouse, les affaires de Bennett n'allaient plus très bien. Il était très dépensier. Tout comme Mary-Lou, il avait besoin d'argent pour mener le train de vie luxueux qu'il prisait. Ils se ressemblaient, formaient le couple parfait.

— Bennett, ce collier pourrait nous rendre très riches. Tu n'aurais plus jamais à penser à tes meubles. J'ai l'objet, tu trouves l'acheteur, nous partageons.

Il finit son verre d'une traite et fit signe au serveur de lui en apporter un autre, avant de répondre :

— Tout ce que j'ai vu, c'est une photo. Tout ce que j'ai entendu, c'est une histoire. Comment puis-je savoir si ce collier existe vraiment ?

— Je crois qu'il faudra juste me faire confiance, répliqua-t-elle avec son ravissant sourire en secouant ses cheveux bruns.

10

Bennett trouvait Mary-Lou très belle. Elle était sexy, amusante, mais, pour lui, elle n'était rien de plus qu'un savoureux amuse-gueule à grignoter en sirotant un apéritif. Un physique de rêve ne suffisait pas. Le plat principal devait être plus consistant. Les millions d'Ana Yuan étaient l'unique raison pour laquelle il l'avait épousée. Pourquoi s'en serait-il privé ? Hélas, malgré la minutie de son plan, ses projets avaient tourné court. Il avait souffert du syndrome du garçon pauvre à la table du riche Yuan. Cette fois, il devait trouver une héritière sans famille et s'assurer d'avoir fait main basse sur l'argent avant le mariage.

Sa femme était morte depuis plus de six mois maintenant et, pour le moment, il se contentait de passer le temps en attendant de décider de la suite des événements. Mary-Lou avait été une diversion excitante, mais le moment était venu pour lui de passer à autre chose et, ce soir, il avait prévu de le lui annoncer. Maintenant elle avait ce plan, et tout ce qu'elle avait pu lui en présenter était une photo floue qu'elle affirmait avoir prise de ce rare bijou. Quant à l'histoire de la perle dans la bouche de l'impératrice morte, elle lui plaisait, quoiqu'il doutât de son authenticité.

— Qui a ce collier, exactement ? demanda-t-il en ajoutant un glaçon dans son verre.

— Je ne peux pas te répondre.

Il la regarda et haussa un sourcil, étonné.

— Tu veux dire que tu attends de moi que je vende des bijoux pour toi sans savoir d'où ils viennent ? Allons, Mary-Lou, tu ne trouveras pas un seul escroc en ville qui acceptera de faire ça. Qu'est-ce qui me dit que tu ne vas pas tuer quelqu'un pour t'approprier ce collier ?

Ses yeux pailletés d'ambre se firent aussi froids que son bourbon glacé.

— Je le ferai, si on m'y oblige, répondit-elle.

Bennett s'adossa à son fauteuil et, pensif, prit son verre. Malgré son visage d'ange, Mary-Lou cachait une âme en acier trempé. Cela lui plaisait. Ils avaient beaucoup de points communs. Le regard fixé sur elle, il avala une gorgée de bourbon.

— Je ne suis pas convaincu. Et, de toute façon, je ne travaillerai pas avec toi si je ne connais pas l'endroit où se trouve le collier et la personne à qui il appartient aujourd'hui.

— Je ne peux pas te le dire, répéta-t-elle avec entêtement.

Mais voyant qu'elle commençait à fléchir, il lui tendit la main.

— Écoute, chérie, déclara-t-il sur ce ton paternaliste qu'elle connaissait bien pour l'avoir souvent entendu chez les hommes riches qui l'avaient larguée pour une autre jolie fille, tu me demandes de travailler à l'aveuglette, sans connaître les faits, et de me mettre en danger d'un point de vue légal. Sois réaliste. Dis-moi ce qu'il en est ou bien saluons-nous tout de suite. C'était bien le temps que ça a duré.

Exactement comme il l'avait prévu, le « tout de suite » fit mouche et les larmes jaillirent des yeux de la jeune femme. Elle s'agrippa à sa main.

— Ne dis pas ça, Bennett, je t'en prie, chuchota-t-elle.

Il retira sa main et se rassit avec un haussement d'épaules, indifférent.

— Tu m'en demandes trop, rétorqua-t-il en faisant signe au serveur.

Il entendit son soupir tremblant.

— C'est ma patronne, Lily, finit-elle par admettre. Le collier est à elle. Il est dans sa famille depuis des générations, mais je ne sais ni comment ni pourquoi il a atterri entre ses mains. Je jure qu'elle ne l'a pas depuis longtemps, sinon elle l'aurait déjà vendu. Je sais aussi qu'elle a cherché un acheteur, et c'est pourquoi je dois le prendre avant qu'elle s'en sépare.

Bennett réfléchit. Mary-Lou avait sous-entendu qu'elle était prête à tuer Lily si cela devenait nécessaire. Il se demanda s'il ne ferait pas mieux de jeter son dévolu sur cette dernière. Après tout, Lily était la propriétaire légitime du collier, même si, vu son histoire, le bijou serait probablement confisqué par le gouvernement s'il refaisait surface. Quoi qu'il en soit, la question valait la peine d'être creusée.

— J'aimerais rencontrer Lily, annonça-t-il en payant l'addition.

Il ajouta un généreux pourboire, ce qu'il faisait toujours, même lorsqu'il n'avait plus beaucoup d'argent. Il savait que cela lui garantissait toujours une bonne table, le meilleur service, et qu'il faisait bonne impression.

Mary-Lou le dévisagea, perplexe. Pourquoi diable voulait-il rencontrer Lily ? Comme en réponse à sa question, il déclara :

— Si nous devenons associés en affaires, je veux savoir exactement avec qui nous traitons. Viens, associée, enchaîna-t-il en se levant et en lui tendant la main. Allons téléphoner à Lily pour l'inviter à dîner.

Lorsqu'ils sortirent du Cloud 9, Mary-Lou arborait un sourire rayonnant.

11

Dans sa cour à l'atmosphère si sereine, Lily nourrissait les poissons. Seul le murmure de la douce caresse de l'eau sur le cuivre de la fontaine murale venait troubler le silence. La sonnerie de son portable la fit sursauter, la tirant de sa quiétude. Contrariée, elle pensa d'abord ne pas répondre, mais lorsqu'elle vit que c'était Mary-Lou elle décrocha en poussant un soupir résigné.

— Je ne veux pas parler affaires, déclara-t-elle d'un ton abrupt. Ça ne peut pas attendre demain ?

— Oh, Lily, ce n'est pas pour ça que je t'appelle. Je suis avec quelqu'un qui compte pour moi, quelqu'un que je veux te présenter.

La voix de Mary-Lou était mielleuse, et Lily devina que cette personne qui « comptait » pour elle se trouvait juste à côté d'elle.

— Ça ne peut pas attendre demain ? répéta-t-elle, s'imaginant sur sa terrasse, un verre de vin bien frais à la main, et, en bruit de fond, le filet d'eau de la fontaine et les charmants trilles de son canari dans la cage de bambou.

Dans ces moments-là, elle refoulait les angoisses qu'éveillait en elle la pensée du châtiment que ses ancêtres n'auraient pas manqué de lui infliger s'ils avaient eu vent de son commerce d'objets pillés dans des tombes profanées. Parfois, ces idées l'empêchaient de dormir. Mais elle menait sa vie en fonction de la devise de Mary-Lou, qu'elle avait faite sienne : « Riche à n'importe quel prix. »

— Nous voulons t'inviter à dîner. Allez, Lily ! c'est important.

C'est important pour toi, répondit Lily en son for intérieur. Mais Mary-Lou semblait très excitée, comme si elle avait besoin de son approbation. Et, après tout, elle était son amie.

— Entendu, soupira-t-elle, dis-moi juste où et quand.

— Le restaurant italien du Grand Hyatt, dans une demi-heure.

— Quarante-cinq minutes, rectifia Lily en pensant à la circulation.

En fait, il lui fallut une heure pour arriver. Ils l'attendaient à une table discrète, à moitié cachée derrière un paravent. Bennett avait choisi le restaurant, sachant qu'au milieu de cette clientèle d'hommes d'affaires étrangers et de touristes il y avait peu de risques qu'il soit reconnu.

Lily portait une *cheongsam* vert jade assortie à un sac ancien, frangé de jade et de perles. La robe, s'arrêtant au genou, découvrait ses jolies jambes. L'air détendu et plein d'assurance de la jeune femme n'était qu'une façade. Dans le fond, elle bouillonnait de colère. Pourquoi s'être fatiguée à s'habiller et à affronter la circulation sous le tunnel menant à

Pudong juste pour rencontrer la dernière conquête de Mary-Lou ? Et dire qu'elle aurait pu passer une soirée si plaisante sur sa terrasse, en compagnie de ses seules pensées !

Elle approcha sans un sourire, et Bennett se leva pour la saluer. Il se dit que Lily Song ressemblait à une femme d'affaires qui essayait de se donner l'air chinois. Indubitablement, il avait face à lui une coriace, mais il n'avait encore jamais rencontré une femme capable de résister à son charme ravageur.

— Lily ! s'exclama-t-il avec son sourire irrésistible en la regardant droit dans les yeux, comme il faisait avec toutes les femmes qu'il comptait séduire, Mary-Lou m'a tant parlé de vous. J'ai l'impression de vous connaître déjà. Mais je dois avouer que je ne m'attendais pas à une telle beauté.

L'air sceptique, elle l'étudia, alors qu'il tenait sa main juste un peu plus longtemps que nécessaire. Elle eut vite fait de le cataloguer : un charmeur professionnel, tout à fait le genre de type pour lequel Mary-Lou craquait.

Cette dernière les observait avec anxiété. Ne voyant aucun signe de reconnaissance sur le visage de Lily, elle en déduisit que son amie était sans doute la seule femme de Shanghai à ignorer l'identité de Bennett Yuan. Il est vrai que Lily regardait rarement la télévision et ne se fatiguait pas beaucoup avec les nouvelles. Elle était trop repliée sur son propre monde et sur son commerce.

— Je te présente Bennett Yuan, lui dit-elle, remarquant alors l'ombre qui passait dans le regard de son amie.

Ainsi elle s'était trompée : Lily avait bien entendu parler de la mort tragique d'Ana Yuan.

— Bonsoir, monsieur Yuan, fit Lily en retirant sa main.

En effet, non seulement elle connaissait l'histoire de Bennett, mais elle savait aussi que sa femme était morte il y avait à peine six mois. Elle jeta un coup d'œil en coin à Mary-Lou, qui croisa son regard. Que diable faisait-elle avec le veuf d'Ana Yuan ?

— C'est Bennett qui m'a aidée quand ma voiture a été volée, reprit-elle. Tu te rappelles ? Je t'en ai parlé.

— En effet.

Bennett lui demanda ce qu'elle aimerait boire et elle opta pour un San Pellegrino avec une rondelle de citron. Puis le serveur leur énuméra la carte du jour et la conversation passa au menu.

Bennett se mit alors en quatre pour se montrer amusant. Il lui demanda de parler de sa maison dans la concession française, expliquant que c'était le quartier où il aurait toujours souhaité vivre, affirmant qu'il aimait l'histoire coloniale française.

— Moi aussi, approuva Lily, d'autant que ma mère était française. En fait, elle était de père américain et de mère autrichienne, mais ayant grandi à Paris elle s'est toujours considérée comme française.

Bennett avait commandé une bouteille d'un bon vin italien, un chianti du domaine Frescobaldi. Le serveur emplit leurs verres et Lily avala une gorgée, tout en remarquant que, pour une raison quelconque, Mary-Lou regardait Bennett comme un chien de chasse prêt à bondir. Pendant ce temps, celui-ci jouait à « Monsieur-Très-à-l'Aise », discutant de Shanghai, de Paris, de New York en voyageur chevronné.

— Si votre mère habitait Paris, vous devez bien connaître la ville, en déduisit-il.

Lily lui répondit qu'elle n'y était jamais allée et se surprit à lui raconter comment sa mère s'était enfuie loin de sa famille pour épouser Henry Song.

— Manque de jugeote, fit-elle, caustique. Mais il faut dire que ma mère n'en a jamais eu beaucoup, ajouta-t-elle avec un sourire amer. Elle aurait dû rester chez les Hennessy. D'après elle, ils étaient richissimes. Ma grand-mère possédait un château en Autriche, des meubles d'époque, des tableaux fabuleux et, bien sûr, le magasin d'antiquités à Paris. Dommage que ma mère ait renoncé à tout.

— Et tout cela existe encore ? s'enquit Bennett en jouant avec un loup de mer grillé. Le magasin d'antiquités, le château ?

— Je crois. La boutique Antiquités Hennessy, comme cela s'appelait à l'époque, si le nom n'a pas changé depuis, se trouve rue Jacob. Ma mère avait une sœur. Elle s'est mariée et a eu une fille qui serait plus jeune que moi. La famille de ma grand-mère était très riche, tous mes oncles et tantes aussi. Je suppose qu'ils ont légué à ma cousine la fortune familiale et probablement le château de ma grand-mère.

Repensant à son mariage avec l'héritière Yuan, elle lança un regard entendu à Bennett et, avec un petit coup d'œil en coin à Mary-Lou qui semblait bien trop contente d'elle, précisa :

— Elle s'appelle Precious Rafferty. Vous pourriez peut-être lui rendre visite la prochaine fois que vous serez à Paris, Bennett. Je crois savoir que vous appréciez la compagnie des femmes fortunées.

71

Mary-Lou lui donna un coup de pied furieux sous la table, et Bennett s'esclaffa. Lily ne croyait pas si bien dire. Quel intérêt de connaître des gens sans le sou ? Après tout, ils ne pouvaient rien faire pour vous.

— Croyez-moi, vous et moi, nous sommes pareils, Lily, fit-il avec admiration. Seuls et bien déterminés à progresser.

— « Devenir riche », approuva Lily en levant son verre en hommage à Mary-Lou et à sa vieille devise.

Bennett l'imita. Les seuls mots qu'il aurait pu ajouter étaient : « À n'importe quel prix. »

Il pensa au collier de Lily. En avait-elle hérité ou l'avait-elle volé ? L'histoire de Mary-Lou était si invraisemblable qu'il avait du mal à la croire. Et, dans sa quête désespérée de gagner de l'argent, l'idée de faire le commerce de bijoux volés ne l'emballait guère. Il préférait s'intéresser à la petite-fille Hennessy, qui avait hérité de la fortune et du château familial. Cette riche petite Parisienne était plus son style.

Lily annonça qu'elle était fatiguée et s'éclipsa avant le dessert. Elle remercia Bennett qui, encore une fois, retint sa main trop longuement dans la sienne. Il devait gratifier de cette attention toutes les femmes, jeunes ou vieilles, attirantes ou pas. Il testait son charme, tout simplement. Il espérait la revoir, affirma-t-il. Mary-Lou raccompagna alors son amie à la porte.

— Alors ? demanda-t-elle, le regard brillant, qu'en penses-tu ?

— C'est le veuf d'Ana Yuan et, si tu veux mon avis, je pense qu'il a tort de s'afficher avec une autre si peu de temps après la mort tragique de sa femme. Mais je suppose que tu ne partages pas mon opinion, ajouta-t-elle en remarquant l'expression furieuse de son amie.

— Tu ne peux pas demander à un homme comme Bennett de rester enfermé chez lui. Il a besoin d'une femme.

— Je n'en doute pas, approuva Lily, soudain très sérieuse. Mais pose-toi cette question : toi, as-tu besoin d'un homme comme Bennett ?

Sans ajouter un mot, elle monta dans l'ascenseur et les portes se refermèrent sur elle.

Mary-Lou se rua vers la table où son compagnon s'apprêtait à partir. Il avait déjà payé l'addition. Elle avait espéré continuer à boire du vin et du café en sa compagnie, mais il semblait pressé. Il a envie de moi, songea-t-elle avec cette boule de désir au creux du ventre qu'elle avait toujours lorsqu'elle pensait à l'amour avec Bennett.

Pourtant elle se trompait. Il se contenta de la déposer devant chez elle en lui donnant un rapide baiser et déclara qu'il était fatigué et qu'il avait besoin de dormir.

— Mais nous devons parler, fit-elle d'un ton désespéré.

— Pas ce soir. Je t'appelle, répondit-il avant de remonter en voiture et de démarrer en lui faisant un salut de la main.

Elle suivit des yeux la Hummer qui se frayait un chemin dans la circulation dense du Bund et se sentit soudain bien seule. Dire qu'elle avait pensé que la soirée se déroulait à merveille : d'abord la discussion sur le collier et sa proposition de travailler avec lui. Puis le dîner avec Lily. Mais pourquoi avait-elle fait cette stupide remarque sur le penchant de Bennett pour les femmes riches ? Elle était d'autant plus déplacée que c'était la vérité.

Le lendemain, il n'appela pas. Le surlendemain non plus. Et lorsqu'elle essaya de le joindre elle n'obtint pas de réponse. Une semaine passa sans nouvelles de lui. Mary-Lou était désorientée. Bennett était son seul espoir. Et, pour tout arranger, elle était amoureuse de lui.

12

Paris

Preshy était heureuse. Daria avait accompagné Tom, son mari, venu à Paris pour affaires et elles allaient dîner en tête à tête, Tom ne pouvant se joindre à elles. Sylvie ne serait pas de la partie, car elle avait son restaurant à gérer – grâce à la qualité de sa carte, Chez Verlaine ne désemplissait pas.

Les deux amies devaient se retrouver aux Deux Magots, au coin du boulevard Saint-Germain, où elles prendraient un verre avant de décider du lieu de leur dîner. Un bistrot simple, avait demandé Daria, et Preshy avait su tout de suite où l'emmener.

Elle avait donc ressorti sa petite robe noire, ses talons et ses diamants de « fille riche ». En retard, comme toujours, elle se hâta de descendre l'escalier et sortit en trombe sur le trottoir, où elle remarqua un homme planté devant la vitrine de la boutique. Il lui tournait le dos et ne la vit pas vérifier que la lumière bleue de l'alarme était bien allumée. Puis elle traversa la rue d'un pas rapide pour aller retrouver Daria. Elle n'avait pas la moindre intention d'ouvrir son magasin ni de discuter d'antiquités avec quiconque ce soir.

Le café des Deux Magots devait son nom à deux anciennes statues d'agents commerciaux chinois et grassouillets, ou « magots », qui trônaient à l'intérieur. La plupart des clients préféraient s'asseoir à la terrasse et pratiquer le sport national consistant à regarder passer les gens. Les tables du célèbre café donnaient sur le boulevard animé et sur l'église Saint-Germain-des-Prés, aux lignes si sobres, la plus ancienne de Paris.

Comme toujours, le café était bondé. Daria, arrivée tôt, avait déniché une table minuscule et deux chaises bancales et avait déjà commandé deux flûtes du champagne maison, le Monopole. Le serveur les apporta au moment précis où Preshy apparaissait.

— Tu es très parisienne, ce soir ! s'exclama-t-elle en déposant un baiser sur la joue de son amie.

— Je suis allée chez le coiffeur, répondit Daria en tournant la tête pour faire admirer sa chevelure soyeuse, d'un blond nordique, qui dansa avec souplesse.

— Fabuleux ! La seule chose que je te demande, c'est de ne jamais les couper court.

— J'étais tentée de le faire, mais Tom ne me le pardonnerait jamais. Il m'a toujours dit qu'il était tombé amoureux de mes cheveux avant de tomber amoureux de moi. Tu veux savoir ce qu'il a dit d'autre ? continua-t-elle en se penchant vers son amie avec un sourire. Quelque chose que je n'ai jamais dit à personne parce que je voulais que tout le monde pense qu'il était tombé raide dingue de moi – si tant est qu'on puisse tomber amoureux de cette façon.

76

— Alors, qu'a-t-il dit de si terrible ?

Preshy avala une gorgée de champagne. Revigorée, elle remarqua que Daria n'avait pu résister à sa passion pour les olives, même si ce n'était pas l'amuse-gueule idéal avec le vin pétillant.

— Il a demandé comment on pouvait tomber amoureux d'une BCBG aussi gâtée, aussi garçon manqué que moi, poursuivit Daria. Bien sûr, c'était après que je l'ai battu au softball, écrasé au tennis et que j'ai gagné la traversée de la baie à la nage pour laquelle il m'avait défiée. En plus, quand nous avons joué au strip-poker, il a fini en caleçon.

— Comment t'y es-tu prise pour qu'il reste ? s'esclaffa Preshy.

— Je l'ai regardé, dans son caleçon de professeur. Il était si pâle, il avait l'air si studieux, et pourtant si vulnérable. Et pourtant... cela ne l'empêchait pas d'être sexy. Je me suis rendu compte que je le voulais à tout prix. J'aurais fait n'importe quoi pour le garder. Alors, j'ai capitulé et j'ai tout accepté. C'est mon secret pour un mariage heureux. Je le laisse gagner... Backgammon, échecs, poker, tennis : il gagne. À part en natation. Il doit croire qu'il me reste une corde à mon arc, sinon pourquoi m'aimerait-il encore ?

Elles se mirent à rire, leurs flûtes de champagne à la main, tout en grignotant les olives noires de Nice. Le fin visage de Daria, encore hâlé par le vent de Cape Cod où elle venait de passer deux semaines, était animé ; ses yeux pétillaient. Avec un soupir d'aise, elle repoussa ses cheveux en arrière.

— Si Lauren ne me manquait pas autant, je dirais que je ne pourrais pas être plus heureuse qu'en ce moment, avec toi, dans ma ville préférée.

Prenant la main de Preshy, elle ajouta :

— Tu me manques, tu sais.

— Je sais, répondit la jeune femme en serrant la main de son amie dans la sienne. Moi aussi, tu me manques. As-tu parlé à ta fille, aujourd'hui ?

— Oui. Elle m'a dit que je n'avais pas besoin de me dépêcher de rentrer, que ses grands-parents l'emmenaient à Disney World. Elle est trop occupée à se faire gâter pour que je lui manque. Tom affirme qu'il y a un moment où les parents deviennent inutiles, mais j'étais loin de me douter que c'était déjà le cas à trois ans. Et maintenant, où allons-nous dîner ?

— J'ai pensé à La Coupole. Ce n'est pas loin, pas compliqué.

— Ça me va.

La Coupole était la plus parisienne des brasseries. Ouverte dans les années folles, c'était une salle immense, haute de plafond, avec des colonnes massives couvertes de merveilleuses peintures – œuvres d'artistes fauchés de Montparnasse qui les avaient troquées contre un repas. Avec ses frises aux couleurs vives, ses appliques Arts déco, ses banquettes rouges, son célèbre bar et ses rangées de tables couvertes de nappes blanches serrées les unes contre les autres, la brasserie était une plaque tournante de comédiens, de politiciens, de mannequins, de touristes, et de professionnels de l'édition. Preshy expliqua à son amie qu'elle aimait cet endroit pour la simplicité de son menu et pour le spectacle qu'offraient les clients : c'était exactement ce dont elles avaient envie.

Il était encore tôt pour les Parisiens et la célèbre brasserie était à moitié vide. Un serveur les escorta jusqu'à l'une des tables alignées contre le mur, si proches les unes des autres que l'on pouvait entendre toutes les conversations des voisins. Daria commanda du poisson et Preshy un steak-frites. Radieuses, elles se mirent à évoquer leurs vies, leurs familles, leurs amis de Boston tout en buvant du vin rouge.

— Regarde un peu ce qui vient vers nous, chuchota soudain Daria en donnant un coup de coude à son amie.

Preshy suivit son regard : un homme grand, brun, aussi beau qu'un mannequin d'Armani – un fantasme pour toutes les femmes –, s'avançait dans leur direction. Lorsqu'il tourna la tête vers elle, ses yeux d'un azur sombre parurent entrer en collision avec les siens. Il la fixa comme s'il était incapable de détacher son regard du sien, et elle eut l'impression de se noyer dans le bleu de ses yeux. L'échange ne dura que quelques secondes, mais lorsque, enfin, elle détourna la tête, un lent frisson lui parcourut le dos.

Le maître d'hôtel conduisit l'homme à une table en face d'elles, mais Preshy l'entendit dire en désignant celle qui était voisine de la leur :

— Non, celle-ci ira très bien.

Il s'installa sur la banquette à côté des deux amies. Preshy buvait son vin sans avoir l'air de lui prêter attention, mais un courant électrique semblait passer entre eux. Il était si près qu'elle aurait pu le frôler de la main.

— Bonsoir, mesdames, fit-il avec un signe de tête, de la façon polie dont les Français se saluent lorsqu'ils se trouvent très près les uns des autres au restaurant.

Mais elles reconnurent son accent américain.

— Bonsoir, monsieur, répondirent-elles.

Daria donna à Preshy un coup de coude qui en disait long.

— Souris-lui, lui chuchota-t-elle alors que leurs plats arrivaient.

— Excusez-moi, fit l'inconnu, je ne veux pas être indiscret, mais je ne sais pas quoi commander et vos assiettes me semblent très appétissantes. Pouvez-vous me dire ce que vous avez choisi ?

Comme il était évident qu'elle mangeait un steak-frites, Preshy, amusée, lui lança un regard en coin. Se félicitant d'avoir opté pour sa petite robe noire, elle rejeta ses longues boucles blond cuivré derrière son épaule en un geste un peu aguicheur.

— Bonsoir, je m'appelle Bennett James, se présenta alors le bel inconnu. Je suis à Paris pour affaires.

— D'où venez-vous ? s'enquit Preshy.

— De Shanghai… C'est loin, ajouta-t-il avec un froncement de sourcils.

— De Shanghai ? fit-elle, surprise. J'ai une cousine que je ne connais même pas, là-bas. Elle s'appelle Lily Song.

— Shanghai est une grande ville, répondit-il avec un haussement d'épaules.

Comme elle était bête ! Il n'avait aucune raison de connaître sa cousine.

— Et vous êtes ? reprit-il.

— Precious Rafferty, répondit-elle en rougissant, mais quand j'avais neuf ans on m'a donné le diminutif de Preshy.

— Je comprends, déclara-t-il, et tous trois se mirent à rire.

Preshy lui présenta Daria, qui lui conseilla le steak-frites s'il avait besoin d'un plat réconfortant. Il le commanda, accompagné d'une bouteille de vin rouge, et la conversation s'engagea sur Boston et Paris, la plus jolie ville du monde, selon Bennett, qui expliqua s'y trouver en vacances. Ils parlèrent peu de Shanghai. Il se contenta d'expliquer qu'il gérait une société d'exportation trop grande pour lui et qu'il devait recruter de nouveaux cadres.

Il avala une gorgée de vin, et de nouveau ses yeux croisèrent ceux de Preshy. Sous l'effet de leur vive attirance mutuelle, un frisson électrique les traversa.

Daria donna un second coup de coude à Preshy, qui tourna la tête vers elle.

— Je suis désolée, ma chérie, s'excusa son amie avec un sourire, mais je suis en retard. J'ai promis à Tom de rentrer à l'hôtel pour vingt et une heures.

Elle rassembla son sac et son blazer bleu pâle à boutons dorés de parfaite BCBG, se glissa hors de la banquette et se pencha pour l'embrasser.

— Tu me laisses seule avec lui ? chuchota Preshy.

— Tu penses bien ! répliqua-t-elle à voix basse.

Bennett James se leva à son tour.

— Ravi de vous avoir rencontrée, Daria, dit-il en enveloppant son interlocutrice de son intense regard bleu tout en retenant sa main dans la sienne.

Elle hocha la tête, et répondit :

— Profitez bien de votre séjour à Paris.

Puis, avec un petit salut de la main, elle s'éloigna parmi les tables maintenant toutes occupées.

Preshy sentit la panique la gagner. Elle était seule avec un homme qu'elle venait à peine de rencontrer et qu'elle trouvait follement attirant. Allait-elle se contenter de lui dire au revoir poliment, comme l'avait fait Daria, et de lui donner son numéro pour passer le reste de la semaine à côté du téléphone à attendre son coup de fil ? Ou allait-elle se laisser porter par cette bouffée de désir qui la poussait vers lui et, très probablement, vers son lit ? C'était fou ! Pourtant, elle n'était pas le genre de femme à s'accorder des aventures – surtout avec un inconnu.

Sentant ses yeux sur elle, elle lui fit face et ils se contemplèrent.

Il finit par dire :

— Vous avez déjà pris le bateau-mouche ?

— Ce sont les touristes qui font ça, rétorqua-t-elle en faisant non de la tête.

Il lui répondit par un sourire.

— Alors, soyez une touriste avec moi. Nous pourrions voir Paris la nuit depuis la Seine. Qu'y a-t-il de plus beau ?

Il lui prit la main. La sienne était douce, chaude, et légèrement hâlée. Un soupçon de poils noirs sortait de sa manche fermée par un luxueux bouton de manchette en or et émail, et une montre de valeur, également en or, entourait son poignet. Des frissons électriques parcoururent de nouveau Preshy jusqu'aux orteils.

— D'accord, fit-elle dans un souffle.

— Bien !

Il fit signe au serveur de lui apporter l'addition et, repoussant les protestations de la jeune femme, insista pour régler aussi la leur.

— Je suis très content de vous avoir rencontrée, répéta-t-il en l'enveloppant encore une fois de son regard pénétrant.

13

Assise près de Bennett dans le taxi qui les conduisait au pont de l'Alma, Preshy se demandait s'il allait l'embrasser. Et s'il s'y hasardait, allait-elle le laisser faire ? Après tout, elle ne le connaissait que depuis deux heures. Que penserait-il d'elle ? Mais, à sa grande surprise, il n'essaya même pas. En fait, il garda une distance pleine de réserve, meublant le silence en lui posant des questions sur elle et sur son activité à Paris.

— Je ne connais rien aux antiquités, déclara-t-il alors que le taxi s'arrêtait enfin sur le quai. Vous allez devoir faire mon initiation.

Sous-entend-il qu'il veut me revoir ? s'interrogea Preshy comme il l'entraînait vers le bateau-mouche illuminé, à la ligne élancée.

Bennett conduisit Preshy à la proue du bateau au toit de verre qui glissait lentement le long du fleuve. Les faisceaux lumineux inondaient les quais d'une lumière magique, tandis qu'ils passaient sous les plus jolis ponts de Paris, illuminant tour à tour les magnifiques bâtiments publics et les monuments dorés, les arcs-boutants massifs et les imposantes gargouilles de Notre-Dame.

— C'est d'une beauté à couper le souffle, murmura-t-elle en prenant instinctivement la main de Bennett.

C'était la première fois qu'elle voyait Paris sous cet angle. Les lèvres près de son oreille, il lui murmura :

— Je dois vous faire un aveu.

Elle répondit, surprise :

— Nous avons fait connaissance il y a quelques heures seulement ; comment pouvez-vous avoir un aveu à me faire ?

— Je vous ai aperçue avant de vous rencontrer à La Coupole, répondit-il. Je regardais la vitrine de votre magasin d'antiquités. Vos cheveux ont attiré mon attention.

Il prit une mèche de sa longue chevelure blond cuivré et la fit glisser entre ses doigts.

— Je ne pouvais pas voir votre visage, vous êtes partie si vite. Alors je vous ai suivie.

Il se mit à rire.

— Je vous promets que c'est la première fois de ma vie que je file une femme, mais il y avait quelque chose chez vous, vos longues jambes et vos cheveux qui volaient au vent... Quoi qu'il en soit, je me suis installé non loin de vous aux Deux Magots. Là, j'ai vu votre visage. Je suis étonné que vous n'ayez pas senti ma présence, ajouta-t-il. Je vous fixais avec une telle intensité ! Je rassemblais tout mon courage pour venir vous aborder, pour vous draguer, en fait, confessa-t-il en souriant, lorsque j'ai entendu que vous partiez pour La Coupole. Je vous ai donc suivie encore une fois. La chance étant avec moi, j'ai pu avoir une table à côté de vous.

Il haussa les épaules.

— Bien sûr, maintenant, vous allez sans doute avoir une mauvaise opinion de moi. Mais je suis un homme honnête ; il fallait que je vous le dise.

De toute sa vie, Preshy n'avait jamais rien vécu d'aussi romantique. Elle était éblouie.

— Je suis flattée, fit-elle doucement. Je ne me souviens pas d'avoir jamais été suivie par un homme.

— Et j'espère que cela n'arrivera plus jamais, répondit-il.

Puis, alors que le bateau glissait silencieusement sous un pont, il se pencha vers elle et l'embrassa.

Les lèvres de Preshy tremblaient sous les siennes. Le baiser n'était pourtant pas passionné, mais rempli d'une tendresse avide. Incontestablement, Bennett James savait ne pas brusquer les choses. Il paraissait savoir se retenir. Preshy lui était reconnaissante de lui laisser le temps de s'habituer à la nouveauté de la situation, de comprendre qu'elle n'était pas le genre de femme à sauter dans son lit. Elle avait besoin d'être convaincue en douceur, elle voulait encore du romantisme.

Tandis qu'elle demeurait sous le charme de leur promenade dans la Ville lumière et de leur baiser sur la Seine, ils prirent un taxi pour les Deux Magots, où ils burent une dernière coupe de champagne. Devant le spectacle des comédiens de rue, des acrobates, des jongleurs habillés de costumes fantastiques, ils continuèrent à converser. Non loin d'eux, un guitariste jouait du flamenco tellement faux qu'il les fit rire. Puis Bennett raccompagna Preshy rue Jacob.

Face à face dans la cour, ils se dévorèrent du regard. Il pressa les deux mains de la jeune femme entre les siennes et, encore une fois, Preshy sentit le courant passer entre eux. Elle étudia son visage mince et finement sculpté ; nul doute, elle avait devant elle le plus bel homme du monde.

— Je ne sais pas à quand remonte la dernière fois que j'ai tant aimé Paris, lui confia Bennett. Merci pour cette merveilleuse soirée.

— Merci de m'avoir draguée.

— Pourriez-vous, enchaîna-t-il, un peu hésitant, je veux dire… voulez-vous me donner votre numéro de téléphone ?

Preshy chercha une carte dans son sac, en vain. Elle n'avait pas de stylo non plus. Elle se servit donc d'un crayon à lèvres pour écrire son nom et son numéro de téléphone sur un mouchoir qu'elle lui tendit.

Il secoua la tête en souriant.

— Une femme d'affaires qui n'a pas sa carte à portée de main ?

— Je ne suis pas une super femme d'affaires ; je suis juste une amoureuse des antiquités.

Il hocha la tête puis, au lieu de l'embrasser, comme elle l'avait espéré, il posa délicatement un doigt sur ses lèvres.

— Je vous appelle, promit-il avant de s'en retourner vers la rue.

Alors que la porte cochère se refermait derrière lui, Preshy monta l'escalier à la hâte, fouillant dans son sac à la recherche de ses clés. Une fois à l'intérieur de l'appartement, elle se précipita à la fenêtre et scruta la rue. Mais il était parti. Elle s'écroula dans le canapé et écouta ses messages. Il n'y en avait qu'un, de Daria, qui lui disait : « Appelle-moi dès que tu rentres. »

Son amie décrocha à la première sonnerie.

— Je n'ai pas arrêté de penser à toi. Raconte, que s'est-il passé ?

— Oh, Daria ! s'écria Preshy d'une voix tremblante. Je crois que je suis en train de vivre un coup de foudre !

14

Le lendemain matin, à dix heures, le téléphone sonna. Preshy se jeta dessus.

— Allô ?

— Preshy, c'est Bennett.

— Oh ! Bennett... Bonjour... je veux dire... Comment allez-vous ? balbutia-t-elle.

Rassemblant ses esprits, elle reprit :

— J'espère que vous avez bien dormi.

Phrase qu'elle regretta immédiatement, car elle signifiait qu'elle avait pensé à lui. Certes, c'était la vérité, mais elle ne voulait pas qu'il le sache.

— Pas vraiment, répondit-il, j'étais trop occupé à penser à vous.

Cette fois, elle ne trouva rien à répliquer.

— Preshy, je rentre à Shanghai demain. Est-ce que vous accepteriez de dîner avec moi ce soir ?

— Ce soir ? Oui, j'en serais ravie.

— Dites-moi où et je réserverai.

Preshy réfléchit à toute allure. Il retournait à Shanghai, elle risquait de ne plus jamais le revoir. Et, si elle se laissait aller, elle pourrait n'être pour lui qu'une aventure parisienne sans lendemain. Elle décida donc de l'emmener Chez Verlaine. Sylvie pourrait ainsi la surveiller et l'empêcher de faire des bêtises.

— Non, je vais réserver moi-même, fit-elle alors d'un ton ferme. Voulez-vous passer me prendre à vingt heures ?

— Vingt heures. Je m'en réjouis d'avance.

— Moi aussi, à ce soir.

Elle reposa le téléphone avec un sourire ravi.

Chez Verlaine était un petit restaurant situé dans une rue étroite bordée d'arbres, près de Saint-Sulpice. Les murs étaient couverts de miroirs en argent vieilli qui reflétaient l'éclairage rose, comme à travers un brouillard. Un rideau de taffetas vert sombre tiré sur la vitrine empêchait les passants de regarder à l'intérieur, tout en créant dans la salle une atmosphère chaleureuse. Le reste de la décoration était très sobre : du lin gris pâle, de petites lampes aux abat-jour en vélin, des banquettes vertes et de robustes fauteuils rembourrés de coussins de la même couleur. Un grand bouquet de fleurs des champs – marguerites, tournesols, boutons d'or, lilas ou fleurs de cerisier, selon l'époque de l'année – accueillait les clients. Sylvie ne cuisinait que des produits de saison achetés frais sur le marché : cela, combiné à son vrai talent de chef, lui assurait la fidélité d'une clientèle toujours enchantée.

Petite, potelée, mignonne, Sylvie avait un visage de gamine, un regard noisette pétillant de gaieté, des cheveux bruns coupés court, et elle faisait preuve d'un sacré caractère quand elle était en colère – ce qui, dans sa position de chef et propriétaire de Chez Verlaine, était essentiel. Elle avait un problème majeur avec ses seconds, en cuisine. En effet, aucun d'eux ne répondait complètement à ses critères de qualité, et elle ne manquait pas de le leur dire en toute sincérité. Mais elle savait bien à quel point elle était difficile.

Chaque plat qui sortait de ses cuisines devait atteindre la perfection tant au niveau des saveurs que de la préparation et de la présentation. Ici, pas question de portions gargantuesques, ni de « nouvelle cuisine », sous prétexte d'être à la mode. Et l'huile d'olive « extra-vierge », qui, en quantité trop importante, détruisait totalement le bouquet de saveurs d'une cuisine soignée, ne devait être utilisée qu'avec parcimonie.

Ce soir, Sylvie avait l'intention de se surpasser. Preshy amenait un petit ami – un mot sans doute un peu présomptueux pour quelqu'un qu'elle avait rencontré la veille et qui repartait à Shanghai le lendemain même. Mais si cette romance ne semblait pas très prometteuse, Daria lui avait dit que l'Américain était superbe et que leur amie en était déjà folle. Elle avait donc bien l'intention de le passer au crible. Vu la distance entre Shanghai et Paris, elle savait qu'un homme en voyage d'affaires n'aurait pas de scrupule à se contenter d'une simple aventure parisienne, qu'il oublierait aussi vite. Or Sylvie refusait de voir son amie traverser ce genre d'épreuve.

Preshy et son soupirant arrivèrent à vingt heures trente, les cheveux ébouriffés, encore mouillés par une ondée passagère.

— Bienvenue ! déclara Sylvie en s'avançant pour les saluer, très élégante dans son uniforme blanc.

Souriante et rougissante, Preshy lui présenta Bennett, qui lui serra la main avec vigueur. Sylvie remarqua qu'il n'en faisait pas trop, qu'il ne se comportait pas comme quelqu'un qui cherchait à l'impressionner, à essayer de faire d'elle son amie.

Apres les avoir installés dans un coin tranquille, elle leur annonça qu'ils n'avaient pas le choix : c'est elle qui se chargerait du dîner et elle ne voulait pas de réclamations. Elle commença par leur faire envoyer une bouteille de champagne Heidsieck Rosé Sauvage glacé et, en amuse-gueule, des cakes au crabe et au curry, enveloppés dans des feuilles d'épinard. Puis elle retourna vers ses cuisines en ébullition : le restaurant affichait complet.

Cela ne la perturba pas le moins du monde. Elle était habituée au chaos organisé d'une cuisine de restaurant. Son regard aiguisé constata que tout le monde était à sa place, que ses mitrons s'affairaient à trancher, à tourner les sauces, ou à préparer des plats. Suivant son habitude, elle donna son avis sur tout, puis s'activa à concocter ce qui allait être le meilleur repas de la vie de Bennett James. Elle comptait jauger l'homme à sa réaction.

Elle leur fit servir le premier plat, des raviolis au homard, et glissa un regard par l'entrebâillement de la porte. Ils n'étaient plus face à face, comme quand ils étaient arrivés, mais côte à côte sur la banquette. Et ils se tenaient la main. Bien ! se félicita-t-elle. Cela semblait sérieux.

— Elle est adorable, déclara Bennett un peu plus tard, en regardant Sylvie aller de table en table, bavarder avec les clients, parfaitement maîtresse de la situation. Et c'est une cuisinière hors pair, ce qui ne gâche rien. Où a-t-elle appris à cuisiner ainsi ?

— Crois-le ou non, elle a commencé à s'y intéresser vraiment lors de vacances dans la maison de famille de Daria, à Cape Cod. Nous y passions l'été et Sylvie a décroché un job dans le restaurant de homards local. Le soir, après son service, elle rentrait avec les restes, qu'elle remaniait pour nous servir des plats succulents au déjeuner du lendemain. Entre ça et ses barbecues, nous avons toutes pris du poids ! Mais à partir de cet été-là son destin était scellé. Elle a décidé d'être chef et n'est jamais plus revenue en arrière.

— Vous avez dû vous amuser, fit-il remarquer en prenant de nouveau sa main et en la portant à ses lèvres.

Ils échangèrent un regard brûlant.

— Tu me coupes le souffle, murmura Preshy. Je pense que j'ai besoin de plus de vin.

— Est-ce que ça te le rendra ? demanda-t-il en lui servant le brouilly glacé que Sylvie leur avait recommandé avec le hors-d'œuvre.

Elle en avala une gorgée et un frisson la traversa. Mais cela n'avait rien à voir avec la température du vin.

— Je ne suis pas sûre de vouloir le reprendre, lui confia-t-elle avec un sourire, ça me plaît d'être sans souffle.

— Cela ne t'empêche pas de manger ?

Rejetant la tête en arrière, elle se mit à rire.

— Rien ne m'empêchera jamais de manger, déclara-t-elle en attaquant le tendre poulet de Bresse au goût unique au monde.

— Je suis heureuse de te l'entendre dire, approuva Sylvie qui passait. Tout va bien ? enchaîna-t-elle en français.

— Sylvie, c'est…

Bennett cherchait ses mots.

— Merveilleux, finit-il par dire, je n'ai jamais rien mangé d'aussi bon de toute ma vie.

— Même à Shanghai ? J'ai entendu dire que la nourriture y était succulente. Si inventive, si exotique.

— Mais ici c'est différent. Je vais peut-être devoir m'installer à Paris pour pouvoir dîner Chez Verlaine plus souvent.

Son compliment enchanta la maîtresse des lieux.

— Vous serez toujours le bienvenu, lui assura-t-elle, rayonnante.

Tandis qu'ils dégustaient une tendre salade suivie d'une impeccable sélection de fromages, Sylvie retourna à la cuisine et leur prépara des îles flottantes, le plus simple et le plus vieux des desserts français.

— Des îles flottantes ! s'exclama Bennett en voyant arriver les coupes de crème anglaise surmontée de blancs d'œufs mousseux auxquels Sylvie avait ajouté des pralines. On dirait presque un dessert chinois. Je crois que je vais devoir vous enlever, Sylvie, et vous faire ouvrir un restaurant à Shanghai.

Tous partirent d'un éclat de rire. Preshy enveloppait Bennett d'un regard admiratif. Sylvie se réjouissait de voir son amie si heureuse. Elle s'étonna qu'ils trouvent le temps de déguster leurs îles flottantes, tant ils semblaient absorbés l'un par l'autre. Bennett semblait incapable de détacher les yeux de sa compagne.

Plus tard, elle alla les rejoindre, alors qu'ils s'attardaient devant leur café. Les deux amies se mirent à évoquer les étés avec Daria à Cape Cod.

— Il faudra que je t'y emmène un de ces jours ! s'exclama Preshy avec enthousiasme.

Mais, sa phrase à peine terminée, elle s'empressa de se reprendre, un peu rougissante.

— Bien sûr, tu es trop occupé pour ça.

— Je pourrais trouver le temps, répondit Bennett en la fixant de ce regard appuyé qui, Sylvie l'avait remarqué, réduisait son amie à un silence lourd de désir.

Il jeta un coup d'œil désolé à sa montre. Le luxe de l'accessoire n'échappa pas à la restauratrice. Dieu merci, songea Sylvie, cette fois, Preshy, dans sa quête éperdue de l'amour, n'a pas jeté son dévolu sur un artiste sans le sou : non seulement Bennett James est beau, mais il a l'air riche et respectable.

Il annonça alors qu'il devait partir et ils se quittèrent dans une effusion de « bonne nuit » et de promesses de retour. Dès qu'ils eurent quitté les lieux, Sylvie appela Daria.

— Alors ? demanda cette dernière.

— C'est trop tard, elle est mordue.

— C'est si ennuyeux que ça ?

— Ça paraît trop beau pour être vrai. Le gros problème, c'est Shanghai. Dix mille kilomètres, ça fait une sacrée trotte !

— Oui, mais ils pourraient trouver un moyen de s'arranger, s'esclaffa Daria ! Tu nous entends ? Nous parlons comme deux vieilles marieuses, et Preshy ne le connaît que depuis vingt-quatre heures !

— Peut-être est-ce suffisant, constata Sylvie en se remémorant la façon dont ils s'étaient regardés.

15

— Ça t'a vraiment plu ? demanda Preshy tandis
que, sa main dans celle de Bennett, ils parcouraient le
dédale de ruelles qui menaient rue Jacob.

— C'était merveilleux.

Il la dévisageait. Des gouttes de pluie mouillaient
ses cheveux et ses yeux avaient la couleur des fonds
sous-marins.

— Mais ta seule présence me comble, reprit-il.

Elle pressa sa main en souriant.

— Moi aussi, avoua-t-elle avec timidité.

Ignorant la pluie, ils s'extasièrent devant les vitrines
illuminées, critiquèrent les toiles dans les nombreuses
galeries d'art et admirèrent les antiquités et les
boutiques de vêtements. Lorsqu'ils se retrouvèrent
dans la cour de la rue Jacob, cette fois, Preshy
demanda à Bennet s'il voulait monter.

— Pour un dernier verre, ajouta-t-elle avec un petit
rire, parce que son offre sentait un peu le traquenard.

Mais, ce soir, elle ne voulait pas le laisser partir.

Bennett la suivit et admira l'appartement au décor
si agréable. Il l'aida à retirer ses habits trempés, ôta sa
chemise, et prit la jeune femme dans ses bras.

— Pas de dernier verre, murmura-t-il en repoussant ses boucles mouillées derrière ses oreilles. Juste nous, Preshy... Toi et moi.

Elle noua ses bras autour de son cou, attendant son baiser.

— C'est vraiment ce que tu veux, Preshy chérie ? fit-il doucement. Je ne veux pas te brusquer.

Elle secoua la tête, des gouttes de pluie tombèrent de ses cheveux encore mouillés.

— Tu ne me brusques pas.

Ses lèvres étaient à un souffle de celles de Bennett. Elle ferma les yeux et ils s'embrassèrent. Les jambes en coton, elle se fondait contre lui, dans son parfum, sentant sa bouche sur la sienne, son corps contre le sien. C'était la première fois qu'elle ressentait une émotion aussi merveilleuse, un tel bien-être avec un homme. Tout ce qu'elle désirait en cet instant, c'était se donner à l'homme qu'elle aimait, prendre du plaisir et en recevoir. Bennett la souleva puis la transporta dans sa chambre, et les contours de la réalité s'estompèrent : elle comprit qu'elle était sur le point de vivre le moment qui allait faire basculer sa vie.

À l'aube, exténuée, elle sombra dans un sommeil de plomb. Elle n'entendit pas Bennett se lever, prendre sa douche, s'habiller et quitter la chambre. L'air préoccupé, il se planta devant une fenêtre du salon et fixa la cour, tout en réfléchissant à la meilleure façon de jouer ses cartes.

Se retournant, il passa en revue l'assortiment de photos de famille sur l'étagère à côté de la cheminée. Il en prit une représentant une femme à l'élégance flamboyante, resplendissante en mousseline rouge, au gala de la Croix-Rouge de Monte-Carlo. Sans doute la riche tante qui, d'après Lily, lui léguerait son argent. Il étudia un moment son visage, puis ses yeux furent attirés par la photo de mariage des grands-parents Hennessy. La mariée, dans un costume traditionnel autrichien, portait au cou un collier de pierres précieuses, orné d'une seule perle géante. Il l'étudia un long moment. Ainsi Mary-Lou avait dit la vérité. Et cette splendeur était en possession de Lily. Une idée germa dans son esprit. Il devait y avoir un moyen pour lui d'atteindre les deux objectifs : l'héritière et le collier. Il mit la photo dans sa poche et retourna dans la chambre.

Preshy l'entendit murmurer son nom. Assis au bord du lit, tout habillé, il la regardait.

— Je dois te quitter, annonça-t-il. Crois-moi, je n'en ai pas la moindre envie, mais il faut que je prenne mon avion.

— Bien sûr, approuva-t-elle en se redressant à la hâte, serrant le drap sur ses seins, sans comprendre vraiment pourquoi elle se montrait aussi pudique après ce qui s'était passé entre eux.

Il saisit son menton et leva son visage vers lui.

— Tu sais que je vais revenir, déclara-t-il avec douceur.

Elle hocha la tête, soudain terrorisée à l'idée qu'il pouvait en être autrement.

— Preshy, reprit-il d'un ton rassurant, je suis sérieux. Je vais revenir pour toi.

Penché sur elle, il frôla ses lèvres d'un baiser avant de se diriger vers la porte. Sur le seuil, il se retourna pour la regarder une dernière fois. Assise sur son lit, le drap toujours enroulé autour d'elle, Preshy le fixait de ses grands yeux empreints de tristesse.

— Bientôt, répéta-t-il, je te le promets.

Et il sortit pour repartir à des milliers de kilomètres de là.

16

Chine

Le long du chemin de terre surplombant une gorge étroite du fleuve Huang He, Lily, au volant de sa voiture noire, avançait lentement. Il était plus de minuit, l'obscurité était dense, presque tangible, comme elle peut l'être dans ces régions reculées, loin des lumières des villes. Il pleuvait dru. Les phares éclairaient le paysage nu et lugubre ; les silhouettes noires et désolées des arbres, qu'un vent incessant avait dépouillés de leurs feuilles, se découpaient sur un ciel gris, brumeux, zébré de traînées d'un blanc fantomatique, comme dans une vieille peinture chinoise.

D'un geste impatient, Lily écarta ses cheveux de son visage, cherchant à distinguer son chemin dans le déluge.

À côté d'elle, Mary-Lou ajustait ses lunettes à monture invisible, à l'affût du moindre repère susceptible de leur indiquer qu'elles approchaient de leur rendez-vous. Mais son esprit était ailleurs. Elle était inquiète. Elle n'avait toujours pas de nouvelles de Bennett.

Les deux femmes portaient chacune une casquette, un jean et une veste matelassée noire pour se protéger du vent glacé. Mary-Lou avait dissimulé dans sa poche un pistolet noir, un Beretta. Bien sûr, Lily ignorait tout du Beretta, mais s'il y avait le moindre problème Mary-Lou voulait être certaine de s'en sortir vivante.

Sur le bas-côté, les arbres ployaient sous les bourrasques tandis que la route s'éloignait du fleuve, grimpait en lacet une colline abrupte, longeant des rizières et des champs. Dans l'obscurité, Lily distingua les contours de misérables maisons de bois. Arrivée à un village endormi, elle mit ses feux de position et descendit la colline jusqu'au cimetière. Grâce à la précision des indications, elle le trouva sans aucun problème.

À la vue de la voiture, deux trafiquants armés levèrent leurs fusils et Lily klaxonna trois fois – le signal convenu. Un pick-up et une camionnette de taille plus importante étaient garés le long du mur.

Lily coupa le moteur et les deux femmes descendirent de voiture. Tremblantes, elles s'immobilisèrent, attendant le signal pour s'approcher. Un homme apparut de derrière le pick-up protégé de la pluie par une bâche goudronnée. Il leur fit signe d'avancer vers lui, s'assurant qu'elles étaient bien seules. Il gérait une affaire dangereuse, la compétition était rude, et on n'était jamais trop prudent.

Il leur indiqua le pick-up et souleva la bâche, dévoilant les trésors couverts de boue qui se trouvaient à l'arrière. La tombe pillée était très vieille et l'ancienneté des objets d'art, des vases, des coupes, des statues

100

et des sculptures de jade leur conférait une grande valeur. Le trafiquant connaissait leur prix sur le marché parallèle et savait quelle somme il pouvait attendre de Lily Song. Mais il fallait commencer par négocier.

Les Chinois étaient maîtres dans l'art du marchandage et Lily ne faisait pas exception à la règle. Soucieuses d'obtenir un bon prix, les deux associées firent leur sélection d'objets, puis Lily et l'homme prirent place dans la camionnette pour finaliser la transaction.

Mary-Lou attendit, gardant un œil prudent sur les vigiles. Lorsque, finalement, ils lui tournèrent le dos pour fumer une cigarette contre le mur, à l'abri du vent, elle se dirigea en silence vers le cimetière. Dissimulée dans l'obscurité, elle observa un groupe d'hommes en train d'abattre les portes de la deuxième tombe. Un rapide coup d'œil lui permit de voir ce qu'elle cherchait : une petite pile d'objets d'art qui attendaient d'être ramassés et emportés jusqu'au camion. Elle se courba et s'approcha. En une fraction de seconde, elle avait attrapé une coupe. Malgré la couche de poussière et de terre qui la recouvrait, Mary-Lou vit qu'elle était en jade, de l'époque impériale. Elle connaissait sa valeur potentielle.

Le cœur battant d'excitation, elle glissa la coupe dans sa poche, à côté du pistolet, puis remonta le sentier à pas de loup jusqu'au camion. S'ils la surprenaient, ces hommes seraient sans pitié. Lily et elle seraient abattues et jetées dans le fleuve. Pourtant, d'instinct, elle savait qu'elle ne risquait rien.

Assise dans la camionnette, Lily tendit une liasse de billets au « fournisseur ». Il les compta, secoua la tête, et, fâché qu'une femme ait pris l'avantage, grommela son accord.

Mary-Lou attendait sa collaboratrice. Réunissant leur butin, elles le chargèrent dans la voiture avant d'y prendre place.

Alors qu'elle démarrait, Lily sentit dans son dos le regard maléfique du fournisseur. En passant devant les gardes, elle les vit braquer leurs armes et les suivre des yeux. Des gouttes de transpiration perlèrent à son front ; elle avait presque l'impression d'entendre le choc des balles sur le véhicule, mais aucune ne fut tirée. Lily Song était une bonne cliente. Elle payait comptant et le fournisseur voulait continuer à faire des affaires. Il la tuerait peut-être un jour, mais pas ce soir.

Dans la nuit noire, les deux femmes reprirent la direction du fleuve, puis la longue route pour Shanghai. Les articles volés, bien calés dans leurs emballages rembourrés, bringuebalaient à l'arrière de la voiture.

— Nous avons réussi ! jubila Lily en prenant une cigarette.

— Oui, acquiesça Mary-Lou, qui remarqua à la flamme du briquet que la main de Lily tremblait légèrement. Pas les siennes…

Elle referma les doigts sur la coupe de jade cachée dans sa poche et sourit. Elle serait riche, à n'importe quel prix. Lily était loin de se douter que son amie aussi était une voleuse.

17

Dix jours plus tard, fidèle à sa promesse, Bennett entra dans le magasin de Preshy sans s'être annoncé. Il éclata de rire devant son expression ahurie lorsqu'elle se trouva nez à nez avec lui. En quelques minutes, ce fut comme s'il n'était jamais parti.

Il lui donna son numéro de téléphone portable et son adresse e-mail et revint à Paris tous les dix jours environ. En deux mois, ils se virent six fois. Sept, songea Preshy, si on compte notre première rencontre. Elle avait l'impression qu'ils se connaissaient depuis toujours, mieux que certains amants qui avaient passé des années ensemble.

Lorsqu'ils ne faisaient pas l'amour, ils parlaient à bâtons rompus. Bennett savait tout d'elle et elle était sûre de savoir tout de lui. Son corps sublime, sa façon de lui faire l'amour n'avaient plus de secret pour elle. Il lui avait même parlé de ses anciennes maîtresses, qui n'étaient pas aussi nombreuses qu'elle l'aurait cru. Elle n'ignorait plus rien de ses goûts pour la nature, le sport, les voyages, les actualités, le cinéma, les livres… Elle connaissait jusqu'à ses plats préférés. Et Bennett lui avait aussi parlé de son enfance. Il lui avait raconté qu'il avait été abandonné par sa mère célibataire quand il avait cinq ans et qu'il avait été élevé dans un orphelinat pour garçons.

— J'étais trop âgé pour être adopté, avait-il expliqué, il a donc fallu que je m'adapte à la vie en communauté avec d'autres garçons dans mon cas. Je n'ai pas connu ma mère ; elle m'a laissé là et je ne l'ai jamais revue. Quant à mon père, je n'ai jamais su qui c'était. J'imagine que ma mère non plus ; c'est sans doute pour ça qu'elle ne s'intéressait pas à moi.

Il secoua la tête comme pour nier ce qu'il venait de dire, ou encore pour chasser ses mauvais souvenirs. La lueur glaciale que Preshy surprit dans ses yeux la fit tressaillir.

— On ne se fait pas d'amis dans un tel environnement. On ne veut qu'une chose, s'en sortir. J'ai décroché une bourse pour Dartmouth. C'est là que j'ai appris tout ce que je devais savoir sur la « vraie vie », comme je l'appelais. Et si je suis ce que je suis aujourd'hui, fit-il avec un sourire penaud, si j'aspire tant à gagner de l'argent, c'est parce que j'essaie d'oublier toutes ces années de pauvreté et de manque de reconnaissance. Je suis toujours sur le départ et je n'ai pas le temps de nouer de vraies amitiés. Ou bien j'ai été tellement absorbé par l'idée de devenir quelqu'un que je n'ai jamais pris le temps de vivre une vraie histoire. Jusqu'à maintenant, ajouta-t-il en prenant la jeune femme dans ses bras, et jusqu'à toi, Preshy.

Elle était amoureuse de cette histoire d'amour. Amoureuse de leur première rencontre. Amoureuse de leur séparation quand il partait et lui téléphonait pour lui dire « Bonne nuit, dors bien », quel que soit le décalage horaire. Amoureuse de leurs retrouvailles lorsqu'il la rejoignait à Paris, dans l'appartement de la rue Jacob, où elle attendait dans son lit qu'il vienne se blottir dans ses bras. Elle partageait tout avec lui, les histoires de sa vie, de sa famille, de son grand-père Hennessy et de sa riche tante Grizelda. De ses parents et du peu qu'elle savait sur l'autre petite-fille de son grand-père, Lily, qui habitait Shanghai et qu'elle n'avait jamais rencontrée.

Elle lui offrait des cadeaux : une édition rare des poèmes de John Donne qui semblaient condenser les mots essentiels sur la passion et sur l'amour ; une bouteille de vin ; un porte-clés un peu idiot avec une tour Eiffel – « Pour te rappeler Paris et moi », lui avait-elle dit en riant. Lui arrivait avec du champagne, des fleurs, et l'emmenait dormir à la campagne, dans un « Relais & châteaux », où ils dînaient comme les membres d'une famille royale entourés de leurs domestiques.

Comment l'amour aurait-il pu ne pas s'épanouir ? se demanda Preshy, allongée sur un lit du XVIIe siècle à rideaux de soie, dans une vaste chambre aux somptueuses dorures et aux fenêtres donnant sur des jardins à la française baignés par la clarté de la lune. Alors, tandis qu'elle regardait cet homme, si beau, endormi à son côté, elle ne pouvait s'empêcher de penser que c'était l'Amour avec un grand A.

Comme s'il avait senti son regard, Bennett ouvrit les yeux.

— Preshy, fit-il d'une voix somnolente, je ne pense pas pouvoir vivre sans toi. Veux-tu m'épouser ?

Amoureuse de l'instant, de leur histoire, de l'endroit, Preshy n'hésita pas un instant.

— Oui, dit-elle en couvrant le visage de son amant de baisers.

— Quand ?

— Tout de suite ! s'esclaffa-t-elle. Mais je dois commencer par l'annoncer à tante Grizelda, se reprit-elle.

— Ne t'inquiète pas pour tante Grizelda. Je vais faire les choses comme il faut et me rendre à Monte-Carlo pour lui demander ta main.

Le jour suivant, de retour à Paris, Bennett emmena Preshy dîner au Jules Verne, au premier étage de la tour Eiffel. Là, entre un plateau d'huîtres et une coupe de champagne, il lui offrit cérémonieusement une bague. C'était un diamant ancien, taillé en coussin, serti de brillants. Il le glissa à son doigt, sous les bravos des autres clients.

Qu'existe-t-il de plus romantique ? se demanda Preshy en regardant sa bague de fiançailles, aussi scintillante que les lumières de Paris qui s'étalaient à leurs pieds. Mais Bennett semblait toujours tout faire à la perfection.

— Nous allons vivre ici, décida-t-il. Je ferai les allers-retours entre Shanghai et Paris, mais j'essaierai d'être ici plus souvent, désormais. Aussi souvent que possible, ajouta-t-il en la dévorant des yeux d'une manière qui la laissait frissonnante, éperdue de désir. Et demain, je demanderai à ta tante Grizelda si elle m'accorde ta main. J'espère qu'elle sera d'accord, ajouta-t-il, l'air soudain sceptique, ce qui la fit rire de nouveau.

— Bien sûr, elle sera d'accord, ton charme va la faire fondre.

18

Chine

Chaque matin, Mary-Lou arrivait au travail maussade, incapable de se concentrer. Il n'avait pas fallu longtemps à Lily pour comprendre quel était le problème.

— Alors, où est Bennett ? demanda-t-elle tandis qu'elles transportaient les antiquités volées vers l'entrepôt privé d'un client.

— Comment ? Que veux-tu dire ? répondit son amie, tellement sur la défensive que Lily se mit à rire.

— Je suppose que cette réponse me suffit. Votre idylle aura été de courte durée, si je comprends bien.

— Il ne répond pas au téléphone, il n'appelle pas... Il a dû partir aux États-Unis pour affaires... ou à Paris, ajouta-t-elle après réflexion, se souvenant du dîner au cours duquel Lily avait fait référence à sa cousine.

— Il va souvent à Paris ?

— C'est ce qu'il dit, mais...

Lily détourna les yeux de la route et jeta un bref coup d'œil à Mary-Lou, remarquant ses lèvres pincées, ses sourcils froncés.

— Mais… quoi ?

— Oh, je ne sais pas, fit-elle d'un ton las. Je pensais que, cette fois, c'était l'histoire de ma vie, ajouta-t-elle avec conviction. En tout cas, pour moi, ça l'était.

Lily tapota le bras de son amie avec compassion.

— Je suis désolée. Peut-être est-il juste trop occupé. Les hommes sont comme ça, parfois. Je parle d'expérience, parce que, en tant que femme d'affaires, je peux moi-même avoir ce genre de comportement. Nous n'avons pas le temps pour la moindre distraction.

— Je ne me suis jamais considérée comme une simple distraction, répliqua Mary-Lou avec amertume, ce qui fit sourire Lily.

Elles finirent leur livraison et s'empressèrent de repartir, ayant rempli leur part du contrat. Lily ne voulait rien savoir de l'avion privé qui attendait à l'aéroport, ni de la façon dont les acheteurs chargeraient les objets à bord et les sortiraient du pays. Cela ne la regardait en rien. Elle avait l'argent en espèces dans son sac, c'était tout ce qui comptait.

Elle donna une prime généreuse à Mary-Lou, comme toujours lorsqu'elle participait à une opération risquée, et lui annonça qu'une nouvelle équipée était prévue chez les pilleurs de tombes.

— Dans quinze jours, ajouta-t-elle, d'accord ?

Mary-Lou hocha la tête, mais ses pensées étaient loin du Huang He. Elle prit le reste de sa journée et alla dépenser sa prime dans les boutiques de Nanjing Road. Mais elle était incapable de se concentrer sur ses achats. La vente du collier ne quittait pas son esprit. Elle était obsédée par les rubis, les diamants, la perle à la valeur inestimable… Elle devait trouver un acheteur.

Son seul contact dans le milieu de la bijouterie était le tailleur de diamants Voortmann ; il retravaillait les bijoux qu'elle lui apportait.

Voortmann était un homme chauve et bedonnant, à l'aspect négligé, qui avait appris son métier chez les diamantaires d'Amsterdam. Des années auparavant, il avait été accusé de vol. Il ne s'agissait pas d'un gros casse, mais dans ce milieu une fois que vous aviez été inculpé vous étiez un paria. Il était venu s'installer à Shanghai, en passant par Bangkok. Désormais, il adoptait un profil bas et travaillait pour les clients les moins prestigieux. Il était appliqué. Mais tout le monde à Shanghai avait une activité parallèle, et la sienne était de revendre ou de retailler des bijoux volés.

Mary-Lou était l'une de ses clientes. Les travaux occasionnels qu'elle lui apportait n'étaient pas très lucratifs, mais il ne refusait jamais une affaire. Aujourd'hui, ils avaient rendez-vous : elle disait avoir une proposition à lui faire.

Il poussa le bouton commandant l'ouverture des grilles d'acier et entendit le martèlement des hauts talons de la jeune femme sur les marches de bois conduisant à son bureau. Elle s'arrêta au deuxième étage, devant la porte fermée, et il pressa de nouveau un bouton.

— Asseyez-vous, dit-il en éteignant la lampe à la lumière aveuglante posée sur son banc de travail. Il tourna sa chaise vers elle.

Mary-Lou paraissait anxieuse, ce qui le contraria fortement : il ne pouvait tolérer le moindre problème.

— Que se passe-t-il ? fit-il d'un ton abrupt.

— Rien. J'ai juste une proposition à vous faire. Quelque chose de très spécial. D'unique, en fait.

Mary-Lou avait imprimé une copie de la photo du collier. Elle la tira de son sac sans la lui donner tout de suite.

— Ce que je m'apprête à vous montrer est confidentiel, déclara-t-elle. Cela doit rester strictement entre nous. Il s'agit d'une affaire très importante, Voortmann, vous me comprenez ?

Il haussa un sourcil, sceptique.

— Une femme de la bonne société de Hong Kong a perdu un diamant de dix carats ?

Elle secoua la tête d'un geste impatient.

— C'est beaucoup mieux que ça. Écoutez ce que j'ai à vous dire.

Elle lui raconta l'histoire des bijoux volés de l'impératrice douairière, de la perle avec laquelle Cixi avait été enterrée. Une fois son récit terminé, elle s'adossa à sa chaise et attendit sa réaction.

Il haussa les épaules d'un air ennuyé et jeta un coup d'œil à sa montre. Il était temps pour lui de fermer boutique et de se diriger vers le bar. Il s'efforçait de rester sobre toute la journée pour éviter que ses mains ne tremblent – ce que, dans son domaine d'activité, il ne pouvait se permettre. Mais dès dix-neuf heures il devenait un autre homme.

— Et alors ? lâcha-t-il.

Elle finit par lui tendre la photo.

— Voilà ce qui est arrivé à ces bijoux, dit-elle, et voilà la fameuse perle.

Voortmann examina en silence la photo floue, visiblement prise en secret, dans une mauvaise lumière.

Mais si cette histoire était vraie, il avait devant lui une pièce remarquable.

— Qu'est-ce qui me prouve que ce n'est pas un faux ?

— Faites-moi confiance, se contenta-t-elle de répondre.

Il la dévisagea. Cette femme ne semblait pas le mener en bateau, et, une fois n'est pas coutume, il fut tenté de la croire. Il se rassit dans son grand fauteuil et, les bras croisés sur sa poitrine, la regarda intensément. Sa beauté n'avait pas d'effet sur lui. Il avait deux maîtresses, l'alcool et l'opium, et chaque centime qu'il gagnait servait à alimenter ses vices.

— Alors ? Qu'attendez-vous de moi ?

— Je veux que vous me trouviez un acheteur.

— Hum ! Je suppose que vous avez le collier en votre possession.

— Je peux me le procurer immédiatement, si nécessaire, affirma-t-elle.

— Il est évident qu'il est volé. Une pièce comme celle-ci, la police sera sur le coup. C'est un jeu dangereux, fit-il valoir.

— Tout le monde ignore son existence. Cela fait des années qu'il est caché.

— Qui le possède en ce moment ?

Il ne pouvait rien laisser au hasard.

— Il appartenait à une famille, expliqua-t-elle. Et lorsque je le subtiliserai personne ne signalera sa disparition à la police. Cette pièce serait confisquée, Voortmann. Et le propriétaire serait jeté en prison. Bien sûr, cela ne nous concerne en rien, ni vous ni moi. Tout ce que je veux, c'est que vous trouviez le bon acheteur. Et vite !

Voortmann resta pensif. Comme Mary-Lou, il convoitait la richesse. Sa proposition pouvait devenir l'affaire du siècle. Mais comment la conclure ? À moins de reprendre contact avec ses anciennes relations à Amsterdam… c'était une possibilité…

— Je vais réfléchir à ce que je peux faire, finit-il par dire. Mais d'abord je dois voir le collier.

— Dans ce cas, nous ne ferons pas affaire, répliqua-t-elle en fermant son sac d'un coup sec.

Il poussa un soupir.

— Il y a une limite à ce que l'on peut vendre de bouche à oreille. Une pièce d'une telle importance, l'acheteur voudra la voir.

Mary-Lou passa son sac en bandoulière et se leva. Pour la première fois, elle lui sourit.

— Nous aviserons si le problème se présente, déclara-t-elle. Et n'oubliez pas, nous devons agir vite.

Voortmann appuya sur le bouton qui commandait la porte. Il écouta Mary-Lou descendre l'escalier de son pas rapide, puis entendit la sonnette signalant qu'elle voulait sortir. Il lui ouvrit le portail, qui se referma derrière elle. Il s'assit alors sur son vieux fauteuil de cuir et, les yeux fermés, se balança doucement d'un côté puis de l'autre, les doigts joints. Si Mary-Lou avait dit la vérité, il s'agissait peut-être de l'affaire de sa vie.

Un long moment passa. Enfin il se leva et enfouit la photo du collier dans sa poche. Puis il ferma son bureau à clé, franchit le portail d'acier qui l'emprisonnait depuis son arrivée d'Amsterdam et prit la direction de son bar favori. Le lendemain, il passerait des coups de téléphone.

19

Monte-Carlo

L'appartement de Monte-Carlo, demeure des deux veuves et amies, Grizelda von Hoffenberg, l'aristocrate, et Mimi Moskowitz, l'ancienne danseuse de cabaret, ressemblait à un décor de cinéma des années 30 : tout y était blanc et chromé, avec des touches argentées. Une immense baie vitrée, couverte de fins voilages qui dansaient dans la brise marine, surplombait la baie, occupant tout un pan de mur. Des tapis blancs, poilus, étaient jetés sur les dallages en pierre de Bourgogne, et les immenses canapés étaient capitonnés de brocart blanc. Les pièces de réception étaient meublées de consoles à plateaux de verre, de tables basses à pieds chromés, de tables à miroir, et de meubles à vitrine. Les murs et les plafonds étaient peints en rose dragée, une teinte qui oscillait entre le blanc et le rose, baignant l'endroit d'un éclairage très doux.

Nice étant la capitale mondiale des fleurs, une profusion de bouquets décorait les lieux. Grizelda affirmait du reste ne pouvoir vivre sans fleurs : des roses, du blanc au rose le plus pâle, des brassées de branches de cerisiers en fleur, du mimosa et des lys, des plantes à tête pelucheuses que Grizelda nommait « persil à vaches », et Mimi « dentelle Queen Anne, parce que, disait-elle, je suis plus raffinée que Grizelda ».

Deux petits chiens complétaient le tableau : Lalah, le yorkshire miniature de Mimi, et Shnuppi, le caniche nain de Grizelda, qui, au creux de l'hiver, portait un survêtement de vison à capuche qui faisait ressortir son petit nez de la manière la plus seyante.

Dans la perspective d'accueillir Preshy et son nouvel ami, Grizelda et Mimi s'étaient tellement surpassées à fleurir les lieux qu'on se serait cru chez un fleuriste. Jeanne et Maurice, un couple de gardien et gouvernante-cuisinière à leur service depuis plus de vingt ans, et que Grizelda et Mimi considéraient comme des membres de la famille, avaient préparé un dîner exceptionnel. Le couvert pour quatre était mis sur la petite table ronde, et on avait sorti pour l'occasion une nappe d'organdi blanc brodée, la porcelaine Vietri et l'argenterie Christofle.

Preshy n'avait prévenu ses « tantes » que la veille au soir.

— Je voudrais vous présenter quelqu'un, avait-elle annoncé le souffle un peu court, tant elle avait du mal à contenir son excitation, d'une voix qu'elles ne lui avaient jamais entendue auparavant. Il s'appelle Bennett James, il vit à Shanghai, et je le connais depuis deux mois.

— Shanghai ! s'était exclamée Grizelda qui voyait déjà sa « fille » s'envoler pour une ville de l'autre côté du monde.

— Deux mois ! avait explosé Mimi. Et tu ne nous en as jamais parlé avant ?

— Je suis désolée, j'étais trop occupée, avait-elle répondu en riant, avant d'ajouter : De toute façon, vous allez le rencontrer maintenant. Et j'espère qu'il va vous plaire, parce que je vous garantis que moi, il me plaît.

À présent, elles attendaient leur nièce et le mystérieux Bennett d'une minute à l'autre.

— Nous devons faire bonne impression, déclara Grizelda en déplaçant au centre de la table des gardénias blancs flottant dans une jatte de cristal.

— C'était parfait avant que tu les touches, maugréa Mimi.

Elle avait été chargée des arrangements floraux et considérait s'être acquittée de sa tâche à la perfection.

Grizelda la foudroya du regard.

— Mimi, je suis douée pour m'occuper des fleurs. Toi de la musique. À chacune sa spécialité.

— Dans ce cas, la prochaine fois, tu t'en chargeras toi-même, répliqua son amie en lissant ses cheveux platine impeccablement coiffés.

— C'est juste qu'aujourd'hui je n'avais pas le temps.

— Trop excitée, je suppose.

Grizelda répondit par un soupir.

— Tu vois, ce n'est pas la première fois que Preshy amène un petit ami à la maison, mais je ne l'ai jamais sentie aussi mordue.

— Ivre d'amour, fit Mimi avec un sourire.

— Et de sexe, sans aucun doute ! ajouta Grizelda.

— Tant qu'il est bon amant…

Les deux amies partirent d'un grand éclat de rire.

— Qu'en penses-tu ? Avons-nous l'air suffisamment intimidantes ? demanda alors Grizelda en tournoyant sur place devant les deux chiens qui, assis sur le canapé, observaient avec curiosité leurs maîtresses en pleine effervescence.

Vêtue d'un tailleur-pantalon Saint Laurent, elle portait un collier et des bracelets d'or. Ses cheveux roux, ondulés, cascadaient sur l'une de ses épaules. Une mèche retombait sensuellement sur l'un de ses yeux, à la façon de Rita Hayworth dans les années 50. Même à un âge qu'elle refusait d'admettre, Grizelda se plaisait toujours à croire qu'elle ressemblait à la star hollywoodienne. Ses yeux verts, dont elle rehaussait la couleur avec des verres de contact, pétillaient d'amusement devant son propre narcissisme.

— Dieu ! Grâce à la chirurgie esthétique et à nos coaches, nous sommes restées aussi belles que possible…, assura Mimi d'un ton vif. Et, crois-moi, beaucoup aimeraient pouvoir en dire autant.

Elle-même avait enfilé une robe gris argent aux lignes sobres. Vaporeuse sur une poitrine généreuse qui, bien des années auparavant, avait ravi le public des Folies Bergère, elle frôlait des genoux encore ravissants. Des diamants pendaient à ses oreilles et fermaient son décolleté en V.

— J'ai vraiment eu l'impression qu'il comptait pour Preshy, déclara Grizelda. Et si c'était le bon ?

— Dans ce cas, il ne nous reste plus qu'à lui souhaiter de passer avec succès le test Hoffenberg-Moskowitz.

— Sinon ?

— Elle finira probablement avec lui, de toute façon. Et tu la déshériteras.

— Tu sais bien que je ne l'ai pas couchée sur mon testament, lui rappela Grizelda. Et elle le sait aussi. Elle héritera de mes bijoux, mais elle fera son propre chemin dans le monde.

— Hum ! fit Mimi, sceptique.

L'éventualité de voir Preshy lésée de la fortune d'Oscar von Hoffenberg la laissait perplexe. Après tout, les Hoffenberg n'avaient pas d'autre descendant. Mais Grizelda en avait décidé ainsi.

Jeanne entra pour allumer les dizaines de bougies parfumées au gardénia qui trônaient dans des bougeoirs de cristal disposés partout dans la pièce.

— Tout est prêt, madame, annonça-t-elle en français la langue officielle de la maisonnée.

— Bien, Jeanne, merci, répondit Grizelda dans la même langue, avant d'ajouter : Dis-moi, quel est ton avis sur tout ça ? Crois-tu que Preshy vient nous présenter l'élu de son cœur ?

Au fil des années, Jeanne avait rencontré une dizaine des prétendants de Preshy.

— Preshy est bien dans sa peau, Madame, répondit-elle. Je ne crois pas qu'elle soit tout à fait prête à renoncer à son indépendance.

— Hum ! Nous verrons bien, commenta Mimi.

L'arrivée des tourtereaux était maintenant imminente. À la minute même où les trois femmes finissaient d'échanger leurs opinions, le gardien téléphona pour annoncer leurs invités.

Suivies des deux chiens bondissants, Mimi et Grizelda se hâtèrent vers le hall d'entrée, leurs regards pleins d'espoir fixés sur les portes de l'ascenseur qui, enfin, s'ouvrirent sur le couple. Preshy, aussi décontractée qu'à son habitude, portait un jean, un

117

chemisier de lin et un immense sac. Ses grands yeux étaient souriants, sa cascade de cheveux blonds, mousseux, décoiffée par le vent. Dans sa chemise bleue à col ouvert, son blazer bleu marine, son pantalon impeccablement repassé et ses mocassins de daim, Bennett James était d'une beauté à couper le souffle.

Si l'on peut se fier à sa première impression, elle est plus que favorable, songea Grizelda. Quant à Mimi, elle était en train de se dire que cet homme était trop beau pour être vrai.

Preshy fit les présentations et, avec un sourire chaleureux, Bennett leur dit combien il était content de les rencontrer. Preshy lui avait tant parlé d'elles ! Il caressa Lalah, qui lui faisait la fête, et admira la beauté de Shnuppi tout en faisant remarquer que la petite chienne était à l'évidence beaucoup plus timide, puisqu'elle se tenait à une distance prudente.

Les « tantes » précédèrent alors le jeune couple dans le salon blanc et argent qui embaumait le parfum des fleurs et des bougies au gardénia. Bennett s'extasia sur la beauté de la pièce et la façon dont les voilages, atténuant la lumière, dansaient dans la brise.

— Comme dans un tableau de Matisse, constata-t-il en acceptant une coupe de champagne.

Grizelda avait demandé à Maurice de servir le Jacquart en premier. Elle gardait le Cristal Roederer pour plus tard, si Bennett réussissait le test.

Jeanne entra avec un plateau de canapés. Preshy embrassa les vieux domestiques avant de les présenter à Bennett. Il se déclara enchanté de rencontrer ceux qui connaissaient Preshy depuis toujours et ajouta qu'il espérait entendre quelques anecdotes amusantes à son sujet. Tous partirent d'un éclat de rire.

— Venez vous asseoir à côté de moi, Bennett, proposa Grizelda en s'installant sur le canapé de brocart blanc. Et si vous me parliez un peu de vous ?

— Il n'y a pas grand-chose à dire, répondit-il en lançant un coup d'œil à Preshy qui, installée sur la moelleuse ottomane blanche, les regardait. Pas tellement plus que ce que Preshy vous a sans doute déjà raconté.

— En fait, nous ne savons rien, hormis le fait que vous vivez à Shanghai.

— En effet. Malheureusement, c'est très loin de Paris.

Preshy croisa son regard. Il vit qu'elle prenait plaisir à voir sa tante le passer au crible et qu'elle anticipait sur ce qui allait suivre.

— Et que faites-vous exactement là-bas, Bennett ?

Jeanne lui présenta le plateau de canapés et il prit un petit carré de socca, une galette de pois chiches couverte de fromage de chèvre et d'un morceau d'olive, spécialité niçoise.

— J'ai une société du nom de James Export Company. Je fabrique des pièces détachées en bois pour l'industrie du meuble aux États-Unis. Nous les exportons ensuite en Caroline du Nord, où elles sont assemblées par les principales sociétés de meubles.

— Et c'est un marché porteur ? s'enquit Mimi d'un air aussi innocent que possible, alors qu'à l'évidence elle essayait d'évaluer ses revenus.

— Suffisamment, répondit-il avec un sourire.

— Ne vous en faites pas, je sais tout ce qu'il y a à savoir sur lui, les interrompit Preshy en avalant une gorgée de champagne.

— Ce n'est assurément pas notre cas, répliqua Mimi de sa voix tonitruante qui, d'après Preshy, pouvait briser un verre à distance si elle la laissait enfler. J'aimerais savoir ce que vous pensez de notre fille, Bennett.

Il l'enveloppa de ce regard complice et profond qui faisait craquer toutes les femmes et répondit avec un sourire :

— Je pense que votre fille est merveilleuse, Mimi. En fait, la raison pour laquelle je suis ici est que j'aimerais beaucoup la prendre pour femme. Tante Grizelda, Mimi, je suis venu vous demander la permission d'épouser Precious.

— Seigneur ! s'exclama Grizelda en portant une main à son cœur.

Elle ne s'était pas attendue à ce qu'il fasse sa demande aussi vite !

— Et que dit Preshy ?

— J'ai dit oui, bien sûr, intervint cette dernière qui, ne pouvant plus se contenir, avança sa main gauche à l'auriculaire de laquelle scintillait le solitaire. Mais Bennett a insisté pour venir demander votre permission.

Grizelda et Mimi se levèrent d'un bond, écartèrent les chiens qui s'étaient mis à aboyer et examinèrent la bague. Le regard de Grizelda croisa celui de son amie. Le diamant était d'un goût parfait : de belle taille sans être ostentatoire, il avait une valeur certaine. Les deux femmes partageaient les mêmes pensées. Le geste un peu suranné d'un homme désireux d'obtenir leur permission d'épouser leur fille adorée leur plaisait. De plus, il avait l'âge idéal, il était beau, charmant, cultivé et, en apparence, suffisamment aisé.

— Tant que vous vous aimez, je ne pourrais pas rêver meilleur mari pour me débarrasser de Preshy, déclara tante Grizelda.

Bennett se leva pour l'embrasser sur les deux joues, puis fit de même avec Mimi et Preshy.

Grizelda appela Maurice et Jeanne pour leur demander d'ouvrir le grand champagne, le Cristal Roederer, avant de lever sa coupe au bonheur futur de Preshy et Bennett.

Plus tard, pendant le dîner, Grizelda demanda, pensive :

— Tu comptes organiser le mariage ici ou à Paris ?

— Ni l'un ni l'autre, répondit sa nièce en caressant Lalah qui, lovée sur ses genoux mais dissimulée par les plis de la nappe, attendait des petites bouchées. Je veux me marier à Venise, à Santa Maria della Salute. Tu sais que j'y ai des souvenirs très précieux. Et ce, dès que possible, ajouta-t-elle en fixant Bennett droit dans les yeux.

— Tu dois bien te douter que je vais avoir besoin de temps pour m'organiser : la robe, les faire-part, les fleurs, lui rappela Grizelda d'un air sceptique.

— Le mois prochain, répliqua Preshy d'un ton ferme. Et nous te confions toute l'organisation de la journée, ma tante chérie. Il te suffit de nous donner la date et nous serons là.

— Mais où allez-vous vivre ? Pas à Shanghai, j'espère ! s'enquit Mimi.

— Je garde mon affaire à Paris, où nous habiterons. Bennett fera la navette entre Shanghai et chez nous.

— Sacrées navettes ! commenta Grizelda.

121

L'homme d'affaires expliqua alors qu'il comptait passer moins de temps en Asie, même s'il devait se rendre aux États-Unis régulièrement.

— Mais ne vous en faites pas, je ne laisserai pas Preshy seule assez longtemps pour qu'elle s'ennuie.

— Qu'aurions-nous pu rêver de mieux ? s'exclama Preshy avec satisfaction en soulevant Lalah pour embrasser sa truffe noire et soyeuse.

20

Grizelda se plongea à corps perdu dans la préparation du mariage. Elle n'avait pas une minute à perdre.
Pour commencer, il lui fallait faire jouer toutes ses
influences et réunir ses relations à Venise afin
d'obtenir la permission de célébrer le mariage à la
basilique. Ensuite elle téléphona à ses amis de l'hôtel
Cipriani – car elle y descendait depuis des années –
pour les charger de l'organisation du mariage et de la
commande du gâteau.

Elle s'arrangea pour obtenir la location du Palazzo
Rendino, un palais du XIVᵉ siècle, sur le Grand Canal,
qui était la propriété de vieux amis. C'est là que les
invités descendraient. Après tout, vieillir présente
quelques avantages, pensa-t-elle. Elle avait, par le
passé, rendu quelques services à certaines de ses
connaissances, et elle pouvait aujourd'hui solliciter des
faveurs en retour. Elle s'était empressée de
commander ses tenues : pour la cérémonie, un tailleur
Dior blanc et un immense chapeau Philip Treacy ;
pour le dîner de la veille, une robe longue en dentelle
rouge de chez Valentino.

Concernant la robe de la mariée, la tante et la nièce avaient eu une dispute au téléphone : Preshy refusait de porter du blanc.

— Tu n'as pas besoin d'être vierge, de nos jours, avait déclaré tante Grizelda, exaspérée, provoquant l'hilarité de la jeune femme.

— Je le sais, tante Grizelda, heureusement ! avait-elle répondu en gloussant comme une collégienne amoureuse allant à sa première boum. C'est juste que je ne veux pas avoir l'air d'une meringue dans une robe bustier dégoulinant de tulle blanc. Je veux être différente.

— Comment ça, différente ? Pour l'amour du Ciel, Preshy, tu n'as que trois semaines. Tu as intérêt à te décider vite. Je prends l'avion pour Paris demain, nous réglerons tout cela sur place.

Mais avant de partir elle devait s'occuper des fleurs. C'est pourquoi, à cet instant précis, elle suivait la route escarpée de la Grande Corniche, en direction du marché aux fleurs de Nice. Elle se fournissait chez le même fleuriste depuis des années et avait une confiance absolue en lui. Puisque le mariage avait lieu en novembre et que les roses n'étaient pas de saison, elle comptait lui faire importer ces merveilleuses roses de Colombie. Elle lui demanderait aussi de venir en personne à Venise pour décorer l'église et composer les bouquets de la salle de réception.

Tout devait être parfait et, avec moins d'un mois pour tout préparer, elle était aussi tendue que s'il s'était agi de son propre mariage.

Non que son union avec Oscar von Hoffenberg ait présenté la moindre similitude avec celle de Preshy et Bennett. Pour commencer, Oscar et elle se connaissaient depuis un an et, suivant les usages, leurs fiançailles avaient été annoncées dans les journaux européens et américains. Ensuite, ses parents avaient tout orchestré, jusqu'au plan des tables et au dernier carton de placement des invités – une opération qui, entre les divers représentants de familles royales, les ambassadeurs, les ecclésiastiques et les cardinaux, les lords et les ladies, ses propres amis et les membres des deux familles, avait demandé des trésors d'ingéniosité. Sans parler des locataires et du personnel du château. Grizelda s'était donc contentée de ne pas s'en mêler et de les laisser faire.

En revanche, elle avait choisi sa robe elle-même, qu'elle conservait soigneusement dans un papier de soie, à l'intérieur d'un coffre de chêne que renfermait son vaste dressing. Toute simple, en satin blanc, coupée dans le biais par un maître de l'art, cette robe avait drapé le corps de la jeune mariée avec une telle sensualité que les invités en étaient restés bouche bée. Quant à Oscar, il l'avait regardée arriver les yeux exorbités. Sa tenue lui avait garanti une nuit de noces mémorable, mais la famille collet monté de son nouveau mari ne la lui avait jamais pardonnée.

À la mort du comte, Grizelda avait hérité de sa fortune et de son château. Pourtant, la lecture du testament terminée, Grizelda avait fait ses valises, sans oublier sa robe de mariée ni son chien – un carlin répondant au nom de Jolly –, et elle était partie vers des climats plus chauds, plus stimulants. Le souvenir de ces longues années d'ennui en compagnie de l'irascible Oscar s'était estompé, et elle n'avait plus jamais remis les pieds au *Schloss*.

Comme souvent dans le sud de la France à l'arrière-saison, la matinée était claire et ensoleillée, et c'était un plaisir de suivre la corniche vidée de la circulation estivale. Grizelda connaissait comme sa poche cette route sculptée à flanc de montagne qui surplombait une mer s'étendant à l'infini. Elle l'empruntait depuis des années, et si les touristes la redoutaient, c'était loin d'être son cas. Beaucoup de gens craignaient en effet de subir le même sort que la princesse Grace de Monaco, même si son accident fatal n'avait pas eu lieu à cet endroit. Une seconde d'inattention, une légère perte de contrôle, et vous finissiez dans la gorge rocailleuse sur votre gauche.

Dans sa Bentley couleur argent, Grizelda roulait tranquillement tout en réfléchissant à l'organisation des festivités. Mimi, chargée de la musique, avait prévu un quatuor à cordes pour la soirée prénuptiale au Palazzo et un organiste pour la cérémonie religieuse. Restée à la maison, elle était à cet instant même au téléphone en négociations pour l'orchestre du bal qui aurait lieu le soir. Le menu avait quant à lui été confié à Sylvie Verlaine. Si Grizelda était convaincue que tout se déroulerait sans anicroche, elle ne pouvait toutefois s'empêcher de regretter que Preshy ne l'ait pas prévenue un ou deux mois plus tôt. Si elle avait eu un peu plus de temps, elle aurait pu faire beaucoup mieux.

À présent la route descendait en lacet. La circulation était toujours aussi calme. Grizelda ne croisait personne et seules quelques voitures l'avaient doublée. Elle alluma la radio et cherchait une station d'airs rétro quand, jetant un coup d'œil dans le rétroviseur, elle aperçut une camionnette blanche qui la suivait.

Elle allait trop vite. Contrariée, Grizelda klaxonna. Le conducteur l'ignora. Elle actionna ses feux arrière et prit les virages plus vite qu'elle ne l'aurait souhaité, cherchant à distancer le bolide. Mais il ne ralentissait pas et se trouvait à présent juste derrière elle.

Elle klaxonna de nouveau, sans s'arrêter. La camionnette était presque collée à son pare-chocs et, si les vitres n'avaient pas été si sombres, elle aurait pu voir le visage du conducteur. Comprenant qu'il était en train d'essayer de lui faire quitter la route, la terreur la gagna.

Elle sentit l'impact. Le véhicule venait de cogner son pare-chocs. Dieu, que se passait-il ? Qui était ce fou ? Il lui était impossible de rouler à cette vitesse, elle allait mourir. Non, son heure n'était pas venue, elle ne raterait pas le mariage de Preshy ! Elle devait réfléchir. Elle connaissait bien la route. Il y avait une aire d'arrêt d'urgence taillée dans la roche sur le bas-côté opposé, juste après ce virage.

Priant pour qu'aucun véhicule ne surgisse en face d'elle, elle lança la Bentley en travers de la route, tout en freinant. La voiture bifurqua, pivota une première fois, une deuxième, une troisième, avant d'aller heurter la roche. Sous la violence de la collision, les airbags explosèrent et Grizelda fut projetée contre le dossier de son siège. Tremblant de tous ses membres, elle se mit à hurler. Mais elle était vivante. Et le fou dans la camionnette blanche l'avait dépassée et avait disparu.

Toujours sous le choc, elle resta assise, le visage dans l'airbag, se répétant de ne pas paniquer. La voiture tressauta et le moteur vrombit. La vapeur montait de l'avant tandis qu'une fine volute de fumée s'échappait de l'arrière. Elle devait descendre : le véhicule pouvait exploser d'une minute à l'autre.

À sa grande surprise, la portière s'ouvrit facilement et elle se retrouva sur la route, jurant après le salaud qui lui avait fait subir une telle épreuve. Sa belle Bentley gris argent était fichue.

Fixant sa voiture accidentée d'un air affligé, elle se demanda, abasourdie, ce qui lui avait valu de vivre une telle mésaventure.

Beaucoup plus tard, lorsque Grizelda sortit de l'hôpital où Mimi, en larmes, était venue la chercher, elles reparlèrent de l'accident.

— Quelqu'un a voulu te tuer, chérie. On voulait ta mort.

Grizelda dévisagea son amie d'un air ahuri.

— Ne sois pas ridicule, Mimi. Qui pourrait vouloir ma mort, et pourquoi ? Mon mari, peut-être, mais ça fait longtemps qu'il est mort, et les fantômes ne reviennent pas se venger. Du moins, je ne pense pas, ajouta-t-elle d'un ton sceptique. Non, c'était l'acte d'un dément, et je ne veux pas embêter Preshy avec cette histoire. Cela ne servirait qu'à l'inquiéter. Zut ! enchaîna-t-elle, du coup je ne suis pas allée voir le fleuriste. Il faudra que j'y aille demain.

— Cette fois je viendrai avec toi, déclara Mimi d'un air sombre.

Elle ne croyait pas un instant que cet accident soit un hasard, et le fait qu'un fou puisse ainsi forcer une femme au volant à quitter la route la mettait très mal à l'aise.

21

Shanghai

Bennett s'envola pour Shanghai, avec une escale à Singapour. Le vol arriva à l'aéroport de Pudong avec vingt minutes de retard. Il se hâta de passer l'immigration et la douane, puis traversa le hall des arrivées, où un chauffeur de limousine l'attendait. Tandis que l'homme allait chercher la voiture, il appela Mary-Lou.

— Je suis rentré, lui annonça-t-il lorsqu'elle décrocha.

Après un long silence, elle rétorqua, lui arrachant un sourire :

— Je ne savais même pas que tu étais parti !

— Ce qui veut dire que je ne t'ai pas manqué ?

— Pas une seconde.

— Donc tu ne souhaites pas me voir ce soir ?

— Seulement si tu me supplies.

Bennett partit d'un éclat de rire.

— Je t'en supplie.

— D'accord. Où ?

— Chez toi, à vingt heures.

Il avait de nombreux sujets à aborder avec elle et devait le faire en privé.

À vingt heures précises, lorsqu'il sonna à sa porte, une bouteille de champagne à la main, elle lui ouvrit. Ils ne se dirent pas un mot mais s'embrassèrent avec avidité. Bennett referma la porte d'un coup de pied. Mary-Lou renversa la tête en arrière et le regarda.

— Quel accueil ! s'exclama-t-il en lui souriant. Et t'ai-je dit à quel point tu étais belle, ce soir ?

— Non, mais tu peux me le dire, maintenant, répondit-elle en lui prenant la bouteille de champagne et en le conduisant vers le petit bar où les attendait un seau rempli de glaçons.

Elle y plaça la bouteille et prit deux coupes sur une étagère ; Bennett se chargea de faire sauter le bouchon et de remplir les coupes. Il lui en tendit une.

— À nous ! déclara-t-il en lui souriant dans les yeux, de cette façon qui lui était si particulière et qui la faisait frissonner.

Prenant bien garde de ne pas aborder le sujet qui la préoccupait le plus, elle lui demanda comment s'était passé son voyage.

— Bien, répondit-il en se dirigeant vers la fenêtre pour regarder le fleuve couleur de boue et la circulation.

Mary-Lou faisait les cent pas derrière lui. Souhaitant la protection d'un bon *feng shui*, elle avait suspendu des cristaux à la fenêtre pour repousser les *chi* des dieux malfaisants du fleuve Dragon. Elle ne s'était jamais demandé si elle y croyait vraiment ou pas. Elle se contentait d'en appliquer certains principes, se disant qu'on ne sait jamais, que cela pouvait être vrai. Ses ancêtres n'y avaient-ils pas cru pendant des années ? Non que cela ait beaucoup aidé ses parents. Cristaux ou pas, ils avaient eu assez de mauvais *chi* pour être déjà dans la tombe.

Mais, en regardant Bennett devant sa fenêtre, elle espérait vraiment qu'il ne s'agissait pas juste d'une superstition. Voortmann ne lui avait toujours pas donné de nouvelles et elle avait besoin de toute la chance disponible.

Debout derrière lui, elle demanda :

— Tu veux dîner maintenant ou tu préfères faire l'amour ?

Bennett se tourna vers elle.

— Devine.

Beaucoup plus tard, alors que son amant prenait une douche, Mary-Lou ouvrit les boîtes qu'elle avait eu la bonne idée de se faire livrer par un restaurant des environs. Elle les posa sur la table basse avec une bouteille de bière Tsingtao et un verre qu'elle avait sorti glacé du freezer. Bennett aimait sa bière froide.

Elle entreprit de rassembler leurs vêtements dispersés sur le canapé et, en se penchant, aperçut le portefeuille tombé de la poche du pantalon de Bennett. Elle le ramassa. Quelque chose d'épais y était rangé : un mouchoir en papier. Un numéro de téléphone était noté au rouge à lèvres. Et un nom : Preshy Rafferty.

— Oh ! chuchota-t-elle en serrant le portefeuille contre sa poitrine. Espèce de salaud !

Lorsque Bennett sortit de la salle de bains, elle ne mentionna pas le mouchoir, à présent soigneusement rangé dans son propre sac. Elle lui versa la bière, le servit, et ils s'agenouillèrent sur des coussins devant la table basse.

Bennett aurait souhaité parler affaires, mais Mary-Lou gardait le silence. Bien sûr, elle lui en voulait de l'avoir quittée sans un mot. Du reste, il n'avait jamais eu l'intention de la revoir. Mais, maintenant, comme disait le vieil adage, il voulait le beurre et l'argent du beurre. Il avait besoin d'elle.

— Est-ce que tu m'aimes, Bennett ? demanda-t-elle après un moment.

Il lui jeta un regard froid. Il n'était pas question d'amour entre eux.

— Nous sommes pareils, toi et moi, Mary-Lou, répondit-il en saisissant une pointe d'asperge entre ses baguettes. Nous avons tous les deux une pierre à la place du cœur.

Il la fixa et, encore une fois, resta abasourdi par sa beauté.

— Je doute que tu aies jamais aimé quelqu'un dans ta vie, reprit-il.

— Et toi, as-tu aimé Ana ?

Son regard se fit encore plus glacial. Ignorant sa question, il enchaîna :

— Je suis venu te dire que j'ai trouvé un acheteur à Paris. Il est très intéressé. Il est même prêt à verser un acompte, mais, naturellement, il veut une garantie sur ce qu'on lui a promis. J'ai besoin de voir ce collier.

— Je ne peux pas te le montrer.

— Dans ce cas, il n'y a pas de marché, répliqua-t-il.

Elle le foudroya du regard. Si intérieurement elle bouillait, elle n'en laissa rien paraître et continua à manger, impassible.

— Qui est Preshy Rafferty ? demanda-t-elle alors, d'un air innocent.

Il posa ses baguettes.

— Pourquoi me demandes-tu ça ?

— Son numéro de téléphone était dans ton porte-feuille. Écrit au rouge à lèvres.

Se levant, il jeta sa veste sur ses épaules.

— Merci pour le dîner, Mary-Lou, déclara-t-il en se dirigeant vers la porte.

— Attends !

Il fit la sourde oreille. Il savait bien qu'il n'avait pas besoin d'attendre. Il aurait le collier. Mary-Lou reviendrait vers lui. Bientôt.

22

Voortmann avait des problèmes avec son contact à Amsterdam.

— Quelle taille font les pierres ? avait-il demandé. À combien sont-elles estimées ? Si les diamants sont anciens, ils seront taillés comme autrefois.

Voortmann avait beau essayer, il n'arrivait pas à faire comprendre à l'homme – un expert en gemmologie, qui, en dehors de son métier, n'avait guère de culture – le caractère unique des bijoux de l'impératrice, et tout particulièrement de la perle géante. Il devait chercher un acheteur ailleurs. Alors pourquoi pas ici même, à Shanghai ?

Ce soir-là, à dix-neuf heures, fidèle à son habitude, il se trouvait au Surging Hot Waters Bar, un immense tripot fréquenté par trois catégories de clients : les hommes qui étaient là pour une nuit de beuverie et de distractions assurée par les serveuses sexy ; ceux qui voulaient échapper à leur famille et noyer leurs serments matrimoniaux ; et les alcooliques, comme lui. Les deux premiers groupes représentaient une population changeante, différente d'un soir à l'autre, mais dans le troisième groupe aucun ne lui était inconnu.

Tout comme lui, ces esclaves de la boisson étaient des habitués. Et au moins deux d'entre eux étaient issus de riches familles de Shanghai.

Chaque soir, pendant une semaine, Voortmann se rendit au bar, attendant que l'une de ses proies fasse son apparition. Les haut-parleurs déversaient à plein volume la dernière musique pop à la mode, mais il en avait pris l'habitude et s'en apercevait à peine. Il sirotait son whisky sec. Il était, comme il aimait à se le répéter, un poivrot raffiné, discret, qui savait se tenir. Tout à fait le type de personne avec lequel un riche habitant de Shanghai pouvait avoir une conversation. Il avait déjà fait de petites affaires avec des hommes à qui la belle-famille avait coupé les vivres jusqu'à ce qu'ils s'assagissent, cessent de boire et de fréquenter des prostituées ; il les avait aidés à écouler les bijoux volés à leur femme.

Deux heures plus tard, apercevant dans un coin sombre deux de ses anciens clients, attablés devant une bouteille de scotch, il se fraya un chemin jusqu'à eux à travers la foule.

— Bonsoir, fit-il.

Ils lui répondirent d'un signe de la tête et il attendit leur invitation à se joindre à eux. Comme elle ne venait pas, il ajouta :

— Messieurs, vous avez fait des affaires avec moi par le passé. J'ai aujourd'hui quelque chose qui pourrait vous intéresser.

Cette fois, sans attendre leur invitation, il avança une chaise et fit signe au barman de lui apporter un autre verre. Puis il s'assit, sortit une photo de sa poche et la posa sur la table entre eux.

— Regardez bien cette photo, messieurs, déclara-t-il avec un sourire. Je vous garantis qu'elle remplira d'argent toutes nos poches.

Les deux hommes la fixèrent dans l'obscurité. L'un d'eux la prit et examina le collier avec attention.

— Vous l'avez volé ? demanda-t-il.

Voortmann secoua la tête.

— Je sais où il se trouve, répondit-il. Je pourrais vous l'apporter demain. Mais cela a un prix.

— Combien ?

Voortmann but son Scotch d'un trait et, cette fois, un de ses interlocuteurs remplit son verre vide.

— Je dois commencer par vous raconter une histoire, mes amis, fit-il d'une voix sourde.

Lorsqu'il eut fini, les deux hommes échangèrent un regard.

— Nous pourrions aller en prison, pour ça, fit l'un d'eux.

— Combien ? demanda l'autre.

— Trente millions, répondit Voortmann. Mais, pour vous, je le fais à dix, afin que vous puissiez le vendre et en tirer un bon bénéfice.

S'ils avaient bien conscience que le collier était d'une valeur inestimable, ils n'étaient cependant pas collectionneurs et n'avaient pas besoin de prendre le risque de se faire emprisonner pour l'avoir acheté.

De nouveau, l'un d'eux remplit à ras bord le verre du tailleur de diamants et ils le regardèrent avaler son whisky. La transpiration ourlait sa lèvre supérieure.

— Dites-nous, reprit l'un des hommes. Qui possède cet objet inestimable ?

Voortmann avait encore assez de bon sens pour ne pas leur répondre. Il secoua la tête.

— Faites-moi juste savoir si vous êtes intéressés ou pas, mes amis, repartit-il en se levant et en regagnant le bar.

Mais les deux hommes n'étaient pas ses amis.

23

Mary-Lou ne put résister à l'envie d'appeler le numéro de Rafferty. Elle tomba sur un répondeur :

« Bonjour. Antiquités Rafferty. Preshy Rafferty. Si vous souhaitez laisser un message, parlez après le bip », disait une voix en français.

Elle sentit une colère brûlante bouillonner en elle, lui nouant le ventre. Elle avait la nausée. Bennett faisait-il la cour à la cousine de Lily dans l'espoir d'épouser une nouvelle héritière ? Il en était tout à fait capable.

Elle se mit à faire les cent pas dans son appartement, et d'un geste impatient, fit tinter les cristaux censés éloigner les mauvais esprits du fleuve Dragon. Elle avait les nerfs à vif. Elle avait perdu Bennett, elle le savait. Et, avec lui, son acheteur. Quant à Voortmann, ce loser, elle n'avait pas de nouvelles de lui depuis une semaine.

Mais Bennett avait affirmé avoir un acheteur prêt à verser un acompte. Quel autre choix avait-elle que de travailler avec lui ? Elle devait entrer en possession du collier. Il n'y avait pas une minute à perdre.

Lily prenait son petit déjeuner tous les jours à huit heures à la Happybird Tea House ; elle serait probablement absente pendant une bonne heure. Mary-Lou aurait largement le temps de subtiliser le collier dans le coffre-fort et de filer.

Le lendemain matin, elle arriva tôt et attendit que la voiture de Lily émerge de la cour et disparaisse dans l'allée. Elle ouvrit alors le portail avec sa propre clé et entra. Elle se gara puis éteignit la caméra de surveillance censée suivre tous ses mouvements. Au moment où Lily reviendrait de son petit déjeuner, la caméra fonctionnerait, mais la présence de Mary-Lou n'aurait pas été enregistrée.

Lorsqu'elle traversa la véranda, le petit canari en cage lança un gazouillis plein d'espoir, mais elle l'ignora. Elle pénétra dans la maison. Retirant machinalement ses chaussures, elle se dirigea pieds nus vers la porte de la cave et, la laissant entrebâillée, descendit les marches raides. Elle dépassa d'un pas vif les caisses empilées au fond, pressa le bouton, et le panneau glissa, dévoilant le coffre-fort. La lourde porte de fer s'ouvrit et le coffret rouge apparut.

D'une main, elle caressa le cuir souple et coûteux. Le temps ne l'avait pas abîmé. Il avait dû rester dans un endroit propre et sec toutes ces années. Elle ouvrit l'étui. Les yeux écarquillés, elle toucha la perle et, pensant à la bouche de l'impératrice Cixi, elle sentit un frisson la traverser. Quel gâchis ! se dit-elle avec mépris en refermant l'écrin. L'autre perle volée, portée par Soong Mai-ling sur son escarpin d'apparat, avait été utilisée tellement plus intelligemment que dans la bouche d'une femme morte.

Au moment où elle s'apprêtait à fermer le coffre-fort, elle entendit la voix de Lily résonner sur les marches de la cave.

— Mary-Lou, c'est toi qui es en bas ?

Le cœur battant à se rompre, Mary-Lou remit l'écrin dans le coffre, claqua la porte et la verrouilla. Elle fit un bond en arrière et pressa le panneau, qui se referma à la minute précise où Lily apparaissait en haut de l'escalier. Les mains derrière le dos, elle lui fit face.

— Mais qu'est-ce que tu fais là à cette heure ? s'étonna sa collègue. Tu m'as fait peur. J'ai cru que c'étaient des cambrioleurs.

— Non, c'est juste moi. Je suis venue travailler tôt pour emballer le reste des répliques de Bouddha. Je sais que nous devons les livrer aujourd'hui.

Un gobelet de café à la main, Lily descendit les marches, l'air inquiet.

— Cela ne te ressemble pas du tout. Qu'est-ce qui ne va pas ? Tu n'arrivais pas à dormir ?

Mary-Lou laissa rouler le long de ses joues quelques larmes.

— Non. C'est à cause de Bennett. Il est rentré hier soir. Il s'est pointé chez moi comme si de rien n'était. Et tu sais d'où il revient ? De Paris.

Lily avala une gorgée de café, avant de demander :

— En quoi est-ce que cela te contrarie ?

— Il était avec ta cousine, Precious Rafferty.

— Quoi ? s'exclama Lily, abasourdie, s'étranglant sous le choc.

— Tu as bien entendu. Rappelle-toi, tu lui as parlé d'elle ; tu lui as dit qu'elle était riche. Eh bien c'est exactement ce que recherche Bennett. Une fille riche à épouser. Une nouvelle Ana Yuan. La rumeur disait peut-être vrai : il s'était marié avec elle pour sa fortune. Si ça se trouve, il l'a tuée pour son argent. Et il cherche à faire de même avec ta cousine. Qui sait... avec Bennett tout est possible.

— Allons ! tu ne peux pas être sérieuse, répliqua Lily, toujours pas remise de sa surprise. Tu es contrariée, c'est tout.

Mais Mary-Lou la regardait d'un air absent. Elle avait perdu Bennett et en plus elle n'avait pas réussi à s'emparer du collier. À cet instant précis, si elle n'avait pas craint de se faire arrêter, elle aurait tué Lily.

— Il est venu chez moi, raconta-t-elle. Nous avons fait l'amour. Puis j'ai trouvé dans son portefeuille le numéro de téléphone écrit au rouge à lèvres sur un mouchoir en papier. Je l'ai en haut, je vais te le montrer.

Elle voulait faire remonter Lily avant que celle-ci remarque qu'elle n'avait pas emballé un seul des bouddhas en attente.

Lily la précéda dans l'escalier. Mary-Lou prit son sac, qu'elle avait déposé près de la porte de la cave, et en sortit le mouchoir pour le tendre à Lily.

— Tu peux le garder, dit-elle d'un air dédaigneux. Tu voudras peut-être téléphoner à ta cousine un de ces jours. Moi, je n'en ai vraiment pas besoin.

Elle avait déjà noté les coordonnées dans son carnet d'adresses. Lily le rangea dans sa poche puis jeta un coup d'œil anxieux sur son amie.

— Tu es sûre que tout va bien ? Écoute, j'ai une idée. J'étais sortie prendre mon petit déjeuner, mais j'avais oublié mon sac. Si tu venais avec moi ? Tu pourrais me raconter tout ce que tu as sur le cœur.

Un cœur fait d'acier, songea Mary-Lou avec amertume en refermant la porte de la cave et en suivant
Lily vers sa voiture. Mon Dieu ! se rappela-t-elle
soudain. La caméra ! Tant pis, elle s'en occuperait
plus tard.

Ce même soir, Mary-Lou téléphona à Bennett et fut
surprise de l'entendre lui répondre.

— J'ai essayé de prendre le collier aujourd'hui,
annonça-t-elle.

— Et tu as échoué. Tu me déçois, Mary-Lou.
« Essayé » n'est pas suffisant. Je veux le collier demain
soir, ou...

— Ou... quoi ?

— Ou il sera trop tard et j'aurai perdu une affaire
de plusieurs millions de dollars. Tu ferais bien de te
ressaisir, Mary-Lou.

Il raccrocha. Elle s'adossa à son fauteuil. De vraies
larmes roulaient sur ses joues. Voortmann lui avait
donné son numéro de téléphone portable : se ressai-
sissant, elle le composa.

Il répondit après une dizaine de sonneries.

— Voortmann.

Derrière la voix bourrue, il y avait des bruits divers :
de la musique forte, un rire aigu de femme, un brouhaha de conversations et le cliquetis de verres. Il ne
fallait pas être un génie pour deviner qu'il était dans
un bar et, au ton de sa voix, déjà ivre.

— C'est Mary-Lou, annonça-t-elle avec impatience.
Quelles nouvelles avez-vous pour moi, Voortmann ?

— Ah ! Mary-Lou. Vous serez contente de savoir
que je suis sur une piste. J'ai deux clients potentiels,
des hommes riches, de Shanghai...

— De Shanghai ? répéta-t-elle, horrifiée.

C'était beaucoup trop près. Riches ou pas, ils ne seraient probablement pas intéressés. Le jeu était bien trop dangereux pour eux. Elle avait besoin d'un Américain, d'un Suisse, d'un collectionneur digne de ce nom, d'un homme qui avait une vraie fortune, pas d'un homme d'affaires chinois, même richissime.

— Je leur ai montré la photo, se vanta Voortmann, d'une voix au débit rapide. Ne vous en faites pas, ils vont bientôt me répondre.

Mary-Lou raccrocha. Voortmann était un poivrot. Il avait montré la photo à la ronde dans un bar ; les autres ivrognes allaient en parler à leurs amis et la rumeur ne mettrait pas longtemps à se propager en ville. Seigneur ! Dans quelle situation était-elle allée se fourrer !

Le lendemain, elle serait obligée de sortir le collier du coffre-fort.

24

Lily était dans son bureau, occupée à remplir des papiers pour les impôts, lorsque la sonnette retentit. Elle alluma la caméra de surveillance pour voir qui était son visiteur et se trouva face à un écran blanc. Troublée, elle se connecta à l'interphone du portail et demanda qui était là.

— Police, eut-elle en retour.

Elle s'adossa à sa chaise, le pouls affolé, la bouche soudain sèche. Un millier de questions lui traversèrent l'esprit. Qu'avaient-ils découvert ? Que savaient-ils ? Les trafiquants d'antiquités avaient-ils été arrêtés dans un aéroport et avaient-ils parlé ? Elle rangea à la hâte les papiers dans un tiroir qu'elle referma d'un coup sec et pressa le bouton qui ouvrait le portail.

Un jeune policier apparut, le visage dur et solennel. Il était seul.

— Madame Song. J'ai une plainte concernant votre voiture dans la rue. Ils disent qu'elle bloque la route.

— Oh ! fit Lily, soulagée.

Ça devait être celle de Mary-Lou. Puisqu'elle n'avait aucune intention de s'attirer une amende ou la colère de ses voisins, elle promit au policier de s'en occuper. Mais elle fut heureuse de le regarder sortir, une fois son avertissement délivré. Impossible de le nier : la vision d'un représentant de la loi lui avait fait un choc. Dans son métier, elle devait se tenir aussi loin que possible des forces de l'ordre.

Le collier restait sa préoccupation première. Elle prit son téléphone et appela son contact en Suisse. Il lui déclara que son client hésitait, que cela prendrait du temps, et que, de toute façon, il avait bien peur que même pour un riche collectionneur le prix soit exorbitant.

— Essayons de trouver un arrangement en ce qui concerne le prix, répondit Lily, fléchissant, mais son interlocuteur ne s'engagea pas plus.

— Je vous rappellerai.

Ainsi s'acheva la conversation.

Comme si elle avait eu besoin de s'assurer une nouvelle fois que le collier valait bien la fortune qu'elle l'estimait, Lily descendit l'escalier de la cave, chaussée de ses tongs d'intérieur, et composa le numéro du coffre-fort. Lorsque la porte s'ouvrit, elle en regarda le contenu avec étonnement.

L'écrin avait été comme jeté au fond du coffre et les liasses de billets, repoussées sur le côté, formaient une pile irrégulière. Lily était une femme ordonnée ; chaque chose avait sa place. Alors pourquoi retrouvait-elle le contenu de son coffre sens dessus dessous ? Elle savait qu'elle avait laissé le collier sur le devant.

Craignant que le collier n'ait disparu, elle s'empressa d'ouvrir l'écrin. Ses mains tremblèrent de soulagement. Heureusement, il était toujours là.

Le serrant sur son cœur, elle se laissa tomber sur une caisse d'emballage. Quelqu'un était venu ici. Mais qui ? Elle se releva et alla compter les liasses de billets. Une somme importante manquait. Elle se rappela alors la panne de la caméra de sûreté et la présence si matinale de Mary-Lou, à l'heure où elle-même était censée se trouver à deux kilomètres de là, en train de prendre son petit déjeuner.

Mais comment Mary-Lou pouvait-elle connaître l'existence du coffre ? Et la combinaison ? Elle était gravée dans la mémoire de Lily, et nulle part ailleurs.

Elle remit les liasses de billets en place et, gardant l'écrin avec elle, referma le coffre. Puis elle remonta inspecter la caméra et la trouva débranchée. Elle la remit en marche. Seule Mary-Lou apparaissait sur le film, à huit heures cinq du matin, juste avant qu'elle la surprenne dans la cave, soi-disant occupée à emballer les bouddhas.

Une nouvelle cachette pour le collier s'imposait. Bien sûr, elle eut l'idée de le mettre dans un coffre à la banque, mais cela pouvait se révéler dangereux si les choses tournaient mal et qu'une enquête était ouverte. Sous le matelas, ce serait le premier endroit où l'on regarderait. En entendant le canari gazouiller dans la véranda, la réponse lui parut évidente. Bien sûr ! C'était là qu'il fallait le cacher. Sous la couche de sable du fond de la cage. Personne ne penserait jamais à aller le chercher à cet endroit.

Alors qu'elle s'acquittait de sa tâche, l'oiseau vint se percher sur sa main en chantant, réjoui par l'attention qu'elle lui prêtait. Cette petite bête est délicieuse, songea-t-elle avec un sourire. Le canari était loin de se douter qu'il était perché sur une fortune.

Elle prit alors la décision de tendre un piège à Mary-Lou, afin de la prendre la main dans le sac. Elle commença donc par lui téléphoner et lui annonça qu'elle avait un rendez-vous avec un marchand et devait s'absenter pour plusieurs heures. Pouvait-elle venir la remplacer à la boutique ? Comme elle s'y attendait, Mary-Lou accepta.

Elle se dépêcha de rentrer mettre ses chaussures, ressortit, offrit un dernier sourire à l'oiseau et monta en voiture. Le portail de la cour se referma derrière elle.

25

Après le coup de téléphone de Lily, la première chose que fit Mary-Lou fut d'appeler Bennett, et elle fut étonnée de constater qu'il répondait dès la première sonnerie.

— Eh bien ? lâcha-t-il très froidement.

Elle poussa un soupir.

— Je l'aurai ce soir.

— Où et à quelle heure ?

Mary-Lou hésita. L'attitude de Bennett l'effrayait. Cette façon qu'il avait de lui parler au téléphone, par exemple, cette indifférence lui donnait l'impression qu'elle ne comptait pas du tout. Elle ne voulait pas risquer de se retrouver seule avec lui quand elle lui apporterait le collier. Elle ne lui faisait pas confiance.

— Au Cloud 9 à vingt heures, indiqua-t-elle.

Cette fois, ce fut elle qui raccrocha.

Elle se rendit chez Lily en voiture et, une fois arrivée, commença par vérifier la caméra de sécurité dans la cour. Elle avait été réparée. Une fois à l'intérieur, elle se dirigea droit vers la cave. Elle ouvrit le coffre-fort et, horrifiée, recula d'un pas : l'écrin avait disparu !

Elle fouilla parmi les liasses de billets – lesquelles, pour une fois, ne l'intéressaient pas. La boîte de cuir rouge s'était bel et bien volatilisée.

Oh, mon Dieu ! Lily a vendu le collier ! À moins qu'elle ne lui ait trouvé une autre cachette ? Portée par cet espoir, Mary-Lou remonta à vive allure, trouva la clé du petit coffre de la chambre de Lily, cachée derrière une pile de pulls, et l'ouvrit. Toujours pas de collier. Elle fouilla alors tous les tiroirs, tous les placards, regarda même sous le matelas : rien !

Elle fixa d'un air absent son pâle reflet dans le miroir. Elle allait devoir faire patienter Bennett, gagner du temps, jusqu'à ce qu'elle découvre où était le collier. C'était sa seule chance.

Frissonnante, bouleversée, elle comprit qu'elle devait partir. Prenant son sac, elle sortit sur la véranda. Le canari sautillait sur son perchoir et se mit à chanter. Son gazouillis aigu lui vrillait la tête. Elle avait envie de l'étrangler ! Elle resta plantée devant la jolie petite cage, les mains tremblant de rage. Allons ! Tout cela n'est quand même pas la faute de cet oiseau !

Elle avait besoin d'un verre. Priant pour que l'alcool lui apporte le courage illusoire qui l'aiderait à tenir toute la journée, elle se dirigea vers un bar animé dans la vieille ville, fréquenté principalement par des antiquaires.

Elle trouva une place libre, commanda une vodka-martini avec trois olives puis se remit à contempler le reflet de son morne visage dans le miroir qui couvrait le mur en face d'elle sans parvenir à faire cesser ses tremblements.

— Mary-Lou, comment allez-vous ?

Surprise, elle se tourna vers l'homme qui s'était juché sur le tabouret de bar à côté d'elle. C'était un antiquaire qu'elle connaissait un peu.

— La même chose, indiqua-t-il au garçon. Alors, comment vont les affaires ? reprit-il avec un sourire.

Tout le monde était au courant des affaires de tout le monde, de l'état des activités des collègues, hormis, bien sûr, du commerce parallèle.

Elle avala une gorgée de martini.

— Une rumeur court sur une pièce unique, reprit-il. En avez-vous entendu parler ? Des joyaux. Un collier censé avoir appartenu à l'impératrice douairière. J'aimerais bien mettre la main dessus ! fit-il en éclatant de rire. Et les flics aussi, sans aucun doute.

Le sang de la jeune femme se glaça.

— Je n'ai rien entendu à ce sujet, mentit-elle. Et d'où viendrait cette rumeur ?

L'homme répondit avec un haussement d'épaules.

— Oh, vous savez comment ça se répand, en ville… Celle-ci serait partie d'un riche homme d'affaires qui aurait été sollicité pour l'acheter. Naturellement, enchaîna-t-il avec dédain, personne ne prétend encore avoir vu cette rareté. Il s'agit juste d'un bruit qui court, de bouche à oreille. Mais sait-on jamais… Santé ! lança-t-il en levant son verre.

Ébahi, il regarda Mary-Lou vider le sien d'un trait. Elle descendit de son tabouret.

— Je dois aller travailler, annonça-t-elle en s'avançant vers la sortie.

— À bientôt !

Folle de rage, elle prit la direction du bureau de Voortmann.

— Le crétin ! fulmina-t-elle au volant de sa voiture, à un feu rouge. Le sale poivrot, l'imbécile ! Je vais le tuer !

Elle trouva une place de parking en bas de la rue, la remonta d'un pas furieux et appuya sur la sonnette de l'interphone du portail. Pas de réponse. Elle insista, laissant son doigt sur le bouton. Une minute passa. Voortmann ne répondait toujours pas. Reculant d'un pas, elle leva les yeux vers ses fenêtres. La lumière était éteinte. Où diable était passé cet idiot ?

Elle regagna sa voiture et repartit chez Lily. Elle devait au moins faire semblant de travailler pour donner le change. Et se préparer à son entrevue avec Bennett, ce soir ; réfléchir à ce qu'elle lui dirait exactement.

Mary-Lou n'avait pas trouvé Voortmann parce qu'il avait reçu le matin même la visite de deux policiers. En entendant leurs sirènes, il avait vu par la fenêtre les mendiants et les petits malfrats se disperser comme des proies devant un chasseur, disparaissant dans le labyrinthe des ruelles crasseuses. Il avait vu les deux policiers s'arrêter devant sa porte et, terrorisé, avait entendu le bruit de l'interphone et les cris lui ordonnant d'ouvrir.

Avec une rapidité qu'il n'avait pas expérimentée depuis des années, il avait fait disparaître de son établi le collier de diamants sur lequel il travaillait, ainsi que quelques autres pierres éparses, qu'il avait fourrées dans le petit coffre de métal caché sous le parquet, sous sa chaise de cuir pivotante. Il avait alors brûlé la photo du bijou dans un cendrier, avant d'en disperser les fragments sur le sol, afin qu'aucune preuve ne puisse être établie à partir des morceaux noircis.

Enfin, la bouche desséchée par la terreur, il avait ouvert aux représentants des forces de l'ordre et s'était rassis, attendant que le couperet tombe. Et il était tombé ! Accusé de recel et de commerce illicite de biens volés, il s'était laissé arrêter sans protestation. On voulait également l'interroger sur la vente d'antiquités de valeur.

Voortmann se retrouvait sous les verrous, sans avocat, conscient qu'il ne sortirait pas de sitôt. Comme j'aimerais pouvoir boire un verre ! se lamentait-il en tremblant de tous ses membres.

26

Ce matin-là, dans un café de Wuzhong Road, près du marché des antiquaires de Dongtai, Lily apprit la rumeur, chuchotée au-dessus des tasses de thé vert chaud et des *xiao long bao*, ses beignets de porc à la vapeur préférés. Le visage empourpré par la fureur, elle se leva d'un bond, sans même goûter les beignets. Elle devait avoir un petit entretien avec Mary-Lou, et sans plus attendre.

Bennett, pour sa part, en eut vent sur le tapis roulant du club de sport splendidement équipé du J. W. Marriott Hotel, sur Nanjing Road, où il s'entraînait tous les matins. Sa demi-heure d'exercice se terminait et, comme il ralentissait son rythme sur la machine, il surprit une conversation murmurée derrière lui. Se retournant, il reconnut l'un des deux hommes – le fils d'un homme d'affaires qui avait fait fortune dans l'exportation d'électronique. Crapule notoire, l'héritier était au courant de tout ce qui se tramait dans la ville. Par conséquent, Bennett ne douta pas un instant de l'authenticité de ses informations.

Il ne fut pas plus long à comprendre ce qui avait dû arriver. Il descendit du tapis, prit une douche et partit chercher sa voiture. Que Mary-Lou soit maudite ! Sa fureur était telle qu'il se sentait capable de la tuer. Mais il devait d'abord savoir si elle avait le collier.

Lorsque Lily arriva chez elle, Mary-Lou s'activait à trier les commandes pour les répliques. Elle avait décidé de feindre la bonne humeur ; aussi accueillit-elle sa patronne avec un sourire innocent.

— Les affaires ont l'air de bien marcher, ce mois-ci, dit-elle en lui montrant une pile de commandes.

— Lève-toi ! lui intima Lily. J'ai quelque chose à te dire.

Mary-Lou obéit et lui lança un regard hésitant.

— Qu'est-ce qui ne va pas ?

— Tu es une menteuse, une traîtresse. Tu m'as volée sans une pensée pour notre amitié, pas plus que pour la main que je t'ai tendue quand tu as eu des revers de fortune. Je te faisais confiance, Mary-Lou, et tu as trahi cette confiance. Et maintenant, la moitié de Shanghai connaît l'existence du collier.

— Quel collier ? l'interrompit Mary-Lou, essayant toujours de feindre l'innocence.

— Celui que tu as vu dans mon coffre-fort. Celui que tu as essayé de vendre dans les bas-fonds du marché, au plus dangereux des acheteurs : un Chinois.

D'une main levée, paume ouverte, elle interrompit Mary-Lou qui s'apprêtait à protester et enchaîna :

— Ne cherche pas des excuses. Je sais qu'elles ne sont que mensonges. Je ne veux même pas que tu m'expliques comment tu t'y es prise. Je veux juste que tu sortes de chez moi. Immédiatement !

Mary-Lou comprit qu'il était inutile d'essayer de se justifier. Elle avait été jugée coupable, et elle pouvait

154

faire une croix définitive sur le collier. Elle prit sa veste et son sac et se dirigea vers la porte.

— Je ne te souhaite pas bonne chance avec ta vente, Lily, fit-elle avec amertume en passant devant celle qui avait été son amie. En fait, je ferai tout ce que je pourrai pour la saboter. Y compris te dénoncer aux autorités.

— Ne te gêne surtout pas ! rétorqua l'intéressée. Elles ne trouveront rien. Juste un coffre avec mes maigres économies – le fruit de mes ventes de répliques à des touristes. Ne me prends pas pour une idiote, Mary-Lou, parce que tu te trompes. Ni toi ni les autorités ne pouvez m'atteindre.

Peut-être pas, mais Bennett Yuan le peut, pensa Mary-Lou en sortant en trombe de la maison.

Elle arriva au Cloud 9 à l'heure de son rendez-vous avec Bennett, qui l'attendait déjà. Elle avait particulièrement soigné son apparence et portait une robe neuve de soie crème, courte, et des mules à talons en daim naturel. Une ombre à paupières bronze mettait ses yeux en valeur, et ses lèvres voluptueuses étaient peintes de leur habituelle couleur rouge. Des pendants en or brillaient à ses oreilles, et un serpent du même précieux métal était enroulé autour de la partie supérieure de son bras svelte. Elle était belle et le savait.

— Assieds-toi, Mary-Lou, lui ordonna Bennett sans préambule. Je suppose que tu as le collier dans ce sac ?

— Pas exactement.

— Oui ? Ou non ?

— Non, admit-elle. Mais demain…

Il lui lança un regard si empreint de dégoût qu'elle détourna les yeux. Comme il ne lui avait pas demandé ce qu'elle voulait boire, elle appela le serveur et commanda un martini. Elle était si énervée qu'elle oublia de préciser qu'elle le voulait bien glacé et accompagné de trois olives au bleu.

— Tu n'as peut-être pas le collier, continua Bennett aussi acharné qu'un chasseur après sa proie, mais la moitié de Shanghai est au courant de son existence. Comment expliques-tu ce miracle ?

À l'instar de Lily, il avait entendu la rumeur. Mary-Lou était dans de beaux draps, maintenant ! Jamais elle n'aurait dû aller trouver Voortmann comme elle l'avait fait, poussée par le désespoir.

— Tu ne semblais pas intéressé et je devais trouver un acheteur rapidement. Je suis allée chez Voortmann.

— Le diamantaire hollandais ? Cette crapule sans envergure ? Mon Dieu ! Il serait incapable de faire une vente de plus de deux mille dollars. Tu avais perdu la tête ?

Penaude, elle baissa les yeux. Le serveur venait de poser le martini devant elle. Elle en avala une longue gorgée.

Bennett se pencha vers elle. Son visage très près du sien, il lui murmura d'une voix étouffée :

— Pour dire la vérité, je n'aurais pas cru l'histoire du collier si je n'avais pas eu moi-même la preuve de son existence. Et c'est Lily Song qui le détient, bien sûr ! Aussi, pourquoi traiter avec un vendeur quand je peux aller directement à la source ? Lily en est propriétaire, ma chère, toi non.

Abasourdie, elle le vit se lever et partir sans même la saluer. Elle avait perdu son travail, le collier. Et à présent Bennett. Son monde venait de s'écrouler.

27

Bennett savait qu'en ville la rumeur irait bon train, alimentée par les spéculations sur la valeur du collier et le nom de son mystérieux propriétaire. Il savait aussi que les pierres volées, dignes d'être exposées dans un musée, seraient impossibles à proposer, dans quelque salle des ventes que ce soit. Seul un collectionneur privé, obsédé par l'idée de ce fabuleux et macabre bijou, serait prêt à payer des millions pour l'obtenir et le garder caché, ne le sortant de son écrin que pour un tête-à-tête avec ses fascinantes pierres. Exactement comme les collectionneurs de ce genre dissimulaient leurs tableaux volés derrière des panneaux secrets, commandés par un système d'ouverture électronique qu'ils étaient les seuls à connaître, et qu'ils actionnaient pour contempler en solitaires leurs trésors.

Bennett savait que de tels collectionneurs ne couraient pas les rues, mais personne mieux que lui ne connaissait l'étrangeté de l'être humain. Et il avait déjà sa petite idée sur la personne à contacter.

Pour le moment, le marché s'était effondré. Tenter quoi que ce soit aurait été trop dangereux. Aucun acheteur ne se présenterait. Il devinait que Lily allait devoir se montrer prudente et garder son secret. Elle ne pourrait pas se défaire du collier maintenant.

En attendant, il ne lui restait plus qu'à poursuivre la plus facile des deux options qui pouvaient faire de lui un homme riche : partir à Venise pour épouser Preshy Rafferty.

Mary-Lou essaya de contacter Bennett sans relâche, dans l'espoir de sauver leur relation. Finalement, en désespoir de cause, elle se rendit à la salle de sport du Marriott où l'hôtesse, souriante, lui apprit que M. Bennett était parti en Europe « pour se marier ».

Mary-Lou se sentit défaillir. Son cœur s'emballa et la jeune femme la fit asseoir un moment, avant de lui apporter un verre d'eau.

Plus tard, elle se retrouva devant son immeuble, prit l'ascenseur jusqu'à son appartement et s'y enferma. Elle n'avait aucun souvenir d'avoir quitté l'hôtel, ni d'être rentrée chez elle. Debout, tremblant devant la grande baie où pendaient toujours les prétendus cristaux protecteurs des mauvais *chi*, elle hurla silencieusement sa douleur, déchirée par la trahison de Bennett. Elle n'avait plus personne. Plus rien. Et encore moins à perdre.

Bennett ne s'était pas trompé. Lily n'essaierait pas de vendre le collier avant que les rumeurs ne se soient tues. Les Suisses s'étaient retirés et elle allait devoir patienter avant de contacter un nouveau client potentiel.

Assise dans sa jolie cour intérieure qui embaumait le parfum des fleurs de lotus roses, bercée par le murmure de la fontaine et le clapotis des poissons dans le bassin, elle écoutait les trilles du canari et réfléchissait. Pour la première fois, elle regrettait que sa mère ait donné le collier à Tai Lam. Ignorer son existence lui aurait évité bien des problèmes. Son commerce d'antiquités volées était lucratif, elle s'en serait contentée. Parfois, le leurre de la fortune pousse à commettre des actes désespérés. Mais le jeu n'en vaut pas toujours la chandelle.

28

Venise

Le mois avait filé à toute allure et Grizelda avait tout organisé à la perfection : la basilique, les fleurs, la réception de mariage au Cipriani. Elle avait même pris l'avion pour Paris dans l'idée de superviser la robe, et un compromis plein d'élégance avait fini par être trouvé. Preshy allait porter une robe de mousseline couleur brume et, parce qu'il faisait froid à Venise en novembre, une longue cape à capuche de brocart or doublée de velours bronze et bordée de fourrure.

Daria, sa famille et Sylvie descendraient avec elle au Palazzo Rendino, mais, suivant la tradition, Bennett ne dormirait pas sous le même toit que sa fiancée la nuit précédant le mariage. Il avait choisi de s'installer sur l'île du Lido, de l'autre côté de la lagune, à l'hôtel des Bains, un extravagant et luxueux monument de la fin du XIXe, parce que, avait-il dit, il voulait pouvoir aller se marier en bateau, comme un flibustier d'antan.

La veille de la cérémonie, Grizelda et Mimi donnèrent une soirée pour les cinquante invités, sous les dorures fanées, toujours somptueuses, du palais.

Grizelda, très glamour dans sa dentelle rouge Valentino, et Mimi, dans une mousseline vert pomme Versace, s'affairaient, s'assurant que tout le monde s'amusait. Daria tenait la main de son mari, Tom, le professeur barbu qui portait la future demoiselle d'honneur dans ses bras. Lauren, surexcitée, était un peu ronchon.

— Elle n'est pas vraiment en forme, ce soir, fit remarquer Daria, l'air penaud.

Tom lui répondit que la fillette se sentirait mieux dès qu'elle aurait mangé une assiette de spaghettis, son plat préféré.

Dans son tailleur crème, d'une élégance très classique, Daria ressemblait à un ange. En regardant Tom, Preshy ne put s'empêcher de sourire en se rappelant l'histoire que lui avait racontée son amie le jour où elle l'avait battu au strip-poker et était tombée amoureuse de lui – ce fameux jour où il s'était retrouvé en caleçon.

Sylvie, pour sa part, avait opté pour du noir.

— Ça me mincit, avait-elle dit avec un soupir de regret.

Elle était heureuse, en tant qu'invitée, de ne pas avoir à cuisiner. Les autres convives, principalement des amis de tante Grizelda et de Mimi, étaient tous d'un extrême raffinement, vêtus à la dernière mode, quoique dans un style très probablement trop jeune pour eux. Quant à la future mariée, elle était drapée dans une robe bleu nuit qui, d'après Bennett, la faisait ressembler à un ange préraphaélite. Grizelda l'avait aidée à choisir la tenue la plus chic.

Des feux brûlaient dans les immenses cheminées situées à chaque extrémité du salon aux lambris dorés, et les pampilles des lustres de Murano reflétaient la lumière des chandelles qui illuminaient les fresques fanées du plafond, créant dans la salle de réception une atmosphère intime. Un quatuor à cordes jouait du Vivaldi, et des serveurs en veste blanche passaient des plateaux d'argent chargés de coupes de champagne ou couverts de canapés, tandis que Lalah et Shnuppi jappaient d'excitation et couraient entre les jambes de tout le monde.

Par les hautes fenêtres, le Grand Canal scintillait dans la pénombre croissante.

— Comme c'est beau ! s'exclama Bennett, debout devant la fenêtre. Si sombre, si calme.

— Tu comprends maintenant pourquoi j'aime tant Venise, répondit Preshy en pressant sa main dans la sienne.

Il hocha la tête.

— Oui, fit-il d'un air pensif. Maintenant, je sais.

Grizelda fit descendre les invités jusqu'à l'entrée du Palazzo donnant sur l'eau. Là les attendaient les gondoles qui les conduiraient au restaurant où devait se tenir le dîner.

La flottille descendit le canal jusqu'à une trattoria à Fondamenta Nove qui donnait de l'autre côté de la lagune brumeuse sur l'île Saint-Michel et son cimetière, sans doute le plus beau du monde. Le dîner, bien arrosé, se déroula dans un joyeux brouhaha, entrecoupé de toasts idiots, de chansons, avec, entre autres délices, un sublime risotto de la mer. Sylvie affirma n'en avoir jamais mangé de meilleur.

Preshy goûtait chaque minute, riant de bon cœur avec ses amis. Mais elle remarqua à un moment que

Bennett et tante Grizelda étaient plongés dans une conversation très sérieuse.

— Tante Grizelda lui rappelle ses responsabilités en tant que gendre ! affirma-t-elle en donnant un coup de coude à Daria. Je suis surprise de ne pas avoir eu droit à un petit cours sur la façon de fabriquer les bébés !

Beaucoup plus tard, rassasiés de mets délicieux et des meilleurs vins, Bennett et elle décidèrent de regagner seuls le Palazzo Rendino. Bras dessus, bras dessous, ils suivirent d'un pas tranquille les étroites ruelles pavées, empruntant d'innombrables ponts. Preshy ne cessa de parler de ses projets pour le futur.

Arrivée devant la porte du palais, elle se tourna vers son futur mari. Il la serra contre lui, et elle noua les bras autour de son cou en lui souriant.

— Demain, mon amour, chuchota-t-elle en l'embrassant.

— Demain, promit Bennett, prolongeant son dernier baiser. Je brûle d'impatience.

Preshy le regarda s'éloigner, bel homme, grand, élégant, dans son costume sombre. Avant de disparaître au coin d'une rue, il leva la main en signe d'adieu. Bennett incarnait le rêve de toute femme et, pour elle, ce rêve était sur le point de devenir réalité.

29

Le matin du mariage, le jour se leva dans un ciel d'un bleu limpide. La lagune tranquille frissonnait sous un soleil pâle, agitée de temps à autre par l'écume d'un *motoscafo*. Preshy, dans ses atours de mariée, se tint seule un moment sur l'embarcadère du Palazzo. Jamais elle n'avait vu Venise aussi belle. Sa gondole l'attendait, amarrée au pieu rayé, son dais de fête orné de guirlandes de feuillage auxquelles s'entrelaçaient de petites fleurs blanches. D'une main aussi froide que le vent du Nord, le gondolier l'aida à monter à bord, les rubans de son chapeau flottant dans la brise.

Elle lui adressa un sourire de remerciement, s'installa sur les coussins blancs et arrangea sa longue robe de mousseline couleur de brume, ajustant la capuche ourlée de fourrure sur ses cheveux indisciplinés. Je suis nerveuse, mais heureuse, se dit-elle en serrant contre elle le jonc d'orchidées couleur miel.

Des passants détournèrent la tête pour regarder sa gondole descendre le Grand Canal. À l'arrêt du *vaporetto*, la foule qui attendait la salua et lui cria bonne chance. Preshy leur répondit en agitant la main, souriante. Elle avait l'impression d'être Cléopâtre entrant dans Rome.

Puisque son oncle Oscar était depuis longtemps passé par-delà les montagnes, là où il supposait que se trouvait le paradis, aucun parent masculin n'était là pour conduire Preshy à l'autel, et, malgré les protestations de tante Grizelda, elle avait décidé de remonter la nef seule.

— Je ne suis pas une enfant, avait-elle affirmé à sa tante une heure plus tôt, alors que, dans le salon où s'était tenue la réception la veille au soir, à l'étage noble du Palazzo, elles buvaient un verre de prosecco pour se donner des forces. J'ai trente-huit ans, il est évident que je peux me rendre seule à l'église pour mon mariage.

Avec un soupir résigné, tante Grizelda avait accepté sa défaite, ce qui n'était pas dans ses habitudes. Mais elle avait fini par céder ; Mimi et elle étaient ensuite parties pour l'église dans leur propre gondole, accompagnées de leurs chiens qui jappaient ainsi que d'une flopée d'amies, toutes coiffées d'immenses chapeaux et de foulards vaporeux, scintillant de bijoux anciens, plaisantant et riant aux éclats.

Maintenant, Grizelda devait attendre au premier rang de la splendide basilique Santa Maria della Salute, en compagnie de Bennett et des invités. Bennett James, quant à lui, n'avait pas d'invités : il n'avait ni famille ni amis proches. Tom avait donc accepté d'être son témoin.

Tandis que la gondole glissait le long de la basilique, Preshy fixa le grand dôme brillant. C'était son église préférée à Venise, une ville qui en comptait sûrement plus que toutes les autres, et toutes magnifiques. Elles apparaissaient au détour de chaque rue. Mais la Salute tenait une place particulière dans son cœur.

Ses parents l'y avaient amenée pour la première fois quand elle avait quatre ans. On lui avait répété qu'il était impossible qu'elle se rappelle cette visite, pourtant elle était restée gravée dans son esprit. Elle revoyait la hauteur gigantesque de la basilique, pour la petite fille qu'elle était. Elle revoyait la richesse des couleurs, l'éclat des ors, les peintures, les mosaïques. Et elle sentait la pression de la main de sa mère dans la sienne, celle de son père dans l'autre, alors qu'ils descendaient la nef par l'allée centrale pour aller voir l'autel. C'était le seul véritable souvenir qu'elle gardait de ses parents, et c'était pour cela qu'elle avait choisi de se marier à cet endroit.

Sa cape de brocart or traînant derrière elle, elle descendit de la gondole, le visage à demi dissimulé par la capuche bordée de fourrure soyeuse. Une mariée mystérieuse, se dit-elle en souriant, un peu comme une héroïne de roman sentimental.

L'église était froide et le parfum des deux cents roses arrivées de Colombie par avion embaumait l'air. Tante Grizelda, flamboyante rousse sans âge, dans un tailleur couleur perle et un bibi rouge vermillon qui allait à la perfection avec ses cheveux se hâta de la rejoindre. Elle portait une broche en diamants que même la reine Élisabeth aurait pu lui envier. Preshy remarqua alors qu'au lieu de sourire elle avait l'air soucieux.

— Viens là, ma chérie, fit sa tante en lui prenant la main pour l'attirer de côté.

La jeune femme lui jeta un coup d'œil étonné. L'organiste venait d'abandonner Vivaldi afin de jouer la marche de Haydn qu'elle avait choisie pour remonter la nef.

— Il n'est pas là, déclara tante Grizelda.

— Qui n'est pas là ? demanda Preshy, interloquée.

— Bennett. Ma chérie, il n'est pas là.

— Oh…, fit-elle en fixant sa tante, surprise. Ça doit être la circulation. Il est coincé dans un embouteillage, c'est tout.

— Nous sommes sur le Grand Canal, pas sur Madison Avenue, répliqua Grizelda en serrant sa main plus fort encore. De toute façon, il n'est pas à l'hôtel non plus. J'ai téléphoné ; on m'a dit qu'il avait rendu sa chambre hier soir.

Preshy dévisagea sa tante, les yeux écarquillés de stupeur, serrant jusqu'à se faire saigner ses orchidées couleur miel. Grizelda les dégagea des doigts de sa nièce et lança les fleurs à terre. Elle prit les mains de la jeune femme dans les siennes. Elles étaient glacées.

— Il n'y aura pas de mariage, annonça-t-elle, au bord des larmes. Bennett est parti.

Preshy avait l'impression de s'être dédoublée et de flotter dans l'espace. Elle était consciente de la présence de Mimi, pâle comme un linge, et des visages à l'expression choquée de Maurice et de Jeanne ; des bruissements de la foule des vieilles amies, si élégantes sous leurs capelines, qui les observaient en silence. Ses demoiselles d'honneur, Sylvie et Daria, s'approchèrent, ravissantes dans leurs robes abricot, l'air anxieux. Tom tenait Lauren par la main. La fillette ne bronchait pas, et même les chiens avaient cessé de japper.

Elle les dévisagea tour à tour, avant de chuchoter à sa tante, qui tenait toujours sa main :

— Ce doit être une erreur. Il va sûrement appeler, nous dire ce qui s'est passé... Nous pouvons attendre.

Le silence persista.

— Vérifions encore une fois à son hôtel, suggéra-t-elle en désespoir de cause, ils ont dû faire erreur.

— Oh, ma chérie ! murmura sa tante en pleurs.

C'était la première fois que Preshy la voyait pleurer.

— Ne pleure pas, tante Grizelda, fit-elle d'un ton soudain très calme. Ton mascara va couler.

— Je me fiche de mon mascara ! hurla sa tante. Comment ose-t-il te faire une chose pareille ? Je vais le tuer. Le castrer. Je vais lui tordre le cou à mains nues !

Daria et Sylvie se hâtèrent vers Preshy et l'entourèrent de leurs bras, en lui murmurant à quel point elles étaient désolées, que c'était impardonnable, qu'elles l'aimaient. Que tout allait bientôt s'arranger.

Anéantie par la colère et le chagrin, Preshy resta coite. La mariée humiliée, abandonnée devant l'autel. Un si bel autel jusqu'où ses parents l'avaient escortée, autrefois.

Elle parcourut du regard l'assistance. Que faire, maintenant ? Les invités étaient venus du monde entier pour ce mariage. Une réception devait être donnée dans le merveilleux hôtel Cipriani, de l'autre côté du canal, sur l'île de la Giudecca. Là les attendaient le champagne, la pièce montée et les roses de Colombie. Puis un dîner, suivi d'un bal.

Elle se leva et déclara d'une voix calme et froide :

— Tout va bien. Vous connaissez la formule « Le spectacle continue » ? Eh bien, les gondoles nous

168

attendent pour nous emmener à la soirée, alors allons-y.

Daria et Sylvie lui emboîtèrent le pas et elle précéda ses invités hors de l'immense église. Plus tard, lorsqu'elle regarderait en arrière, elle se souviendrait de cette soirée comme d'une réception d'enterrement. Certainement pas de mariage !

DEUXIÈME PARTIE

Rafferty

30

Paris

Ce fut la pensée de l'hiver avec ses longues journées sombres et solitaires dans ce grand appartement vide qui poussa Preshy à prendre l'avion pour Boston, où elle retrouverait Daria.

Elle était rentrée depuis quinze jours. Lorsque ses voisins et amis lui demandaient avec bienveillance comment se passait sa nouvelle vie de femme mariée, elle se contentait de répondre qu'elle ne saurait le leur dire, qu'elle n'était pas mariée et qu'elle n'en avait plus du tout l'intention. Les gens étaient ou trop polis ou trop aimables pour chercher à en savoir plus long.

Daria, qui l'attendait à l'aéroport de Logan, la vit émerger du tunnel des arrivées avec son sac de voyage, triste petite fille perdue au cheveu terne. Les deux amies fondirent en larmes.

— Tu ne peux pas continuer ainsi, tu sais, déclara Daria dans la voiture qui les menait à Cambridge en lui tendant une boîte de mouchoirs en papier. Tu n'es pas la première femme plaquée – même si, en ce qui te concerne, c'est arrivé à l'église.

— Inutile de me le rappeler, répondit Preshy dans un bref sanglot en regardant la pluie d'un œil vide. Il ne m'a jamais donné signe de vie, tu sais. Pas le moindre coup de fil, pas même un e-mail pour s'expliquer. Quant à moi, j'ai trop d'orgueil pour essayer de le contacter. Ce qui n'est pas le cas de tante Grizelda. Elle l'a fait rechercher par des détectives. J'espère pour lui qu'elle ne l'attrapera pas, car elle veut le tuer, finit-elle dans un petit rire que noyèrent aussitôt de nouvelles larmes.

— Elle a employé le mot « castrer », aussi, si je me souviens bien.

— De toute façon, les détectives sont revenus bredouilles. Aucun Bennett James n'habite Shanghai. Pas de grand appartement. Pas de société James Export. Et personne n'a jamais entendu parler de lui à Dartmouth. Bennett James n'existe vraiment pas. Qui il est et pourquoi il s'est conduit de la sorte reste un mystère pour moi. Ma tante, en revanche, reste convaincue qu'il en avait après mon argent.

— Quel argent ? s'enquit Daria en freinant à un feu rouge.

Elle se tourna pour sourire au policier qui arrêta sa voiture de service à côté d'elle. Il la foudroya du regard. « Je n'ai rien fait de mal », articula-t-elle silencieusement.

Haussant un sourcil, il secoua la tête en agitant un doigt dans sa direction.

— Aïe, aïe, aïe ! fit-elle en redémarrant avec plus de douceur comme le feu passait au vert. Je suis si absorbée par cette saloperie de Bennett que je ne pense pas à ce que je fais.

174

Preshy, qui semblait ne rien avoir remarqué, continua :

— C'est exactement ce que j'ai dit à tante Grizelda. « Quel argent ? » Je n'ai pas d'argent. Tout ce que j'ai, c'est mon magasin dont je tire un revenu tout à fait honorable, mais rien d'extravagant. Or ma tante soutient que, avec mes diamants et mon appartement parisien, je faisais riche. Pour elle, Bennett était convaincu de ma fortune, surtout quand il a découvert qui était ma tante et que j'étais sa seule parente vivante. « Réfléchis, ma fille, m'a-t-elle dit. Demande-toi, comme je suis sûre que l'a fait Bennett, à qui la tante Grizelda va laisser sa fortune. »

Preshy se tourna vers Daria, toujours concentrée sur la route.

— Je lui ai répondu que je n'avais jamais pensé à ça. Je veux dire, à sa mort et… enfin, tu sais. Elle m'a répliqué que c'était une bonne chose car elle n'avait aucune intention de partir de sitôt. Mais qu'elle avait un aveu à me faire.

— Un aveu ? Que diable cache-t-elle ? questionna son amie en lui jetant un rapide coup d'œil.

Elle bifurqua dans l'allée dallée de briques qui menait à la petite maison de style colonial, arrêta le véhicule, et, se tournant de nouveau vers Preshy, attendit une réponse.

— Tu te rappelles le dîner, la veille du mariage, dans cette adorable trattoria des Fondamenta Nove ?

Daria acquiesça.

— Tout le monde s'amusait follement à porter des toasts idiots, à raconter des blagues…

Son amie fit oui de la tête.

— Tout le monde sauf Bennett, enchaîna Preshy. J'ai remarqué qu'il parlait assez sérieusement avec tante Grizelda. Et elle m'a rapporté leur conversation. Elle lui racontait comment, quelques semaines auparavant, un fou avait failli la faire tomber dans le ravin, sur la route de la Grande Corniche. Qu'elle avait cru sa dernière heure venue et que sa première pensée avait été qu'elle préférait être maudite plutôt que de rater mon mariage. Bennett lui aurait répondu sur le ton de la plaisanterie : « Peut-être était-ce Preshy qui voulait se débarrasser de vous pour hériter de votre argent. » Tante Grizelda, un peu surprise par sa réaction, s'est empressée de le détromper en lui précisant : « Oh non ! Preshy sait qu'elle ne va pas hériter. C'est une fille forte, intelligente. Je veux qu'elle réussisse par elle-même. Tout ce que je possède ira à ma fondation préférée, la Fondation Princesse Grace, ainsi qu'à la recherche contre le cancer infantile et à un fonds pour les chevaux de course retraités. Mimi a prévu de faire de même, à la différence près que, pour elle, ce ne seront pas les chevaux mais les lévriers de course à la retraite. »

» À la suite de cette conversation, Bennett est devenu très silencieux. Quand nous sommes rentrés tous les deux au Palazzo, je n'arrêtais pas de parler, alors que lui me répondait par monosyllabes.

— Quel salopard ! s'exclama Daria en la prenant dans ses bras. Tu es comme cette héroïne du roman d'Henry James. Comment s'appelle-t-il, déjà ? *Washington Square* ?

Preshy parvint à sourire à travers ses larmes. Elle ne voulait pas que la petite Lauren, sa filleule, la voie pleurer.

— Je suis dans la ville qui sert de toile de fond au roman, c'est déjà un début, railla-t-elle.

Dès que Lauren aperçut sa marraine sur le seuil de la porte, elle se rua vers elle. La jeune femme la souleva dans les airs, tout en grommelant qu'elle devenait très lourde.

— Tu vas bientôt me dépasser, Lauren, gémit-elle. Tu m'avais promis que non.

— Je vais essayer, tante Preshy, je te promets, répondit Lauren entre deux éclats de rire.

Tom les attendait, aussi miteux qu'à l'habitude, dans un vieux pull et un pantalon de velours côtelé : il cultivait son look universitaire. En plus de son étiquette de professeur de physique réputé, Tom était bon cuisinier. Le dîner était prêt et la table mise avec une collection de vieilles assiettes dépareillées et de serviettes en papier.

Les murs du rez-de-chaussée avaient été abattus afin que la cuisine américaine, la salle à manger et la salle de séjour ne fassent qu'une seule et même pièce. Le désordre habituel y régnait : manteaux jetés à l'endroit même où ils avaient été retirés, bottes et jouets d'enfants dispersés à droite et à gauche et, partout, une fine couche de poussière. Un bon feu brûlait dans la cheminée à panneaux blancs, une chanson de Neil Young résonnait dans la pièce, et le visage d'Anderson Cooper s'agitait sur l'écran de télévision sans son.

Tom déboucha une bouteille de côtes-du-rhône en la coinçant entre ses genoux. Le bouchon sortit avec un bruit sec.

— Bienvenue au club des cœurs brisés, déclara-t-il avec un sourire à l'intention de Preshy et en lui versant un verre, qu'il lui tendit. Allez, ma belle, noie ton chagrin dans l'alcool.

— Oh, Tom ! fit-elle en le regardant, les yeux pleins de larmes.

— Tu vas t'en remettre, chérie. Bennett ne reviendra pas et, s'il essayait, il faudrait qu'il commence par me passer sur le corps. Je le tuerais d'abord, assura Tom d'un ton sombre, servant du vin à sa femme puis tendant un verre de jus d'orange à sa fille.

— Je te propose un marché, déclara Daria, alors que Preshy se faisait une place sur le canapé affaissé recouvert d'une housse, entre une PlayStation et deux pulls. Nous avons décidé de t'accorder exactement trente jours d'apitoiement sur ton sort, au cours desquels tu pourras pleurer, gémir et te plaindre tant que tu voudras. Après, fini ! Tu comprends, Preshy ? ajouta-t-elle d'une voix pressante en décalant la Play-Station pour pouvoir s'asseoir à côté de son amie. Trente jours pour t'appesantir sur toi-même à volonté, puis tu devras passer à autre chose. Marché conclu ?

Preshy lui lança un regard dubitatif.

— D'accord, je vais essayer.

— Essayer ne suffit pas. Tu vas le faire, Preshy. Tu vas survivre. Personne n'est mort, personne n'a été blessé. Ta fierté en a certes pris un coup, et je ne minimise pas le chagrin que cette trahison t'a causé. Mais tu as une vie, et tu vas passer à autre chose. Promets-le-moi. Comme nous te promettons de t'écouter et de nous montrer compatissants pendant ces trente jours. D'accord ?

Preshy poussa un soupir à fendre l'âme. Elle n'était pas sûre d'y arriver, mais elle promit quand même.

— Bravo ! s'exclama Tom en levant son verre. Je bois à ta résolution !

Il posa alors le plat de bœuf bourguignon sur la table, trancha une miche de pain tendre, sortit la salade et déclara :

— À table, les enfants !

Preshy eut l'impression de vivre le dîner le plus réconfortant de sa vie : un plat chaleureux et consistant, de vrais amis qui l'entouraient de leur amour, et la liberté de pouvoir pleurer dans son vin pour son premier jour d'apitoiement sur son sort.

Les jours suivants, Daria et Lauren l'occupèrent de façon plus innocente. Elles allèrent à l'école Montessori, achetèrent des sweat-shirts et des casquettes de base-ball à la coopérative de l'université Harvard, flânèrent dans les librairies et chez les disquaires, firent de longues promenades sur les berges de la rivière Charles. Mais, malgré le soutien de ses amis, Preshy ressentit le besoin de s'échapper dans le cottage familial décrépit de Cape Cod, rempli de souvenirs si heureux de leur jeunesse, pour se retrouver face à face avec elle-même.

Seule sur la plage hivernale, elle regardait les vagues s'écraser sur la grève. Puis, recroquevillée sur le ponton, enroulée dans des pulls et des couvertures pour se protéger du froid, elle ressassait sans relâche la question qui la taraudait : comment l'homme qu'elle avait cru aimer avait-il pu lui faire une chose pareille ?

C'est alors que de nouvelles questions commencèrent à germer dans son esprit. Par exemple : aimait-elle encore Bennett ? L'avait-elle jamais aimé ? Avait-elle été aveuglée par un coup de foudre ? Par

179

une fascination pour son physique, son charme, et le pur romantisme de leur histoire à distance ? Par ses coups de téléphone finissant par « Bonne nuit, dors bien », qui pouvaient provenir de n'importe où dans le monde ? Par les fleurs, le champagne, les week-ends à la campagne, la bague de fiançailles ? À bien y réfléchir, elle s'aperçut qu'il l'avait amenée si rapidement au mariage qu'elle n'avait jamais envisagé concrètement leur vie de couple marié. Elle constatait à présent que, en fin de compte, elle en savait très peu sur lui, hormis ce qu'il lui avait raconté et qu'elle avait cru sans hésiter.

Ainsi, son enfance dans un orphelinat, censée expliquer pourquoi il n'avait pas d'amis. Et son affaire de pièces détachées qui, d'après lui, était très prospère. Pourtant, elle ne connaissait même pas son adresse personnelle. Il ne lui avait donné que son adresse e-mail et son numéro de téléphone portable, sous prétexte qu'il était tout le temps en voyage.

Elle réalisait maintenant à quel point elle s'était montrée idiote. Même si elle refusait de le croire, Bennett James, ou quel que soit son nom, ne l'avait jamais aimée. Il n'avait voulu l'épouser que pour son argent. Et elle ne savait pas ce qui lui faisait le plus mal. Contrairement à l'héroïne de *Washington Square*, elle ne pouvait même pas lui fermer sa porte, puisqu'il s'était volatilisé. Sans doute dans un endroit comme Marbella, où ce genre d'homme disparaît volontiers, songea-t-elle avec amertume.

Un peu rassérénée par son escapade au bord de la mer, elle rentra à Boston et annonça à Daria qu'elle avait fait son deuil de toute cette histoire. Elle avait accusé le coup et s'était relevée : que Bennett James aille au diable !

— Tu as encore droit à quelques jours d'apitoiement sur ton sort, lui rappela son amie.

Comme pour lui répondre, Preshy s'assit sur le canapé et fondit en larmes.

— Tu dois vivre, Preshy, insista Daria avec tristesse. Il est temps de passer à autre chose.

31

Paris

Une semaine plus tard, par un clair matin de décembre, Preshy, de retour à Paris, était allongée sur son canapé, les persiennes fermées. La pièce était plongée dans un silence total. Pas de téléphone, pas de musique, même la circulation dans la rue Jacob était étouffée par les volets. D'habitude, à cette heure, elle était au café devant un crème et une tartine beurrée, mais là elle n'arrivait même pas à envisager un petit déjeuner. Elle en était au vingtième jour des trente autorisés par Daria pour s'apitoyer. Et les mêmes questions continuaient à la tarauder. Bennett était-il vraiment une ordure ? N'avait-il eu l'intention de l'épouser que pour son héritage ? Comment était-ce possible ? Il était si gentil, si aimant, si charmant !

La veille, tante Grizelda avait téléphoné, la suppliant de venir la voir. « Nous pourrions aller skier », avait-elle proposé, ce qui avait fait rire Preshy, car l'idée de sa tante skiant à son âge – qu'elle ne connaissait d'ailleurs pas exactement – était effrayante.

Elle n'était pas dupe et savait que c'était une excuse. Grizelda voulait simplement la surveiller. « Je veux m'assurer que tu ne commettes pas de folie », lui avait-elle dit.

— Aucun homme au monde n'en vaut la peine, avait-elle répondu.

Mais cela ne changeait rien. Elle était dans une impasse et ne voyait pas comment en sortir. Il fallait aller de l'avant, comme le lui avaient recommandé Daria et Sylvie.

Avec un soupir, elle se leva du canapé et se regarda dans la glace Louis XVI, dorée à la feuille, au-dessus de la cheminée. Ce qu'elle y vit ne lui plut pas : un visage sans maquillage, pâle et couvert d'imperfections, des yeux rouges et des cheveux en bataille. Elle y passa les doigts, se demandant pourquoi ils frisaient quand le reste du monde avait les cheveux raides. La vie est injuste, songea-t-elle, une larme roulant sur sa joue blême. Elle fixa l'horrible vision qui se reflétait dans le miroir.

Espèce d'idiote ! lança-t-elle sévèrement à son image. Tu te complais à t'apitoyer sur ton sort. Tu crois vraiment que Bennett est responsable ? Oh non ! Certainement pas !

Elle laissa ses cheveux retomber en halo autour de son visage.

— Bon, si je ne peux rien faire en ce qui concerne Bennett, en revanche, il doit bien exister une solution pour mes cheveux, déclara-t-elle à voix haute.

Une heure plus tard, elle était assise dans un salon de coiffure du boulevard Saint-Germain.

— Coupez tout ! ordonna-t-elle au coiffeur.

Il s'empara d'une mèche bouclée qu'il fit glisser avec admiration entre ses doigts.

— Vous êtes sûre ? lui demanda-t-il. Nous pourrions peut-être juste les couper aux épaules et voir si ça vous plaît ? Une coupe courte est un relooking total.

— C'est exactement ce que je veux, répliqua Preshy d'un ton ferme. Un changement drastique. Je veux ressembler à Audrey Hepburn.

Deux heures plus tard, elle ne ressemblait pas à Audrey Hepburn, mais le changement était drastique. Sa crinière bouclée avait disparu, remplacée par un carré lisse, blond cuivré, court dans le cou, avec une longue frange frôlant ses yeux. Elle y passa la main, secoua la tête, ébouriffa ses cheveux. Sans pouvoir se l'expliquer, avec sa nouvelle coupe, elle avait l'impression d'être libérée du passé, de la femme faible et romantique qu'elle avait été : comme une nouvelle Preshy Rafferty.

Comme pour rendre plus crédible cette évidence, elle prit le métro en direction du boulevard Haussmann et des Galeries Lafayette, où elle alla droit au rayon lingerie. Une heure sur les lieux lui permit de rassembler un trésor de ravissants dessous qui la réconfortèrent, même si personne d'autre qu'elle ne les verrait jamais. Elle enchaîna sur le rayon des parfums et cosmétiques. Assise au stand Chanel, elle se fit maquiller par une jeune femme d'un chic éblouissant qui, voyant ses cheveux blond cuivré, insista pour qu'elle achète un rouge à lèvres et un blush roses.

— Cela vous donnera un nouvel éclat, lui assura-t-elle.

Souhaitant retrouver sa bonne mine, Preshy en fit l'acquisition.

Elle regarda les divers parfums. Il y avait bien long-temps qu'elle portait le même, probablement dix ou douze ans. À l'instar de nombreuses femmes, elle l'avait toujours considéré comme sa signature, en dépit du fait que, bien sûr, des millions d'autres femmes le portaient aussi. Elle allait en changer. Elle opta pour *24 Faubourg* d'Hermès, ainsi nommé en clin d'œil à l'adresse du sellier sur le faubourg Saint-Honoré.

— C'était le parfum préféré de la princesse Diana, lui apprit la vendeuse.

Cette révélation laissa Preshy perplexe. Faisait-elle le bon choix ? La pauvre Diana n'avait jamais eu beaucoup de chance avec les hommes.

Elle pensa alors à acheter une belle paire de chaussures, mais, à la réflexion, refusa de tomber dans ce cliché de la femme délaissée. Elle décida donc de se rendre en taxi chez Verlaine, où elle trouva Sylvie occupée à composer son menu du soir.

En entendant la porte s'ouvrir, son amie leva la tête et émit un sifflement admiratif.

— Eh bien ? fit Preshy.

— Tu es métamorphosée. Je ne sais pas si ce sont les cheveux ou si c'est le rouge à lèvres rose, mais je crois que ça me plaît.

— Tu « crois » ? s'inquiéta Preshy d'un air dépité en passant les mains dans son casque cuivré. C'est le nouveau moi et tu n'es pas époustouflée ?

Sylvie se mit à rire.

— Bien sûr que si. Mais je t'ai à peine reconnue. Après tout, je ne t'ai jamais vue sans ta masse de cheveux. Maintenant je peux voir ton visage, et il n'est pas mal.

Preshy se rengorgea à ce compliment.

— Je me suis regardée dans la glace ce matin et je me suis dit : « Assez ! je passe à autre chose ! », expliqua-t-elle.

— Tu m'en vois ravie. De toute façon, tu es presque à la fin de tes trente jours d'apitoiement sur ton sort, et il est temps que tu te ressaisisses. Allez, viens, allons manger un sandwich et prendre un café. Je confie la maison aux garçons ; ils n'auront pas le temps de faire trop de bêtises en une heure – du moins, je l'espère.

L'heure passée avec Sylvie lui avait fait du bien, mais, de retour chez elle, Preshy retomba dans la nostalgie des instants passés avec Bennett : le bateau-mouche, leurs dîners en tête à tête dans les restaurants du quartier. Elle revit les regards pleins d'admiration qu'elle le surprenait à lui lancer, et sa joie de la retrouver, chaque fois qu'il revenait de Shanghai.

Oh, mon Dieu ! pensa-t-elle, haïssant le silence qui l'enveloppait. Que vais-je faire ?

Elle alluma son ordinateur et, en surfant sur Internet, tomba sur une photo représentant un groupe de chatons aux grandes oreilles. Leur innocence la fit fondre. Cédant à son impulsion, elle appela l'éleveur. Il n'avait plus de chatons mais venait de récupérer une chatte de neuf mois que son acheteur, souffrant d'allergie, n'avait pu garder.

— Je la prends, annonça Preshy, d'emblée.

— Vous voulez peut-être la rencontrer d'abord, pour voir si vous êtes compatibles ? suggéra l'éleveur d'un ton sceptique.

Il s'inquiétait de savoir l'animal dans une bonne maison.

— Oh, nous le sommes, répondit Preshy, je le sais déjà.

Après tout, n'avaient-elles pas toutes les deux été rejetées, rendues à leur existence antérieure, si l'on pouvait dire ? C'est ainsi que Mirande, siamoise issue du très chic élevage de la Reine d'Or, devint sienne.

Le lendemain, Preshy partit la chercher en voiture. C'était une beauté au pelage crème et chocolat, avec des yeux d'un bleu plus brillant que le saphir. Elle la rapporta chez elle, convaincue de l'efficacité du carton dans lequel elle l'avait déposée sur le siège arrière. Mais elle ignorait tout de l'ingéniosité d'un siamois bien décidé à s'échapper. Et, comme si elle avait appris la magie avec le prestidigitateur Robert-Houdin, la chatte eut tôt fait de se retrouver sur ses genoux.

— Miaou ! fit-elle en la regardant avec intensité.

— Et miaou à toi, répondit Preshy avec un sourire.

De Mirande, la chatte devint donc Miaou. Et, bien sûr, elle ne fut pas longue à connaître tout de Preshy, qui confiait ses secrets à ses délicates oreilles chocolat, pendant que Miaou la regardait d'un air entendu, ronronnant avec compassion.

Le lendemain, la jeune femme acheta un sac très chic censé résister aux tentatives d'évasion, et partit pour Monte-Carlo présenter la chatte aux tantes.

Debout dans l'entrée, elle serrait le sac contre elle, alors que Lalah et Shnuppi fonçaient vers elle en aboyant. En sécurité derrière la porte grillagée de son sac, Miaou répondit par des miaulements.

Amusées, les tantes virent leurs chiens tourner les talons et venir se cacher derrière elles, la queue entre les pattes.

— Il est évident que ce chat est le substitut idéal d'un homme, fit remarquer tante Grizelda d'un air soupçonneux.

— Je ne vois pas le problème, répliqua Preshy. Au moins, avec elle, je sais où j'en suis.

Face au regard fixe et bleu du siamois, les chiens vinrent s'asseoir calmement par terre, tandis que Miaou sortait de son sac pour aller se lover triomphalement sur le canapé, à la place d'honneur, entre les tantes.

C'est un bon début, songea Preshy avec un sourire à l'intention de celles-ci, en tapotant sa coiffure courte qui, d'après tante Grizelda, la faisait ressembler à un canard plumé.

32

Shanghai

Si Lily avait eu l'intention de faire une liste des gens qu'elle pensait ne plus jamais revoir, Bennett serait venu en tête, et Mary-Lou en deuxième position. Elle fut donc surprise d'avoir de leurs nouvelles, tour à tour.

Bennett, qui n'avait pas téléphoné pour s'annoncer, sonna chez elle à l'improviste, un soir à dix-neuf heures, un mois environ après qu'elle eut renvoyé Mary-Lou. Lorsque Lily regarda l'écran de la caméra de surveillance du portail, elle fut surprise de le voir, un gros bouquet de lys de Casablanca à la main. Elle pressa l'interphone et lança d'un ton sec :

— Qu'est-ce que vous voulez ?

— Vous parler, Lily. Si vous pouvez me consacrer un peu de temps, bien sûr.

Au moins, il se montrait courtois. Elle était curieuse de savoir ce qui l'amenait. Elle lui ouvrit et, debout dans la véranda, le regarda s'avancer vers elle, les fleurs à la main. Comme un gage de paix, songea-t-elle, se demandant s'il était là pour plaider la cause de Mary-Lou.

Avec un sourire, il déclara :

— Je voulais prendre contact avec vous avant, mais j'étais en Europe. Le soir où nous nous sommes rencontrés, j'ai trouvé que nous avions tellement de sujets de conversation à aborder et pas assez de temps.

Que diable croit-il avoir en commun avec moi ? se demanda Lily, intriguée. Mais elle ne devait pas oublier que Bennett était un charmeur.

— M'invitez-vous à entrer ? demanda-t-il en lui adressant ce sourire qui faisait fondre les cœurs et auquel, malgré elle, elle ne fut pas insensible.

Il grimpa l'escalier de la véranda et s'arrêta pour admirer le canari. Lorsqu'il regarda dans la cage où était dissimulé le collier, Lily sentit son cœur battre si fort qu'elle s'étonna d'être la seule à l'entendre.

— Un canari sans chanson ? s'étonna-t-il en entrant. C'est inhabituel.

L'odeur des lys s'infiltrait dans les narines de Lily, aussi puissante qu'un parfum français.

— Des lys pour Lily*, annonça-t-il. Mais je suis sûr que je ne suis pas le premier homme à vous dire ça.

Elle prit les fleurs et, le remerciant brièvement, sans un sourire, les déposa sur une petite table de côté avant de lui indiquer une chaise.

— Je suppose que vous êtes ici pour plaider la cause de Mary-Lou, déclara-t-elle en s'asseyant sur le canapé et en le dévisageant avec attention.

Il haussa un sourcil surpris.

— Pourquoi ? Que lui est-il arrivé ?

---

* En anglais, *lily*, signifie « lys » (N.d.T.).

— Vous voulez dire que vous n'êtes pas au courant ? demanda-t-elle en se disant qu'il jouait fort bien la comédie.

— J'ignore de quoi vous parlez. Je vous le répète, je me suis absenté et, de toute façon, tout est fini entre nous. Ç'a été amusant le temps que ç'a duré, mais j'avais envie de passer à autre chose, dit-il en haussant les épaules d'un air dédaigneux.

— Alors nous sommes dans la même situation. Mary-Lou ne travaille plus pour moi. Puis-je vous demander ce qui me vaut votre visite ?

— J'ai été impressionné quand je vous ai rencontrée. Je me suis dit que vous n'étiez pas une femme volage, qui aime la fête. Mais une femme de tête. Quelqu'un avec qui je pourrais faire des affaires.

— Et de quelles affaires s'agirait-il ?

— J'ai une offre à vous proposer, annonça-t-il en choisissant ses mots avec soin. Vous avez en votre possession une pièce exceptionnelle. Les rumeurs vont bon train en ville, mais jusqu'ici seuls vous, Mary-Lou et moi savons quelle est la vérité.

— J'ai entendu les rumeurs. Mais elles n'ont rien à voir avec moi.

— Ce n'est pas ce que dit Mary-Lou. Et j'ai de bonnes raisons de la croire.

Les joues de Lily s'empourprèrent de colère. Encore une fois, celle qui avait été son amie l'avait trahie. Elle répondit :

— Je pense que vous devriez savoir que j'ai renvoyé Mary-Lou parce qu'elle me volait. Une ex-collaboratrice mécontente dira n'importe quoi pour se venger. Je suis sûre qu'en tant qu'homme d'affaires vous en êtes conscient.

— Je suis également conscient qu'elle disait la vérité, répliqua-t-il, et je sais qu'elle a essayé de vendre le collier par l'intermédiaire de Voortmann, le diamantaire de troisième zone. Il a ensuite tenté de le refourguer à une riche ordure de Shanghai, qui, à son tour, a raconté l'histoire à tout le monde. Et, s'il ne l'avait pas fait, je ne serais pas là, parce que je serais sûr que vous l'avez déjà vendu.

Il secoua la tête avec regret.

— Dommage que votre transaction avec l'agent suisse soit tombée à l'eau.

Levant la main, il arrêta ses protestations.

— Ne me demandez pas d'où je tiens cette information. Il est regrettable que la rumeur se soit insinuée entre vous et votre transaction, mais maintenant cela laisse la voie ouverte pour que je vous en propose une nouvelle. Et cette fois, Lily, elle est infaillible.

La jeune femme avait le ventre noué par la nervosité. Elle gagna la cuisine et en ressortit avec une bouteille de San Pellegrino et deux verres. Elle les remplit tous les deux, en prit un et s'assit sur la chaise de bois d'orme, le fixant des yeux.

— Voulez-vous porter un toast à notre collaboration ? demanda-t-il, maintenant plein d'assurance, en levant son verre.

— Dites-moi exactement où vous voulez en venir, ordonna-t-elle en avalant une gorgée d'eau.

— C'est très simple. Vous avez le collier. J'ai l'acheteur. Il est prêt à payer un acompte important en attendant la livraison. Mais il a besoin de savoir si la marchandise correspond exactement à ce qu'il aura. C'est pourquoi j'ai besoin de voir le collier, et un document prouvant son authenticité.

Il but une gorgée d'eau, sans quitter son visage des yeux.

— Et, bien sûr, nous devons tomber d'accord sur un prix. Je dirais environ trente millions de dollars.

C'était beaucoup plus que ce que Lily avait prévu. Il exagère, se dit-elle, il veut m'impressionner. Il emploie la tactique classique de l'escroc : dire à sa victime ce qu'il pense qu'elle veut entendre, lui faire miroiter des millions comme on tend une carotte à un âne, pour la voir sauter sur l'occasion. Pense-t-il vraiment que je vais lui donner le collier et répondre : « D'accord, j'accepte ? »

— Cinquante-cinquante, reprit Bennett en se penchant en avant avec enthousiasme. Vous n'aurez plus jamais à vendre de fausses antiquités. Qu'en dites-vous, Lily ? Sommes-nous associés ?

— Vous allez devoir vous trouver quelqu'un d'autre, Bennett, car je n'ai pas ce collier funéraire, répliqua-t-elle. Et j'ignore qui l'a. C'est juste une rumeur.

Elle se leva, le congédiant.

— C'est une rumeur, répéta-t-elle.

Bennett se leva à son tour et s'avança vers elle, la sondant d'un regard glacial. Un frisson de terreur la parcourut.

— Oh si ! vous l'avez, Lily ! fit-il d'une voix sourde. Et j'ai l'intention de mettre la main dessus, par n'importe quel moyen. Pourquoi ne pas nous arranger à l'amiable, en concluant un marché, en devenant associés ? Vous préférez l'autre manière, moins plaisante ?

Il recula d'un pas, son charmant sourire fendant de nouveau son visage.

— Voilà ! À présent, nous avons discuté. Je vais vous laisser en paix, vous donner le temps d'y réfléchir. Disons jusqu'à demain soir, à la même heure ?

Sa menace plana entre eux. Lily se souvint de Mary-Lou mentionnant l'éventualité qu'il ait pu tuer Ana Yuan pour sa fortune. Terrifiée, elle voyait désormais que cet homme en était capable.

— Demain soir, dix-neuf heures, répéta Bennett. Nous aviserons.

Le cœur toujours serré par l'angoisse, elle le vit s'arrêter de nouveau devant l'oiseau en sortant. Paniquée à l'idée qu'il puisse apercevoir un morceau de l'étui de cuir rouge, elle pressa le bouton qui commandait le portail de la cour. Une seconde plus tard, il avait disparu, sans se retourner. Mais elle savait qu'il allait revenir, et qu'il avait parlé sérieusement. Et elle avait peur.

33

Mary-Lou avait sympathisé par pur intérêt avec la jeune réceptionniste du club de sport que fréquentait Bennett. Elles prenaient des verres ensemble, parfois elles déjeunaient, faisaient les magasins. Mais, maintenant qu'elle était sans emploi, elle les fréquentait moins.

Le soir où Bennett rendit visite à Lily, elles se trouvaient dans un bar animé du nom de Sasha, juste en retrait de Hengshan Road, dans l'ancien palais de la célèbre famille Soong, qui avait été à une époque la famille la plus puissante de Chine. Mai-ling, l'une des ravissantes filles de Charlie Soong, avait épousé Tchang Kaï-chek et, par une étrange coïncidence, avait porté sur l'un de ses deux escarpins de soie une perle volée à la couronne de l'impératrice douairière Cixi.

L'ancienne demeure des Soong était aujourd'hui un bar enfumé, bondé de jeunes bruyants, parfaitement indifférents à l'histoire du lieu. Mary-Lou était sûre que sa nouvelle amie n'en était même pas consciente. Tout en sirotant leurs martinis, la jeune femme, qui vouait une immense admiration à Mary-Lou en raison de sa beauté, de ses bijoux coûteux et de son élégance, lui raconta que Bennett était de retour et que son mariage ne s'était pas fait.

— Il a changé d'avis, ajouta-t-elle en souriant. Je parie qu'il n'a pas pu t'oublier, et maintenant je suis sûre qu'il est pour toi.

Le choc, suivi du soulagement, manqua de faire défaillir Mary-Lou. Elle eut vite fait de se ressaisir et de repenser à leur dernière entrevue : il était évident que Bennett en avait fini avec elle. Et elle s'était juré de se venger, quel que soit l'endroit ou le moment.

Abandonnant sa nouvelle amie au bar, elle se rendit chez Lily en voiture et, une fois devant le portail, lui téléphona.

— J'ai besoin de te parler, lui annonça-t-elle quand elle décrocha. Je t'en prie, laisse-moi entrer.

Son ancienne patronne lui raccrocha au nez. Elle rappela.

— Il faut que je te voie, insista-t-elle. C'est au sujet de Bennett.

Lily hésita, puis, repensant à la menace de son visiteur, pressa le bouton. Les bras croisés sur le perron de la véranda, elle regarda Mary-Lou passer devant la fontaine qui coulait dans le paisible bassin aux poissons rouges embaumant le parfum des fleurs de lotus. Comme elle est belle, songea-t-elle. Et si traîtresse.

Mary-Lou s'arrêta au pied des trois marches menant à la véranda et leva les yeux vers Lily. Le canari sembla la reconnaître : il émit un petit gazouillis, et sa propriétaire s'empressa de recouvrir sa cage d'un tissu.

— J'ai besoin de te parler, Lily, dit Mary-Lou.

— Je t'écoute.

— Bennett est revenu. Il est allé en Europe pour se marier. Tu te souviens ? Tu lui avais parlé de ta cousine de Paris, Precious Rafferty. Celle qui a hérité de la fortune familiale. Eh bien, il avait l'intention de l'épouser. Mais quelque chose s'est produit et le mariage ne s'est pas fait. Peut-être n'a-t-elle pas assez hérité et, pour Bennett, une femme qui n'a pas beaucoup d'argent n'est pas digne d'être épousée. Pas après ce qui s'est passé avec les Yuan.

Bennett épousant Precious ? Lily sentit qu'elle n'était pas la seule à courir un danger. Sa cousine était loin d'être à l'abri. Aucun doute n'était permis : Bennett était prêt à la tuer pour obtenir le collier. Elle devait disparaître le lendemain soir avant dix-neuf heures – l'heure à laquelle il avait prévu de revenir chez elle.

— Je ne veux pas en entendre plus, Mary-Lou, déclara-t-elle. Je t'en prie, va-t'en.

Sur ces mots, elle rouvrit le portail. Mary-Lou la regardait d'un air hébété. Elle s'était attendue à ce qu'elle sorte de ses gonds et se joigne à elle pour se venger de Bennett.

— Il sait pour le collier, s'empressa-t-elle d'ajouter. Il voulait que je te le vole, c'est pourquoi j'ai ouvert ton coffre-fort.

— Tu ne m'apprends rien, répondit Lily d'un ton las. Et je vais te dire une chose, Mary-Lou : maintenant, je m'en fiche.

Les épaules de Mary-Lou s'affaissèrent, alors que s'évanouissait tout espoir de faire de Lily son alliée. Elle traversa la cour en sens inverse, puis se retourna une dernière fois pour la regarder.

— Il va te tuer pour le collier, l'avertit-elle alors que le portail se refermait sur elle.

Lily, en proie à la terreur, faisait les cent pas sur le sol de bambou. Elle devait prendre le collier, quitter Shanghai et prévenir sa cousine. Une idée lui traversa soudain l'esprit : Precious était dans les antiquités. Peut-être connaîtrait-elle des collectionneurs susceptibles d'être intéressés par le joyau ? Elle était la seule à pouvoir l'aider, désormais.

Elle chercha le numéro des Antiquités Rafferty à Paris, trouva une adresse e-mail et envoya un message urgent à sa cousine.

J'ai besoin de ton aide, écrivit-elle. *Il est impératif que je te parle.*

Elle calcula le décalage horaire, le temps du vol, et réfléchit à une solution pour empêcher Bennett de la trouver. Puis elle poursuivit :

S'il te plaît, réserve-moi une chambre au Ritz sous ton nom pour une semaine. J'arrive samedi sur Cathay Pacific. C'est urgent et cela te concerne aussi. Je t'en prie, ne me fais pas faux bond.

Et elle signa :

Ta cousine Lily Song.

Elle appela ensuite Cathay Pacific et réserva un billet sur le premier vol en partance pour Paris, via Hong Kong, le lendemain matin.

Elle regagna la véranda et regarda son canari endormi dans sa jolie cage de bambou. Elle retira l'étui de cuir du socle, le rangea dans un sac de congélation et le dissimula temporairement dans la section la plus fraîche du réfrigérateur. Puis elle porta le canari chez son voisin qui tenait la boîte de nuit. Elle lui expliqua qu'elle devait partir d'urgence pour Paris, lui demandant s'il pouvait s'occuper de l'oiseau pendant son absence.

Après quoi, elle descendit dans sa cave, sélectionna l'une des statues de guerrier, l'emballa, et appela un coursier pour la faire envoyer immédiatement chez sa cousine.

Enfin, elle se rendit dans sa chambre et fit ses valises à la hâte, puis réserva une limousine pour le lendemain matin. Sachant qu'elle ne pourrait pas dormir, elle regarda la télévision toute la nuit, sur le qui-vive, apeurée. Aux premières lueurs du jour, elle serait partie.

34

De retour chez elle, Mary-Lou fut obligée de faire face à l'évidence que, bientôt, elle ne pourrait plus payer son loyer. Elle avait un peu d'argent à la banque, mais sûrement pas assez pour maintenir son extravagant train de vie. Pourtant, elle aimait son appartement, avec le canapé italien et les tableaux contemporains, et la chambre de lupanar rouge et noir, dans laquelle elle avait passé tant d'heures heureuses. Se plantant devant les immenses baies vitrées, elle admira la vue sur le fleuve Huangpu et, pour la première fois depuis des années, elle eut envie de pleurer.

Lorsqu'elle était enfant, elle avait été bringuebalée d'un endroit à un autre par des parents sans ambition ; et cet endroit était son premier vrai chez-elle. Elle l'avait payé seule. Certes avec de l'argent et des bijoux volés, mais c'était sa propriété. Elle refusait de finir comme ses parents qui, avec leurs maigres biens, s'étaient accommodés des logements les moins chers dans les quartiers les plus dangereux.

Elle savait que Lily avait le collier et regrettait maintenant de ne pas l'avoir volé quand elle en avait eu l'occasion.

Assise devant son élégant petit bureau, elle consulta ses e-mails sur son ordinateur portable. Elle n'en avait qu'un, de la fille du club de gym, qu'elle n'avait aucune intention de revoir. Quand elle travaillait avec Lily, elle avait trouvé le moyen de pirater son ordinateur. Curieuse de connaître les projets de son ancienne amie, elle tapa le mot de passe et tomba sur l'e-mail adressé à Precious Rafferty, à Paris.

Abasourdie, elle comprit que Lily allait faire sortir le collier du territoire et demander à sa cousine de lui chercher un acheteur. Elle réfléchit un moment à ce qu'elle pouvait entreprendre et conclut que c'était sa dernière chance.

Elle appela immédiatement Cathay Pacific et obtint une place sur le même vol que Lily. Or celle-ci voyageait en classe affaires, et les passagers de la classe affaires embarquaient toujours avant les autres, dans une section séparée par l'entrée. Lily n'aurait donc aucune chance de la voir. Une fois à l'aéroport, elle s'assurerait de ne pas se montrer et d'être parmi les derniers à embarquer ou à descendre de l'appareil. De toute façon, Lily ne se douterait jamais qu'elle était suivie. Elle serait si occupée à chercher ses bagages et si pressée de sortir de l'aéroport qu'elle ne devinerait même pas la présence de Mary-Lou.

Un peu plus tard, assise sur son dessus-de-lit en soie noire, vêtue de sa robe de chambre rouge vif, son enthousiasme s'était envolé et son stratagème lui paraissait ridicule. Même si elle trouvait le collier dans la chambre d'hôtel de Lily, comment pourrait-elle le vendre ? Elle secoua la tête, désespérée de voir tous ses plans s'envoler vers les esprits malveillants du fleuve Dragon, qui, elle le savait maintenant, étaient contre elle. Elle n'y arriverait pas seule. Elle allait devoir se traîner aux pieds de Bennett, lui dire qu'elle savait où trouver le collier, et comment ils pourraient s'en emparer avant d'en partager le bénéfice. Même si elle ne lui faisait pas confiance, c'était sa seule chance.

Elle composa son numéro, priant pour qu'il réponde. Elle fut un peu surprise de l'entendre décrocher.

— C'est Mary-Lou, fit-elle d'une voix sourde et effrayée. Je dois te dire quelque chose.

— Je ne veux pas l'entendre, répliqua-t-il sèchement.

— C'est au sujet de Lily… du collier.

— Et alors ?

Il ne se montrait pas loquace avec elle.

— Elle s'enfuit à Paris. Elle va voir Precious. Elle emporte le collier.

Elle lui raconta toute l'histoire, avant d'ajouter qu'elle s'apprêtait à suivre Lily à Paris, qu'elle lui prendrait le collier d'une manière ou d'une autre, qu'ils avaient encore besoin l'un de l'autre, qu'ils partageraient le gain, comme il l'avait suggéré.

— Quand part-elle ? demanda-t-il.

— Demain matin. Je suis sur le même vol.

— Je vais prendre le vol via Singapour, annonça-t-il. Je te téléphone dès que je suis à Paris.

— Bennett ?

Il ne lui avait toujours pas dit ce qu'il comptait faire, pas plus qu'il n'avait accepté de faire cinquante-cinquante.

— Je t'appelle quand j'arrive, répéta-t-il avant de raccrocher.

Mary-Lou ne lui faisait pas confiance. Elle avait peur. Elle ouvrit le tiroir de sa table de nuit et y prit le Beretta, puis elle se rappela qu'il lui était impossible d'emporter un revolver dans l'avion. Mais elle se méfiait de Bennett. Elle avait besoin d'un revolver.

Si elle n'était qu'un tout petit maillon dans la chaîne de la mafia de Shanghai, cela ne l'empêchait pas de connaître un homme qui avait des « relations ». Elle lui téléphona, lui expliqua ce qu'elle souhaitait qu'on lui livre à Paris. Cela coûterait cher, mais le marché fut conclu.

Elle appela ensuite le Ritz et fit une réservation. Elle n'avait pas les moyens d'y descendre, mais elle avait besoin d'avoir accès à la chambre de Lily. Elle fit alors son sac de voyage et, tout comme Lily, attendit le matin.

35

Paris

Preshy avait eu une journée animée, ce qui n'était pas courant pour cette époque de l'année. Elle avait contacté une bonne dizaine d'acheteurs potentiels, dont deux au moins avaient exprimé un grand intérêt pour sa coupe étrusque. Pourtant elle leur avait expliqué en toute honnêteté que celle-ci avait été cassée et soigneusement recollée, et qu'il s'agissait sans doute d'une copie. Cela n'avait pas d'importance ; le prix était intéressant et elle était satisfaite. À seize heures, la chatte sous le bras, elle monta l'escalier de son appartement, claquant la porte derrière elle pour empêcher le froid d'entrer.

Miaou, assise sur le comptoir de la cuisine, regardait Preshy se préparer un chocolat chaud de chez Angelina, rue de Rivoli, probablement le meilleur de Paris. Faisant fi des calories, elle le recouvrit de crème fouettée puis, le chat sur les talons, mit un CD de Joni Mitchell chantant ses déboires amoureux. Ensuite, elle s'enfonça dans son moelleux canapé, les pieds sur la table basse, et sirota son chaud breuvage crémeux, les yeux clos, rêvant à une autre vie. Une vie dans laquelle elle serait forte, svelte et glamour, et maîtresse de sa destinée. Elle pouvait au moins espérer ! Elle finit son chocolat et se redressa. Malheureusement, dans la vraie vie, rien ne se passait jamais comme prévu. Et tout était beaucoup plus difficile.

Elle se dirigea vers le bureau, s'acquitta de sa paperasse quotidienne et songea à appeler une amie pour aller au cinéma. Puis elle se ravisa et décida de rester chez elle à regarder la télévision. Le présentateur au visage grave annonça l'arrivée du mauvais temps. Des tempêtes de neige étaient attendues. Elle poussa un soupir. Exit sa vente. Pourvu que les acheteurs reviennent, malgré la tempête !

Elle consulta ses e-mails et y trouva les habituels messages d'affaires. À sa grande surprise, elle découvrit un message de sa cousine, Lily Song.

Elle le lut, le relut, pas tout à fait sûre de bien comprendre. Lily venait à Paris ? Elle lui demandait de réserver au Ritz ? Sous son nom à elle ? Pourquoi diable avait-elle besoin de faire cela ? Il était « impératif » qu'elle lui parle de quelque chose qui la concernait.

De plus en plus intriguée, elle s'adossa à sa chaise, manquant écraser la chatte qui s'était installée derrière elle. Bien sûr, la pensée de connaître enfin Lily l'excitait, mais pourquoi tant de mystère ? Pourquoi devait-elle impérativement lui parler ? Pourquoi la chambre d'hôtel devait-elle être réservée à son nom ? Mais puisque Lily arrivait le lendemain, Preshy ne tarderait sûrement pas à en savoir plus.

Obéissant aux instructions de sa cousine, elle appela le Ritz et réserva la chambre. Se sentant bête et un peu malhonnête, elle déclara qu'elle allait arriver tôt de Shanghai et qu'elle ne resterait qu'une semaine.

Ce soir-là, avant de se coucher, elle tira le rideau et regarda le ciel. Il était clair et constellé d'étoiles. Avec un peu de chance, les prévisions météorologiques étaient fausses et le vol de Lily arriverait à l'heure. Preshy brûlait d'impatience de connaître enfin sa cousine et d'avoir le fin mot de l'histoire.

36

En ce glacial samedi matin de janvier où Lily devait arriver, Preshy prenait son habituel double crème dans le café bondé de la rue de Buci. À l'intérieur, les baies vitrées étaient couvertes de buée et, dehors, les premiers flocons de neige commençaient à tomber. Les clients du marché, emmitouflés dans leurs cache-nez de laine, hâtaient le pas.

L'humidité avait fait friser sa nouvelle coiffure courte. Exaspérée, elle y passa les doigts. Elle qui avait cru que, ainsi coupés, ils ne friseraient plus ; elle s'était trompée.

C'était son dernier jour d'apitoiement sur son propre sort et elle pensa avec soulagement qu'elle était enfin en train de guérir. Ou, tout au moins, qu'elle commençait à accepter ce qui s'était passé. Elle avait téléphoné à Daria et à Sylvie pour leur annoncer la visite de Lily, éveillant la curiosité de ses deux amies. Toutes deux mouraient d'envie de savoir à quoi elle ressemblait et ce qu'elle voulait.

Preshy aussi était impatiente de rencontrer Lily, même si elle ne savait que penser de son e-mail sibyllin. Elle jeta un regard inquiet à la neige qui tombait maintenant en épais flocons, espérant que cela ne retarderait pas le vol de sa cousine, et décida d'appeler Cathay Pacific pour s'assurer que l'avion n'avait pas de retard. Non, il devait atterrir à l'heure prévue.

Elle but les dernières gouttes de son café et se prépara à sortir, s'emmitouflant dans son manteau d'hiver – la vieille peau de mouton de grand-père Hennessy, un vêtement informe de couleur vert olive qui lui arrivait aux chevilles et qu'elle aurait facilement pu enrouler deux fois autour d'elle. Il lui tenait chaud, c'était tout ce qui comptait. Elle enfonça un chapeau russe à oreillettes sur ses cheveux courts, regrettant un instant la disparition de ses longues boucles qui gardaient son cou au chaud. Puis, après avoir adressé son petit salut habituel au serveur, elle se prépara à braver les éléments.

La tête baissée pour se protéger des rafales de neige, elle pensa aux fromages qu'elle allait acheter sur son stand préféré au marché – une tomme de montagne ainsi qu'un chèvre de Banon joliment enveloppé dans des feuilles de châtaignier, qu'on lui emballerait dans du papier fermé par une ficelle. Dix minutes plus tard, munie de ses fromages et d'une miche croustillante encore tiède, elle se dirigeait vers son domicile en grignotant des morceaux de pain.

Le joli appartement parut l'accueillir. Ses hautes et étroites fenêtres laissaient entrer des flots de lumière grise et neigeuse, et les vieux radiateurs soufflaient leur chaleur dans la longue pièce en L. La chatte se laissa glisser de la banquette capitonnée devant la cheminée et accourut vers elle, sur ses longues pattes déliées, avec une grâce toute féline. Preshy s'accroupit pour lui permettre de sauter sur ses épaules.

— D'accord, Miaou, murmura-t-elle. Il est temps d'aller travailler, bien que je ne pense pas avoir beaucoup de clients aujourd'hui.

Elle avait raison. Dans la rue habituellement animée la circulation était calme, et la neige commençait à former un tapis sur les trottoirs étroits. Miaou s'installa sur un coussin dans la vitrine et regarda les flocons de neige tourbillonner, saluant d'un air hautain les passants qui lui souriaient et s'arrêtaient pour lui dire bonjour, tandis que Preshy dépoussiérait son stock ou s'occupait de quelque paperasse. À dix-sept heures, sans avoir vu un seul client, pas même les potentiels acheteurs de la coupe étrusque, elle ferma boutique et, portant Miaou qui essayait d'attraper les gros flocons de neige avec sa patte, elle remonta à son appartement.

Elle alluma le feu dans la cheminée et attendit qu'il prenne pour ajouter quelques bûches. Puis elle se dirigea vers la cuisine et se coupa une tranche de tomme.

— Le paradis dans le creux de ma main, déclarat-elle en mordant dedans.

Installée avec la chatte sur le confortable canapé de lin gris, elle regarda les flammes danser dans l'âtre et la neige tomber de plus en plus dru derrière les fenêtres. Avec un soupir, elle prit son téléphone et composa une nouvelle fois le numéro de la ligne aérienne, sans pouvoir se défendre d'un certain ressentiment envers Lily qui allait la faire sortir de chez elle en cet affreux samedi, alors qu'elle aurait tellement préféré rester au chaud. Cette fois, on lui apprit que l'aéroport était fermé et que l'avion avait été détourné sur Francfort.

À la seconde même où elle reposait le téléphone, la sonnerie retentit. Pensant qu'il s'agissait de Lily, elle décrocha. Mais c'était Daria qui l'appelait de Boston. Avant même qu'elle ait eu le temps de parler, Miaou était sur son épaule et poussait ses miaulements de siamoise.

— Oh, mon Dieu ! maugréa Daria, la chatte répond au téléphone maintenant !

— En fait, je lui apprends à dire « maman », la taquina Preshy.

— Quoi ?

— Elle dit déjà « Ma… » Elle n'a plus qu'à répéter.

— Mon Dieu, Preshy ! Il faut vraiment que tu recommences à vivre.

— Je ne peux pas, répondit-elle d'un air sombre. Il neige, l'aéroport est fermé, et j'attends que Lily arrive. Je pensais que c'était elle qui appelait, du reste.

— Merci bien ! Je prends sur mon temps précieux pour te téléphoner de l'étranger et avoir de tes nouvelles, et tu regrettes que ce ne soit pas quelqu'un d'autre !

Preshy se mit à rire et Daria l'imita.

— C'est ton dernier jour d'apitoiement, et je vois que tu en profites au maximum.

— Non, non, vraiment, je vais bien, répondit Preshy, espérant qu'elle disait vrai. C'est juste que je m'ennuie, Daria, fit-elle avec nostalgie.

— Alors ferme le magasin pour quelques jours et reviens ici.

— Je ne peux pas. De plus, comme je te l'ai dit, l'aéroport est fermé. Et de toute façon je suis censée attendre que Lily me contacte. Aux dernières nouvelles, le vol avait été détourné vers l'Allemagne.

— Dans ce cas il n'y a aucune raison d'attendre, n'est-ce pas ? Appelle au moins Sylvie pour sortir prendre un verre.

— On est samedi : c'est son soir de rush. Même si je pense que, avec ce temps, le restaurant ne sera pas plein. Mais je la connais, elle ne partira pas avant l'heure de fermeture, au cas où des traînards braveraient la tempête et arriveraient.

— Pourquoi n'irais-tu pas y dîner, alors ? suggéra son amie.

— Je ne peux pas y aller seule. Sylvie s'inquiéterait pour moi.

Daria se mit à rire. Elle savait que Preshy avait raison et que Sylvie n'arrêterait pas de faire des allers-retours depuis sa cuisine pour voir si elle avait un client auquel elle pourrait la présenter.

— Écoute, ma chérie, j'étais sérieuse lorsque je t'ai proposé de revenir ici pour quelques jours, après la visite de Lily. Tom va à Saint Louis pour une conférence. Je peux confier Lauren à sa grand-mère. Et toi et moi serions libres. Nous pourrions nous offrir un week-end de thalasso, nous remettre en forme.

— Je suis en forme, répliqua Preshy. De plus, je ne peux pas fermer boutique et partir.

— Pourquoi ? Les affaires sont-elles si florissantes avec ce temps ?

Preshy devait admettre que ce n'était pas le cas et que, même dans cette ville en constante activité, les salons, les conventions, les semaines de défilés de haute couture ou les meetings aériens n'avaient pas grande influence sur son commerce. Ses clients étaient pour la plupart des décorateurs d'intérieur travaillant pour quelqu'un de fortuné et des touristes aisés qui tombaient amoureux d'un objet exposé.

Elle enroula une courte mèche de cheveux autour de ses doigts. Même avec la visite surprise de Lily, un long hiver gris semblait se profiler, interminable, et la proposition de Daria était tentante. Miaou frotta sa truffe contre son visage, et Preshy la caressa d'un air distrait.

— De toute façon, je ne peux pas laisser Miaou, finit-elle par dire. Et puis, comme l'aéroport est fermé, quand il rouvrira, tout le monde va se ruer sur les avions.

Daria poussa un soupir résigné.

— J'accepte ta seconde excuse, mais pas la première. Je vais peut-être venir à Paris, alors, et rencontrer Lily.

— Super ! Si ce n'est que tu n'auras pas de vol.

— D'accord. On va attendre de voir ce qui se passe. En attendant, je t'aime, mon cœur.

— Moi aussi. Et merci.

Si elle remerciait Daria pour sa proposition, elle la remerciait aussi d'être une amie aussi précieuse. Elle avait besoin de tant d'amour ! Hélas, rares étaient ceux qui pouvaient en donner.

Elle pensa alors à Sylvie. Preshy avait beau s'être fait plaquer le jour de son mariage et refuser, depuis, d'accorder le moindre regard à un autre homme, Sylvie, sa grande amie, ne renonçait pas à vouloir la caser.

— C'est comme remonter en selle quand tu as fait une chute de cheval, lui avait-elle dit, ses yeux sombres lançant des éclairs. Je sais que je ne suis pas la mieux placée pour donner des conseils, avait-elle ajouté, les mains sur ses hanches généreuses, mais je suis chef, j'ai une excuse. J'ai des horaires de dingue, et les seuls hommes que je croise sont aussi cuisiniers. Je n'ai pas besoin de ce genre d'ego ! Mais toi, Preshy Rafferty, tu n'as pas d'excuse.

— Peut-être que je n'aime pas les types bien ? avait fait remarquer Preshy d'un ton lugubre. Que je suis condamnée à tomber sur des ordures ?

Et, ce soir, malgré ce qu'elle avait affirmé à Daria, elle se sentait bien seule.

Elle décida d'appeler tante Grizelda. Ce fut Mimi qui décrocha.

— Que fais-tu chez toi à huit heures du soir un samedi à Paris ? s'enquit cette dernière.

— Mimi, il neige.

— Et depuis quand un flocon de neige empêche-t-il une fille d'avoir un rendez-vous ?

— C'est vrai, Mimi, répondit-elle dans un soupir. Mais personne ne m'a invitée à sortir.

— Je renonce, fit Mimi en partant chercher sa colocataire.

— Ma chérie, et si tu prenais l'avion pour descendre nous voir ? fit la voix tonitruante de sa tante quelques instants plus tard. Je vais organiser une fête. Je te promets de te faire rencontrer des tas de gens fascinants.

Tante Grizelda ne s'était jamais débarrassée de l'idée que, plus on était loin, plus il fallait parler fort. Elle hurlait donc toujours au téléphone.

Fascinants, je n'en doute pas, songea Preshy d'un air accablé, mais tous sexagénaires, au mieux.

Cependant, elle devait remercier tante Grizelda pour ses tentatives de distractions. Elle lui parla de la neige et de la fermeture de l'aéroport, avant d'aborder le sujet de Lily.

— Tu veux dire que, après toutes ces années, elle débarque ? s'étonna Grizelda. Mais pourquoi ?

— Je n'en ai aucune idée. Tout ce que je sais, c'est qu'elle doit impérativement me parler. Et qu'elle m'a demandé de réserver au Ritz, sous mon nom.

Après un silence perplexe, sa tante commenta :

— Tout cela ne me dit rien qui vaille. Elle est après quelque chose, fais-moi confiance.

— Mais quoi ? Je n'ai rien qui puisse l'intéresser. Notre seul point commun, c'est notre grand-père Hennessy et le fait que nos mères étaient sœurs. Oh ! et que nous sommes toutes les deux dans le commerce d'antiquités, bien sûr.

— Hum, elle veut quelque chose, Preshy, tu peux en être sûre, insista Grizelda. On n'a pas entendu parler de la famille Song depuis cinquante ans et, tout à coup, ta cousine apparaît sur le seuil de ta porte !

— En fait, je ne sais pas quand je vais la voir, précisa Preshy. Son vol a été détourné sur Francfort. Je n'ai eu aucune nouvelle d'elle depuis son e-mail.

— Eh bien, cela ne saurait tarder, j'en suis certaine, affirma sa tante. En attendant, si tu l'oubliais et venais nous voir ? Je n'aime pas te savoir seule un samedi soir.

— On dirait l'écho de Mimi, se moqua gentiment Preshy avant de promettre d'y réfléchir.

Elle les salua et leur envoya à toutes les deux un baiser plein d'affection.

Dans l'appartement silencieux, avec pour seule compagnie le tic-tac de la pendule et le bruit feutré de la neige qui tombait toujours, Preshy fut malgré tout tentée d'accepter l'invitation de sa tante, de mettre la chatte dans son sac, quelques vêtements dans un fourre-tout, et de prendre la route. Mais, si sa Smart était idéale pour se garer en ville, elle n'était sûrement pas adaptée à un long trajet dans la neige, sur l'autoroute du Soleil, vers le sud de la France.

En proie à une nervosité grandissante, elle fit les cent pas dans l'appartement. La chatte, pelotonnée sur le dossier du canapé, ronflait doucement. Une bûche glissa dans le foyer, faisant jaillir des braises une flamme bleue. Les radiateurs sifflaient. Preshy pensa avec morosité au pain, au fromage et au verre de vin qui l'attendaient dans la cuisine solitaire. Oh, et puis zut ! Elle n'était pas française à ce point. Elle avait besoin d'un plat réconfortant ! D'un bon steak-frites.

Elle prit son sac, appliqua un peu de son nouveau rouge à lèvres rose et passa un peigne dans ses cheveux courts. Puis elle enfila la peau de mouton vert olive de grand-père Hennessy et ses vieux après-ski fourrés. Après avoir déposé un rapide baiser sur la truffe de la chatte toujours endormie, elle sortit, en quête d'un bon dîner et… sans doute de compagnie.

37

Francfort

À l'arrivée des bagages de l'aéroport de Francfort, Lily attendait devant le tapis roulant numéro 5. D'un geste trahissant son impatience, elle tapotait sur son chariot d'un ongle verni style French manucure, parcourant du regard le vaste hall, s'attendant presque à voir Bennett se matérialiser.

Elle ne pouvait se débarrasser du sentiment désagréable d'être suivie, que les yeux de quelqu'un étaient sur elle. Enfin, elle attrapa son sac Tumi noir et, les nerfs en pelote, se hâta de passer sous le panneau RIEN À DÉCLARER avant d'atteindre le hall des arrivées. Puisque Paris n'était plus d'actualité, qu'allait-elle faire, maintenant ?

Elle regarda les destinations clignotant sur le tableau des départs. De nombreux vols avaient été annulés, mais elle ne voulait pas rester à Francfort. Elle pouvait être dans le vrai. Elle devait aller vers le sud, où il ne neigerait pas. Elle vit un vol pour Venise une heure plus tard. C'était le dernier endroit où Bennett penserait à la chercher. Si elle se dépêchait, elle attraperait ce vol. C'était ça ou passer une nuit blanche dans un hôtel de l'aéroport.

Elle jeta un coup d'œil nerveux par-dessus son épaule et, poussant son chariot, courut vers les départs. Par chance, l'enregistrement à destination de Venise était encore ouvert et elle put acheter un billet. Lorsque l'avion décolla, elle sentit sa tension se dissiper. Les yeux clos, elle s'adossa à son siège et repensa à ces derniers jours. Cependant elle ne se sentait toujours pas en sécurité.

Une fois à l'aéroport Marco Polo, elle appela l'hôtel Bauer, où elle n'eut aucun mal à réserver une chambre. Hors saison, les clients se faisaient plus rares. Elle prit un bateau-taxi, trop occupée à en observer un second qu'elle soupçonnait de la suivre pour remarquer la beauté des lieux. Mais, lorsqu'elle descendit devant l'hôtel, l'autre *motoscafo* continua sa route et elle poussa un soupir de soulagement.

Épuisée, elle s'écroula sur le lit. Plus tard, elle appellerait Preshy et elles parleraient affaires.

Elle dormit d'un sommeil de plomb.

Le détournement inattendu vers Francfort et la décision de Lily de se rendre à Venise avaient compliqué les choses pour Mary-Lou. Mais, en restant loin dans la file d'attente pour ce vol et à plusieurs rangs de distance dans l'avion, elle était arrivée, tant bien que mal, à la filer sans se faire repérer.

Elle avait fait suivre le *motoscafo* de Lily en demandant au conducteur du sien de dépasser le Bauer lorsqu'elle l'avait vue y descendre. Elle y était revenue une demi-heure plus tard et avait pris une chambre au même étage.

Elle appela Bennett, qui, pour sa part, avait été détourné sur Lyon, et lui raconta ce qui s'était passé et où elles étaient. Puis, épuisée, elle s'allongea sur le lit, réfléchissant à la marche à suivre, désormais.

Elle se redressa en sursaut. Elle avait oublié le revolver ! Il devait lui être livré à Paris, or elle était à Venise. Sans se soucier du décalage horaire, elle appela son contact à Shanghai. Il l'avertit que cela allait lui coûter plus cher et que, comme elle le savait, ces transactions étaient toujours payables d'avance. Qu'elle envoie l'argent, et elle aurait le revolver le lendemain.

Mary-Lou effectua la transaction, puisant encore dans ses économies, puis elle se recoucha. Elle était épuisée et savait qu'il lui faudrait toutes ses forces et toute son ingéniosité pour réussir ce qu'elle se préparait à faire.

38

Paris

Preshy remonta le boulevard du Montparnasse avec difficulté, la neige venant s'écraser sur son pare-brise.

Elle avait opté pour La Coupole, l'un des rares restaurants restés ouverts malgré les intempéries. Si l'endroit lui évoquait de mauvais souvenirs, il était toutefois adapté à une femme seule.

Pour une fois, elle trouva à se garer sans difficulté. Tous les Parisiens doués de bon sens et ne souffrant pas de solitude étaient calfeutrés chez eux.

La salle était presque vide et elle choisit une table dans un coin tranquille, loin de l'endroit où elle avait rencontré Bennett. Elle commanda un demi de rouge et un steak-frites. Tout en buvant son vin, elle pensait à sa cousine. Où était-elle ? Allait-elle la contacter ?

C'est alors que le serveur installa un homme à la table voisine de la sienne. Bien sûr, ce n'était pas Bennett, mais elle sentit son ventre se nouer. Elle croisa brièvement les yeux de l'inconnu, qui, indifférent, détourna le regard.

Elle poussa un soupir de soulagement. Cet homme n'était pas le sublime Bennett James. Il était très grand, mince et sec ; ses cheveux étaient châtains et ses yeux, cachés derrière des lunettes à monture d'acier, bruns. Son visage émacié, mal rasé, avait une expression amère. Preshy remarqua qu'il portait une alliance. Non, cet homme n'avait aucune intention de la draguer. Il devait avoir une gentille petite femme qui l'attendait chez lui, sans doute aux États-Unis, peut-être à Chicago. Ou dans l'Oklahoma. Il travaillait probablement pour un cabinet juridique international et était là pour affaires. La seule chose qui ne correspondait pas à l'analyse de Preshy était son col roulé noir et sa veste de cuir. Pas plus que les huîtres et la double vodka *on the rocks* qu'il but à une vitesse hallucinante, avant d'en commander immédiatement une autre.

Un homme apparemment dégoûté du monde ! Le fait de le voir commander un saint-pierre, l'un des poissons que Preshy préférait, le racheta d'avoir avalé la première vodka aussi vite. Il buvait la seconde plus doucement, mais il avait commandé une bonne bouteille de bordeaux, un vin trop lourd sur du poisson. La Française qu'elle était partiellement le catégorisa comme non connaisseur.

Elle regarda le restaurant presque vide, se demandant, un peu mal à l'aise, pourquoi il avait choisi de s'asseoir à côté d'elle. Mais non, elle était ridicule. C'était juste une coïncidence. Après tout, un restaurant était un endroit public et chacun pouvait s'asseoir où bon lui semblait. Elle était encore victime de sa très récente paranoïa, voilà tout.

Elle sirota son vin, animée par la sombre pensée de son retour glacial dans sa petite Smart jusqu'à la rue Jacob et son appartement solitaire. Se demandant une fois de plus où pouvait bien être Lily, elle prit son téléphone portable et vérifia si elle avait des messages : rien ! Elle porta une bouchée de steak à sa bouche et versa le reste du vin dans son verre.

— Vous permettez ? demanda l'inconnu en lui montrant un paquet de Marlboro.

Elle n'aimait pas la fumée, mais ils étaient en France, et fumer à l'intérieur était encore autorisé pour quelque temps. D'un haussement d'épaules, elle lui indiqua son accord. Ses yeux, derrière ses lunettes, étaient sombres et las. Et il était américain. Regrettant de ne pas avoir accordé plus de temps à son apparence avant de se précipiter dans la tempête, Preshy repoussa de ses yeux sa frange irrégulière et lui demanda d'où il venait.

— Charleston, Caroline du Sud, répondit-il à son grand étonnement, même si le doux accent traînant du Vieux Sud ne lui avait pas échappé.

Elle lui dit qu'elle aussi était américaine et qu'elle avait fait ses études à Boston. Il lui jeta un regard indifférent.

— Je suis coincé à Paris à cause du temps, expliqua-t-il. Pas de départs, pas d'arrivées.

— Quitte à être coincé, Paris n'est pas si mal, répliqua-t-elle en le foudroyant du regard, mécontente qu'il puisse dénigrer sa belle ville, même à mots couverts.

— Je n'aurais jamais dû venir ici, pour commencer.

Le regard perdu dans le vide, l'homme sirota son bordeaux tout en fumant, brûlant visiblement d'impatience d'être ailleurs. Le silence s'était fait entre eux, et Preshy retourna à ses frites – un plat dont elle ne se lassait pas. Elle était vraiment accro aux hydrates de carbone. Mais elle aimait aussi les langoustines, le caviar et, bien sûr, le fromage.

— Pourquoi êtes-vous si furieux ? demanda-t-elle de la manière la plus directe possible, et regrettant immédiatement, comme souvent, son indiscrétion.

— Pourquoi je suis furieux ? répéta-t-il avec un petit rire amer. Je viens de passer trois heures dans l'avion, sur la piste, attendant qu'ils aient dégelé les ailes. Mais les dégivreurs n'étaient pas assez nombreux et, lorsque notre tour est arrivé, il était trop tard et le blizzard s'était levé. J'ai dû redescendre de l'avion et regagner l'aéroport Charles-de-Gaulle avec des milliers d'autres voyageurs abandonnés à leur sort et qui cherchaient tous une chambre d'hôtel à proximité. Naturellement, il n'y en avait plus.

— Oh ! compatit Preshy.

— Quelqu'un m'a donné le nom d'un hôtel de deuxième catégorie, disons même de troisième, où j'ai trouvé une chambre. Si vous pouvez l'appeler ainsi : un cube avec une douche en plastique dans un coin, une cellule avec des toilettes, et le plus petit lavabo que j'aie jamais vu.

Il s'interrompit et avala une gorgée de vin tout en la regardant.

— Mon mètre quatre-vingt-dix n'a fait qu'ajouter à ma torture. J'ai quand même eu droit à une sorte de bonus. La chambre donne sur la rue, mais à cause de la tempête la circulation est quasi inexistante – c'est bien la seule raison qui me fasse remercier la neige. En revanche, pas un bar pour noyer ma peine, pas un restaurant où j'aurais pu me rassasier. Voilà pour cette saloperie de ville, maugréa-t-il entre ses dents, ce qui n'empêcha pas Preshy de l'entendre.

— Oh ! fit-elle un peu énervée. Au moins vous avez trouvé La Coupole, ajouta-t-elle pour tenter de le réconforter.

— Je suis déjà venu ici, répondit-il d'un ton sec. Je savais que je pourrais y boire un alcool fort, manger décemment, et commander un bon vin. J'ai supposé que c'était ouvert. Sinon je me serais ouvert les veines.

Elle s'arrêta de manger pour le fixer d'un air alarmé, mais, à son grand soulagement, il sourit.

— Désolé, reprit-il, la journée, la semaine ont été longues.

— Oh ! répéta-t-elle en se concentrant sur son steak, qu'elle avait demandé bleu, comme les Français les aiment.

— Et que faites-vous à Paris ? lui demanda-t-il alors.

Il lui posa cette question d'un ton laissant entendre que ce que l'on pouvait faire à Paris était pour lui un mystère – en dehors peut-être du cliché véhiculé par les touristes d'un lieu de fornication, royaume des femmes fatales.

— Je travaille, répondit-elle d'un ton brusque. Dans les antiquités.

Le regard de l'inconnu se posa sur elle et, pour la première fois, il sembla la remarquer vraiment. Comme si j'étais une vraie personne, songea-t-elle avec ressentiment. Réflexion faite, cet homme était plutôt pas mal – et puis il n'avait rien en commun avec Bennett, qu'elle devait chasser de ses pensées. Sa période d'apitoiement sur son sort finissait à minuit.

— Je suis propriétaire des Antiquités Rafferty, rue Jacob. Je suis spécialisée en antiquités étrusques, grecques et romaines, expliqua-t-elle, soudain loquace.

La solitude et le vin lui montaient un peu à la tête. Et voilà qu'elle était encore une fois en train de draguer un parfait inconnu.

— Vous devez donc vous y connaître ?

— J'aime à penser que oui. On pourrait dire que j'ai appris sur les genoux de mon grand-père, ajouta-t-elle.

Et, tandis qu'il mangeait son poisson, elle lui raconta la vie de son grand-père Hennessy, l'histoire de la famille, lui parla de ses tantes, lui expliqua comment elle avait atterri à Paris. Puis elle en arriva aux Song et au mystérieux message de Lily.

Pourquoi je parle autant ? se demanda-t-elle. C'est sans doute le vin.

— À votre avis, que veut votre cousine ? lui demanda-t-il en allumant une autre cigarette.

Fronçant les sourcils, elle chassa la fumée d'un geste de la main et répondit qu'elle n'en avait aucune idée. Il s'excusa, éteignit sa cigarette, prit la demi-bouteille de bordeaux, un verre propre, et lui versa du vin. Preshy le remercia, le regard approbateur. Il était peut-être fumeur et buveur de vodka, mais il était généreux et, au moins, il savait que l'on ne servait pas un bon vin dans un verre déjà utilisé.

— Et vous, que faites-vous ? s'enquit-elle avec curiosité.

— Je suis écrivain.

— Et qu'écrivez-vous ?

— Des romans.

— Vraiment ? fit-elle en lui lançant un regard empreint de respect. Devrais-je vous connaître ?

— Et pourquoi ça ? répliqua-t-il avec un coup d'œil méprisant.

— Je veux dire, devrais-je connaître votre nom ?

— Ça dépend si vous aimez les policiers.

— Alors comment vous appelez-vous ?

— Sam Knight.

Bien sûr, il était célèbre.

— Daria, ma meilleure amie, est votre plus grande fan, lui révéla-t-elle.

— Et vous ?

— Moi ? Je n'ai jamais le temps de lire.

Ce fut à son tour de sourire. Bien sûr, ce n'était pas la vérité, mais elle n'aimait pas les policiers.

— C'est exactement ce qu'un auteur veut entendre, plaisanta-t-il en remplissant de nouveau son verre, qu'il leva. Je porte un toast à la clé de l'énigme Lily.

Un sourire éclaira son visage, qui passa d'une expression amère à une expression juvénile.

— Et vous, quel est votre nom ?

Lorsqu'elle le lui dit, il éclata de rire.

— Je ne pourrais jamais appeler une femme « Preshy », déclara-t-il. De plus, vous ne ressemblez pas à une « précieuse ». Vous êtes assurément une Rafferty.

— D'accord, approuva-t-elle, heureuse de constater qu'il ne la voyait pas comme une précieuse larmoyante.

Quel âge pouvait-il bien avoir ? La quarantaine, devina-t-elle, mais la jeune quarantaine ? Ou était-il plus proche de la cinquantaine ?

— Et je bois à votre séjour à Paris, dit-elle avec un sourire qui, elle l'espérait, lui donnerait aussi un air juvénile.

Pourtant, ce soir, elle était loin de se sentir jeune.

— Un séjour dont je me passerais bien, maugréa-t-il encore une fois.

— Vous devez au moins reconnaître que notre vin est bon.

Il se remit à rire, d'un rire rauque et profond qui donna envie à Preshy de se joindre à lui.

— Je n'aurais jamais dû venir ici, pour commencer, dit-il.

— Alors pourquoi êtes-vous là ?

Ses yeux derrière les lunettes cerclées d'or plongèrent un moment dans ceux de la jeune femme. Soudain grave, il répondit d'une voix posée :

— J'étais à la recherche de mon passé.

Sur ces mots, il se leva d'un bond et lui annonça qu'il sortait fumer une cigarette. De nouveau seule, elle s'interrogea sur sa réponse, qui la laissait perplexe.

Elle termina son verre de vin, qui était délicieux, et Sam Knight revint. Sachant qu'il ne trouverait pas de taxi, elle lui offrit de le raccompagner jusqu'à son hôtel.

— C'est sur ma route, lui précisa-t-elle lorsqu'il lui donna l'adresse, rue de Rennes.

Lorsqu'elle enfila la vieille peau de mouton, elle remarqua son sourire en coin, qui s'accentua quand il la vit chaussée des énormes après-ski fourrés. Il aurait pu au moins me sourire en face, songea-t-elle, un peu gênée.

Une fois dehors, il se planta devant la Smart.

— C'est ça ? fit-il d'une voix ébahie.

Elle le regarda installer du mieux qu'il put sa grande carcasse à l'intérieur, et ce fut à son tour de sourire. Mais il ne râla pas et attendit patiemment pendant qu'elle écoutait encore une fois ses messages : toujours rien ! Si Lily était à Francfort, elle n'en faisait vraiment rien savoir.

— Rien ? demanda-t-il alors qu'elle descendait le boulevard désert, puis la rue de Rennes, en première.

— Pas de Lily. Et donc pas de clé de l'énigme, ajouta-t-elle avec un sourire.

Elle savait qu'elle ne reverrait jamais Sam Knight, mais elle était heureuse de l'avoir rencontré. Il l'avait aidée à se changer les idées, à chasser Lily de ses pensées et à dissiper son horrible sensation de solitude. Si elle en rajoutait un peu, elle pourrait même raconter à tante Grizelda et à Mimi qu'elle avait eu un rendez-vous, ce soir.

Lorsqu'elle arrêta la voiture devant l'hôtel miteux de Sam, elle eut tellement pitié de lui qu'elle faillit lui proposer son canapé, avant de se raviser ; elle ne le connaissait pas. Une pensée lui traversa de nouveau l'esprit. N'était-il pas étrange qu'il soit venu s'asseoir juste à côté d'elle dans le restaurant à moitié vide ? Qui sait, il pouvait très bien être un nouveau Bennett.

Il descendit du véhicule, se pencha vers elle et la fixa. Elle avait maintenant le regard presque aussi méfiant que lui.

— Merci beaucoup, Rafferty. J'apprécie votre amabilité. Sans vous, je serais rentré à pied.

— Je vous en prie. Et merci pour la compagnie.

— Bonne chance avec la mystérieuse Lily Song, fit-il en se redressant pour refermer sa portière.

Mais il se pencha de nouveau.

227

— Et si vous me donniez votre numéro de téléphone ? suggéra-t-il d'un ton détaché.

Du reste, elle n'avait jamais rencontré un homme aussi détaché que Sam Knight. On aurait même pu le qualifier d'impénétrable.

— Au cas où je reviendrais à Paris, précisa-t-il. Vous pourriez ainsi me raconter le dénouement de l'histoire de Lily.

— Nous avons tous une histoire…, déclara-t-elle.

Pour toute réponse, il lui sourit. Et il avait vraiment un beau sourire, remarqua-t-elle en farfouillant dans le vide-poches pour y trouver un morceau de papier. Elle mit la main sur une carte de son fleuriste et écrivit son nom et son numéro au dos. Il la rangea dans sa poche, fit claquer la portière et, après avoir adressé un rapide salut de la main à Preshy, il disparut.

Une fois dans son lit, Miaou blottie sur son oreiller, Preshy appela Sylvie et lui raconta sa soirée.

— Il était temps que tu rencontres un homme, répondit son amie d'une voix trahissant sa fatigue.

Mais, pour Preshy, Sam Knight n'était qu'un voyageur, le passant d'un soir de neige.

39

Elle fut réveillée par la lumière du matin morne et gris qui filtrait à travers les rideaux. Encore tout ensommeillée, elle se rappela Lily et appela la compagnie aérienne. Elle commençait à en avoir vraiment assez de toute cette histoire. On lui indiqua que le vol s'était posé à Francfort la veille au soir et que tous les passagers avaient débarqué. Que l'aéroport Charles-de-Gaulle avait rouvert, mais qu'il y avait du retard en raison des vols annulés et une pagaille sans nom. Et que, non, Mme Song n'avait pas contacté la compagnie aérienne afin de reprendre un vol pour Paris.

Au moment où elle raccrochait, Miaou sauta sur le lit avec un miaulement signifiant qu'elle avait faim. Preshy se leva et alla remplir la gamelle Hermès, un cadeau de tante Grizelda, bien sûr. Puis elle prit une douche, s'habilla et sortit boire un café. Elle avançait sur la neige fondue un sourire aux lèvres, ayant l'impression d'être une petite fille un jour sans classe. Pourvu que ma cousine ne tarde pas à donner de ses nouvelles ! songeait-elle. Cependant, ce ne fut pas Lily qui téléphona, mais Sam Knight.

L'écrivain était allongé sur l'étroit lit d'hôtel, une bouteille de vodka à moitié vide sur la table de nuit.

Avec un grognement, il se tourna vers les rideaux orange qui cachaient le morceau de ciel gris acier. Il pensa à sa maison sur la plage en Caroline du Sud, battue, à cette époque de l'année, par les vents froids des tempêtes, mais toujours aussi belle.

C'est là qu'il avait coutume d'écrire, loin du tourbillon mondain de New York où il avait un appartement sur Gramercy Park. Mais, depuis trois ans, il n'écrivait plus rien et se demandait même s'il recommencerait un jour.

Il avala une longue gorgée de vodka. Une nouvelle journée interminable se profilait devant lui à Paris. Une ville avec laquelle il n'avait aucune affinité, qui s'étendait à l'infini sous ses yeux. Si ce n'est que, maintenant, il avait fait la connaissance de Precious Rafferty. Il la revit dans son vieux manteau en peau de mouton et ses grosses bottes, ses cheveux blonds tombant sur ses yeux, qui, il fut surpris de s'en souvenir, étaient d'un bleu d'aigue-marine. Il se souvint de ses questions directes, de ses grandes mains et de son rire de gamine, et… il réfléchit un instant, cherchant le mot exact, de son… innocence. Voilà ! Mais était-elle aussi innocente qu'elle en avait l'air ? C'était la question.

Il sortit de la poche de sa veste la carte du fleuriste et composa le numéro qu'elle avait gribouillé dessus. Elle décrocha dès la première sonnerie :

— Lily ? lança-t-elle, un peu essoufflée.

— Rafferty, vous attendez toujours la femme mystère ? demanda-t-il.

— Oui, répondit-elle, montrant qu'elle avait reconnu sa voix. Mais je commence à en avoir assez. Et vous, pourquoi êtes-vous toujours là ?

— Je n'arrive pas à trouver un vol pour New York. Si je vous invitais à déjeuner, à la place ? C'est dimanche, après tout.

Elle répondit sans une seconde d'hésitation :

— Venez me chercher dans une demi-heure. Je connais l'endroit idéal pour une journée comme celle-ci.

40

Sam prit la direction de la rue Jacob. La neige était immaculée, elle crissait sous ses pas, et des flocons tourbillonnaient dans l'air, chuchotant près de son visage. Le froid glacial avait paré la ville de mille éclats argentés qui miroitaient, scintillants, créant une atmosphère magique. Mais Sam ne le remarqua pas. En fait, neige ou pas neige, il aurait préféré être n'importe où ailleurs.

Il trouva l'appartement de Preshy sans difficulté et s'arrêta pour jeter un coup d'œil sur les vitrines du magasin d'antiquités. La lumière douce et les murs d'un rose fané créaient dans la boutique une ambiance très intime. Il admira la tête de marbre d'un jeune garçon à l'air innocent – tout comme moi au même âge, supposa-t-il avec un sourire narquois. Aujourd'hui, il avait quarante-deux ans. Il n'était pas encore vieux, mais les années et l'expérience de la vie avaient laissé leurs traces, dans les rides qui marquaient les coins de sa bouche et de ses yeux, dans la lassitude qui l'habitait. Il avait l'impression que sa jeunesse était très loin. Pourtant, trois ans seulement s'étaient écoulés depuis qu'il l'avait perdue.

D'un haussement d'épaules, il chassa ses souvenirs et sonna chez Preshy, qui lui ouvrit la porte de la cour. Elle l'attendait en haut d'un escalier de pierre qui, devina-t-il, conduisait à son appartement.

— Regardez, l'appela-t-elle joyeusement en lui montrant le paulownia.

À chaque branche recouverte d'une couche de neige pendaient de fines stalactites, pareilles à la cire d'une bougie.

— Avez-vous jamais vu quelque chose d'aussi joli ? fit-elle d'un ton plein de respect. J'aimerais qu'il reste toujours ainsi !

Puis, avec un éclat de rire, elle avoua, haussant les épaules :

— Mais je dis la même chose chaque printemps quand il est en fleur, puis quand les pétales tombent. C'est juste que j'adore cet arbre.

Il resta un long moment à le contempler.

— C'est ce que j'ai vu de plus beau à Paris, finit-il par déclarer.

Elle l'observait du haut des marches, les bras croisés sur son pull bleu pâle.

— Hum ! fit-elle, sceptique. Vous devriez peut-être regarder ce qui vous entoure d'un peu plus près. Après tout, vous êtes dans la plus belle ville du monde.

— Ah bon ? Et d'après qui ? demanda-t-il en montant à sa rencontre.

Elle se remit à rire.

— D'après moi, bien sûr. À quelle autre opinion feriez-vous confiance ?

Il se surprit à rire avec elle.

— Très bien. Et si nous allions déjeuner ? Vous pourriez ensuite me montrer vos endroits préférés à Paris ?

— Marché conclu ! s'exclama Preshy, rayonnante.

Cet homme était un peu déprimé, mais il avait du potentiel, et cela valait mille fois mieux qu'un charmeur. Avec lui, elle ne courait pas le risque de se laisser séduire.

— Venez, je vais prendre mon manteau et j'en profiterai pour vous présenter Miaou.

La chatte dormait à sa place habituelle, sur la banquette, sous la fenêtre surplombant la rue. Elle ouvrit un œil indifférent, et Sam et elle s'observèrent un court instant avant qu'elle le referme. Il préférait les chiens. Pour lui, les chats étaient des extraterrestres, trop froids pour être crédibles. Il aida Preshy à passer son manteau en peau de mouton, et fut étonné par son poids.

Elle lui expliqua qu'il avait appartenu à son grand-père, qui était aussi grand que lui, mais beaucoup plus corpulent.

— Aussi loin que je me souvienne, il le portait chaque hiver, et ça reste le meilleur manteau pour un temps pareil.

L'air dubitatif, elle le lissa de ses doigts.

— J'espère que vous ne me trouvez pas trop dépenaillée.

Sam s'esclaffa. Jamais il n'avait rencontré une femme exprimant ce genre de doute. En général, elles voulaient savoir s'il les trouvait belles.

— Ça va, répondit-il, taquin. Mais ne choisissons pas un endroit trop chic ; on risquerait de vous jeter dehors.

Elle éclata de rire et enroula un long cache-nez bleu autour de son cou, laissant les extrémités pendre jusqu'à ses genoux. Remarquant qu'il était vêtu du col roulé, du jean et de la veste en cuir de la veille au soir, elle répondit du tac au tac en regardant ses joues mal rasées :

— De toute façon, vous n'êtes pas spécialement élégant non plus.

Passant une main sur son visage, il s'excusa :

— Ils m'ont jeté hors de l'avion, mais ils ont gardé ma valise. Tout ce que j'ai se trouvait dans mon bagage à main. C'est suffisant pour une escale inattendue, mais j'ai oublié mon rasoir.

Elle l'étudia de nouveau un long moment, la tête penchée de côté. Mal à l'aise, il se demanda ce qu'elle pensait.

— Ce n'est pas mal, finit-elle par dire. Vous devriez peut-être songer à vous laisser pousser la barbe.

— Il est évident que vous n'avez jamais lu aucun de mes romans, répliqua-t-il, sinon vous auriez remarqué la photo de l'auteur – il est barbu.

— Nous y sommes ! s'écria-t-elle, rayonnante. Voilà pourquoi je ne vous ai pas reconnu à La Coupole.

L'air protecteur, il lui prit le bras et ils descendirent les marches glacées, puis traversèrent la cour.

— J'ai l'impression que vous trouvez une excuse pour tout.

— Vous avez sans doute raison, admit-elle. Daria affirme que je n'ai pas le sens des réalités, et que c'est pour ça que j'ai...

Elle s'interrompit brusquement. Elle s'apprêtait à dire : « ... que j'ai été abandonnée devant l'autel à Venise ».

Mais elle se rappela tout à coup qu'elle parlait à un inconnu et que son histoire ne le regardait en rien.

— Que vous avez quoi ?

— Oh, que j'ai fini dans un magasin d'antiquités. Je suppose qu'il est plus facile de rester dans le passé.

— Pas toujours, fit-il d'un ton sec.

Preshy le fixa. Il avait mentionné le passé la veille au soir, et avait dit qu'il le cherchait à Paris. Elle se demanda encore une fois ce qu'il avait sous-entendu.

— J'ai pensé vous emmener dans un petit restaurant que je connais sur l'île Saint-Louis, annonça-t-elle. Il faut marcher un peu, mais la promenade est ravissante, et c'est toujours un régal de profiter de Paris sans circulation.

— Tant qu'ils ont du bon vin.

— Oui, confirma-t-elle, mais vous devez me promettre de ne pas boire un bordeaux avec votre poisson.

— Mais j'aime le vin rouge avec le poisson ! protesta-t-il. Chaque fois que je vais pêcher sur l'Outer Banks, je fais griller ma prise sur la plage et nous buvons une bouteille de rouge des Carolines. On fait un bon vin dans les Carolines, maintenant. Peut-être pas de la qualité d'un bordeaux, mais très correct.

Ils s'attardèrent sur le pont de la Tournelle à regarder les péniches et les promeneurs en balade le long de la Seine aux eaux marron. Le souvenir de la promenade en bateau-mouche, ce fameux soir où elle avait rencontré Bennett, traversa l'esprit de Preshy, et elle demanda :

— Vous avez déjà visité Paris en bateau-mouche ?

Il lui jeta un regard plein de mépris.

— C'est un truc de touristes.

Elle avait déjà eu cette conversation, si ce n'est que cette fois les rôles étaient inversés.

— Et vous n'êtes pas un touriste ?

— Pas vraiment. Je suis... non, j'étais un homme avec une mission.

Il regardait les bateaux émerger de sous le pont et, intriguée, elle fixa son profil, essayant de cerner l'homme. Il ne dévoilait absolument rien. En réalité, tout ce qu'elle savait de lui se résumait au fait qu'il écrivait des romans policiers et qu'il aimait le bon vin rouge.

— C'est amusant de jouer au touriste, parfois, fit-elle d'un ton empreint de nostalgie.

Il tourna la tête et croisa son regard.

— Je me souviens, j'ai été touriste, un jour, répondit-il avant de lui reprendre le bras. Venez, il fait trop froid pour rester là. Où se trouve ce restaurant que vous aimez tant ?

Le restaurant en question était un petit caveau sombre. La porte en bois ouvrait sur une étroite entrée dallée de noir et blanc, avec des rideaux de velours rouge qui protégeaient des courants d'air la salle à manger. De vieilles poutres noircies traversaient les murs jaunis par la nicotine qui surplombaient les tables recouvertes de nappes en papier blanc et décorées de roses rouges artificielles. Du rouge encore pour les cantonnières qui ornaient les fenêtres à petits carreaux. Un feu brûlait dans une large cheminée de pierre. En ce dimanche glacial, rien n'aurait pu être plus accueillant que le délicieux fumet de gigot d'agneau à la broche et de la sauce au vin qui vous mettait l'eau à la bouche.

C'était le genre d'endroit où une bouteille de vin maison attendait déjà sur la table et, à la surprise de Preshy, Sam ne la renvoya pas en demandant la carte des vins. Sans même le goûter, il leur en servit un verre.

— Souvenez-vous, je vous fais confiance, déclara-t-il avec un sourire alors qu'ils trinquaient.

Il but la première gorgée sous le regard anxieux de la jeune femme. La responsabilité était lourde.

— Aussi bon qu'un rouge des Carolines, approuva-t-il, la faisant rire.

Le propriétaire, petit, pâle et maigre, le contraire d'une bonne publicité pour sa cuisine, se précipita avec le menu du jour.

— Je vous recommande la soupe, Madame, Monsieur, dit-il. Soupe aux lentilles et au jambon, excellente par une froide journée comme celle-ci. Puis le gigot d'agneau, rôti à point. Il est servi avec des flageolets, bien sûr, et un gratin de pommes de terre forestières à l'ail, aux oignons et aux champignons, dans un bouillon.

Sam croisa le regard de Preshy.

— Prenons le tout, suggéra-t-il.

Elle hocha la tête avec enthousiasme.

La soupe, aussi bonne que le propriétaire l'avait promis, réchauffa tout le corps de Preshy. Elle sentit ses joues rosir et retira son cache-nez, qu'elle posa sur la chaise, à côté de son sac. Puis elle regarda Sam, toujours aussi intriguée.

— Maintenant vous savez tout de moi, commença-t-elle. Et vous ?

— Que voulez-vous savoir ?

— Qui vous êtes, par exemple.

— Vous le savez déjà.

— Non, je ne le sais pas, protesta-t-elle. Je sais ce que vous faites. Mais j'ignore qui vous êtes.

Il lui lança un regard dédaigneux.

— Et vous, vous êtes en train de me dire que je sais vraiment qui vous êtes : Precious Rafferty, antiquaire, domiciliée à Paris, portant le manteau de son grand-père et une jolie coupe de cheveux, et ayant pour toute famille deux tantes qui semblent être aussi frappadingues l'une que l'autre ?

Bien sûr, il avait raison. Elle ne lui avait pas dévoilé grand-chose d'elle. Après tout, ils étaient quasiment des inconnus l'un pour l'autre.

— Peut-être que je me montre indiscrète, admit-elle. Mais vous connaissez mon adresse. Ne pouvez-vous pas au moins me dire sur quelle plage se trouve la maison où vous buvez du rouge des Carolines ?

Il s'adossa à sa chaise tandis que le patron débarrassait leurs assiettes vides.

— Je suis propriétaire de cette maison depuis dix ans, raconta-t-il. J'ai eu un coup de foudre et j'en ai fait l'acquisition avec mes premiers droits d'auteur. Elle est à la périphérie d'un village qu'on pourrait qualifier de petite ville, je suppose, semblable à d'autres qui jalonnent la côte. La maison est assez isolée, sur pilotis, dans les dunes, au milieu d'un champ d'arméries maritimes, protégée du vent par une haie broussailleuse de tamaris que j'ai plantés moi-même et qui sont maintenant hauts de trois mètres. C'est juste un cube de bardeaux gris avec une façade en verre qui reflète toutes les nuances des couleurs de l'océan, entouré d'une véranda pour les longues soirées d'été.

Il se tut. Il doit avoir le mal du pays, devina-t-elle.

— Vous parlez comme un écrivain, fit-elle remarquer. À mesure que vous la décrivez, la maison prend vie.

Mais, lorsqu'il la regarda, les yeux derrière ses lunettes étaient empreints de tristesse.

— La maison est aussi simple à l'intérieur qu'à l'extérieur, reprit-il. Des parquets en planches blanches, des tapis aux couleurs pâles, des canapés confortables. Une grande cheminée avec, l'été, un vase géant rempli de branches et, l'hiver, comme ici, le feu qui vous invite à vous asseoir et à contempler les flammes plutôt que l'océan… qu'on entend frapper le sable sans relâche, tandis que le vent souffle dans les cimes des arbres. La maison est comme une île, ajouta-t-il doucement, mon île à moi, où tout est parfait et où rien ne peut arriver.

— Et il est arrivé quelque chose ?

Comme d'habitude, Preshy avait posé la question avant de réfléchir. Elle s'empressa de s'excuser.

— Je suis désolée. Vous l'avez décrite de façon si évocatrice que j'ai eu l'impression d'être au cœur d'une histoire.

— C'est le cas, si ce n'est que cette histoire ne sera jamais écrite.

Il remplit de nouveau leurs verres. Le patron s'empressa de leur servir le gigot avant de retourner aux cuisines, pour revenir aussi vite avec le plat de pommes de terre fumantes et une saucière pleine de jus.

Preshy regarda l'alliance de Sam, brûlant d'envie de le questionner sur sa femme, mais, cette fois, elle eut le bon sens de s'abstenir. S'il avait été un mari si dévoué, il y aurait déjà fait allusion.

Sam goûta la viande, leva les yeux et sourit à Preshy. Son sourire le transformait vraiment, il devenait un autre.

— C'est délicieux, approuva-t-il.

— Ne vous l'avais-je pas garanti ?

— Je vois que vous êtes une personne de confiance. Même les haricots sont bons, pourtant je détestais les légumes quand j'étais petit, avoua-t-il.

— Mais maintenant vous êtes adulte et plein de bon sens.

Il se mit à rire.

— C'est ce qu'on dirait. Ah, j'y pense, j'ai oublié de vous demander des nouvelles de Lily, fit-il à brûle-pourpoint.

Elle s'étonna de constater qu'elle avait complètement oublié sa cousine.

— Aucune nouvelle, répondit-elle en goûtant les pommes de terre gratinées et en souriant de plaisir. Je n'ai pas la moindre idée de l'endroit où elle se trouve. Elle aurait pu au moins téléphoner, Francfort n'est pas à des milliers de kilomètres. Mais elle s'est montrée si mystérieuse que je ne serais pas surprise qu'elle ne vienne pas. Elle a pourtant dit que c'était urgent, qu'elle devait me parler de quelque chose qui me concernait aussi... Étant donné que nous ne nous sommes jamais rencontrées, je ne vois vraiment pas de quoi il peut s'agir, finit-elle avec un haussement d'épaules.

241

— Sans doute d'une histoire de famille, avança Sam. Elle aura entendu dire que vous aviez hérité du manteau du grand-père Hennessy, et elle veut vous le piquer.

Ils se mirent à rire à gorge déployée, un vrai rire, cette fois, et trinquèrent par-dessus la table.

— Je m'amuse, constata Sam en jetant un regard approbateur à la petite salle où il y avait à présent foule. Ici, c'est réel, ce n'est pas comme Paris, la grande ville, dehors.

— Mais cette grande ville est composée de centaines de petits havres pareils à celui-ci. Comme votre Outer Banks, vous devez apprendre à l'apprécier pour autre chose que pour sa seule beauté. Et vous ne pouvez pas nier que ma ville est belle.

Il la dévisagea et remarqua ses joues empourprées, ses pommettes un peu saillantes, les yeux clairs et la frange dorée qui frisait légèrement sous l'effet de l'humidité.

— J'admets que Paris est une très belle ville, déclara-t-il.

— Et quand, finalement, vous aurez votre vol pour New York, irez-vous droit à la maison sur la plage ?

À la grande surprise de Preshy, il eut un haussement d'épaules désabusé et répondit :

— Je n'y suis pas allé depuis des années.

Puis il fit signe qu'on leur apporte une autre bouteille de vin et, changeant brusquement de sujet, demanda à Preshy ce qu'elle conseillait pour le dessert.

— Il n'y en a qu'un, la tarte aux pommes avec une boule de glace à la vanille. Je sais qu'ils se fournissent

242

chez Berthillon, le glacier de l'île Saint-Louis. C'est la meilleure du monde.

Ils dégustèrent leur tarte aux pommes et la meilleure glace du monde, arrosées d'un verre de vin. Ce qui n'empêcha pas Sam de déclarer être un fan de Häagen-Dazs. Puis ils prirent leur temps pour boire un café que l'écrivain sucra à profusion.

41

Un peu plus tard, après avoir serré la main du
patron, radieux, en lui promettant de revenir, ils sortirent dans la lumière grise d'une fin d'après-midi
glaciale. Cette fois, sans s'attarder sur le pont, dans le
froid, ils se hâtèrent dans le labyrinthe des rues
étroites, jusqu'à l'appartement de Preshy.

Arrivée devant sa porte cochère, elle se tourna vers
lui.

— Merci pour le déjeuner, dit-elle. Je me suis
amusée.

— Curieusement, moi aussi. Merci d'être venue,
Rafferty. Vous êtes une compagnie très agréable.

— Une compagnie agréable pour un homme solitaire, répondit-elle, prenant conscience qu'en fait
c'était exactement ce qu'il était.

Il l'enveloppa d'un long regard sombre avant de
tourner les talons et de s'éloigner.

Une fois de plus, elle aurait mieux fait de se taire…
Embarrassée, elle le rappela.

— Attendez ! Vous n'allez quand même pas rentrer
passer le reste de la journée dans votre hôtel sordide.
Et si vous montiez ? Je vais faire du café, je mettrai de

la musique, et nous regarderons un peu la télévision. Tout ce qui pourra vous aider à passer le temps à Paris en attendant votre vol.

Il s'arrêta, la regarda. Visiblement, il hésitait.

— Vous n'êtes pas obligé, ajouta-t-elle avec un sourire engageant, espérant qu'il accepterait, car elle aussi était seule.

— Merci, répondit-il en revenant sur ses pas.

Alors qu'ils traversaient la cour, la gardienne apparut sur le seuil de sa loge.

— Un paquet est arrivé pour vous, mademoiselle Rafferty. Livré par coursier. Un dimanche, ça doit être très important, fit-elle avec une moue. Je leur ai dit de le laisser sur votre paillasson et j'ai signé.

Surprise, Preshy la remercia. Elle n'attendait rien, mais, devant sa porte, elle trouva effectivement une caisse qui lui était adressée. L'étiquette était couverte de caractères chinois et elle lut le nom de l'expéditeur : Song Antiquities, à Shanghai.

— Ça vient de Lily, déclara-t-elle en ouvrant la porte.

Sam souleva la caisse, la porta à l'intérieur et la déposa devant la porte de la cuisine. Miaou se précipita, curieuse. Les caisses et les cartons étaient sa spécialité. Elle sautait dessus, s'y pelotonnait, s'y cachait. Elle la renifla avec méfiance, puis, assise sur ses pattes arrière, regarda Sam avec espoir, attendant qu'il l'ouvre, tandis que Preshy fouillait ses tiroirs à la recherche d'un tournevis.

— J'ai hâte de voir ce que c'est, dit-elle.

Sam s'affaira avec le tournevis. Pendant ce temps, Preshy fit du café, disposa sur un plateau laqué noir les tasses, un petit pot de lait et du sucre (elle avait noté qu'il aimait ça). Elle gagna ensuite le salon, alluma le feu et regarda la fumée du papier s'élever en volutes, attendant que le petit bois se soit embrasé pour y déposer une bûche. Cela ressemble à une scène de famille dominicale, songea-t-elle. Elle entendit le couvercle de la caisse céder sous la pression du tournevis et se hâta vers la cuisine. Sam avait ouvert la boîte et en sortait un paquet entouré de papier marron.

— Oh, dépêchez-vous ! s'exclama-t-elle avec excitation, c'est un peu comme Noël.

Il arracha le papier marron, découvrant une couverture matelassée.

— Ça doit être un objet précieux, dit-il.

C'était une figurine en terre cuite et Preshy reconnut tout de suite la réplique des célèbres statues de Xi'an, en Chine. Elle la palpa et sentit les marques révélatrices du moule industriel dans lequel elle avait été coulée.

— Pourquoi Lily prend-elle la peine de m'envoyer ce genre de copie ? demanda-t-elle, perplexe. On les trouve dans les magasins de touristes du monde entier. Je parie que vous pourriez même vous en procurer dans les quartiers populaires de Paris. Les frais d'envoi sont plus élevés que le coût de l'objet lui-même… Enfin !

Elle haussa les épaules et emporta la statue jusqu'au salon, où elle lui fit de la place sur une étagère, dans un coin, de façon que sa présence ne soit pas trop remarquée. Puis, jetant un coup d'œil sur ses photos de famille, elle fronça les sourcils.

— C'est étrange, constata-t-elle en soulevant un des cadres pour regarder derrière. La photo de mariage de grand-père a disparu. Je la garde toujours ici, à côté de tante Grizelda et de Mimi.

— Avait-elle de la valeur ? s'enquit Sam.

— Une valeur sentimentale. Le cadre est en argent, mais seule ma femme de ménage entre dans cette pièce, et elle travaille pour moi depuis des années. Je lui fais entièrement confiance. Bien sûr, je ne regarde pas mes photos tous les jours. Elles sont là, c'est tout, et je viens seulement de remarquer que celle-ci manquait. Enfin, je suppose qu'elle va réapparaître, ajouta-t-elle, chassant de son esprit le sujet. En attendant, prenons notre café.

Sam arpentait la salle de séjour, inspectant les œuvres d'art dispersées sans chichis tandis que la chatte reniflait ses talons avec méfiance. Lorsqu'il vint s'asseoir sur le canapé, elle sauta sur le bras du meuble et le fixa de ses yeux bleus qui ne clignaient pas.

Il lui jeta un regard résigné.

— Il est toujours comme ça ?

— C'est une demoiselle. Et elle s'appelle Miaou. Vous vous souvenez ?

Preshy posa le plateau sur l'ottomane de cuir, en face de son invité. Déjà, la nuit tombait. Elle tira les rideaux sur la journée grise et glaciale, servit le café.

— Je crois comprendre que vous n'aimez pas les chats... continua-t-elle en lui tendant une assiette remplie de macarons couleur pastel, de la célèbre pâtisserie Ladurée, tout proche. Goûtez-les, ils sont bons, et réputés dans le monde entier. Et essayez d'être gentil avec Miaou. C'est juste qu'elle n'a pas l'habitude des hommes.

Elle rougit un peu en s'apercevant qu'elle venait d'inciter Sam à lui demander pourquoi Miaou ne voyait jamais d'hommes dans l'appartement, et il le remarqua, mais elle fut sauvée par la sonnerie du téléphone.

— Je suis sûre que c'est tante Grizelda qui veut savoir pourquoi je ne suis pas déjà à Monte-Carlo, dit-elle en décrochant.

C'était Lily.

— Lily, enfin ! s'exclama Preshy, surprise, mais partagée entre la joie et le soulagement. Je commençais à me demander si tu existais vraiment.

Seul le silence lui répondit.

— Tu es toujours là ? reprit-elle, intriguée.

— Pourquoi as-tu dit ça ? demanda Lily d'un ton contrarié.

— Dit quoi ?

— Que je n'existais pas.

— D'abord tu n'arrives pas, répondit sa cousine en riant, puis tu ne donnes pas signe de vie, et je ne te connais même pas. Mais maintenant je t'entends, donc tout va bien. Et je sais qu'en fin de compte tu existes.

— Precious, tu ne comprends pas, fit sa cousine d'une voix pressante. Peut-être que bientôt je n'existerai plus. On me suit. Quelqu'un veut me tuer.

— Quoi ? s'exclama Preshy d'une voix si stridente que Sam et la chatte dressèrent l'oreille.

Miaou la regarda, mais Sam feignit de n'avoir rien entendu.

— Viens ici, le chat, fit-il en avançant la main afin de faire diversion.

Après lui avoir jeté un regard plein de dédain, l'animal détourna la tête, comme s'il comprenait qu'on cherchait à se servir de lui.

— Tu es une maligne, toi ! fit Sam, tout en tendant l'oreille.

— Te tuer ? répéta Preshy. Que veux-tu dire, Lily ? Qui voudrait te tuer ?

Renonçant à feindre l'indifférence, Sam l'écoutait maintenant ouvertement.

— Je ne peux pas parler au téléphone, affirma Lily.

— Mais où es-tu ? Et qui te suit ? insista sa cousine en jetant un coup d'œil inquiet à Sam.

Elle secoua la tête, sourcils froncés, visiblement perplexe.

— À Venise.

À l'évocation de cette ville fatidique, un frisson lui parcourut le dos.

— Mais je croyais que tu devais venir à Paris ?

— Oui. C'est pourquoi je t'ai demandé de réserver au Ritz sous ton nom. J'ai pensé qu'il ne saurait pas où j'étais, qu'il ne pourrait pas retrouver ma trace. J'ai cru qu'il n'aurait jamais l'idée de me chercher à Venise.

— Une seconde, lança Preshy, déconcertée. Rassemble tes esprits, puis explique-moi ce que tu cherches à me dire exactement.

— Je suis en train de te parler d'un meurtre, Precious.

— D'un meurtre ? répéta Preshy, les yeux exorbités. Mais pourquoi quelqu'un voudrait-il te tuer ?

Dire qu'elle s'était attendue à une simple visite de courtoisie de sa cousine, au plus à une visite intéressée.

— Je possède un objet qu'il veut s'approprier, quitte à m'éliminer s'il le faut. Et cela te concerne aussi : Precious, tu seras peut-être la prochaine sur sa liste.

— Quoi ? demanda Preshy, abasourdie.

— Je cours un grand danger. J'ai besoin de ton aide. Tu dois me rejoindre immédiatement. S'il te plaît, viens me retrouver à Venise, je t'en supplie. Tu es la seule personne à pouvoir m'aider.

— Lily, je ne peux pas juste…

— Mais tu le dois.

Preshy perçut la terreur dans la voix de sa cousine.

— Je suis au Bauer, précisa Lily. Je t'y attendrai.

Après une longue pause, elle lâcha :

— Tout cela a un lien avec un homme que tu connais, qui répond au prénom de Bennett.

Elle raccrocha et Preshy entendit un sifflement dans son oreille. Encore sous le choc, elle se tourna vers Sam.

— Quel était cette étrange conversation de retrouvailles entre cousines ? s'enquit-il.

Preshy se laissa tomber sur une chaise, les mains plaquées sur les genoux.

— Il y avait de la panique dans la voix de Lily, fit-elle, sonnée.

— Qu'a-t-elle dit, exactement ?

— Que quelqu'un la suit, un homme qui veut la tuer pour s'approprier un objet qu'elle possède. Elle dit qu'il pourrait ensuite s'en prendre à moi.

Elle secoua la tête, n'en croyant toujours pas ses oreilles, et reprit :

— Elle veut que je la retrouve à Venise dès que possible. Elle est partie là-bas pensant qu'il n'aurait jamais l'idée de venir l'y chercher.

— Et a-t-elle dit qui il était ? demanda Sam.

Preshy secoua la tête.

— Bien sûr que non. Ce n'est pas le genre de détail qu'ils donnent, ajouta-t-il après réflexion.

— Qu'« ils » ? Les fous ? Mais je vous assure qu'elle n'est pas folle Sam. Elle est terrifiée. De plus, ajouta-t-elle d'une voix posée, elle a fini par m'avouer que cette affaire avait un lien avec un homme que j'ai connu, un certain Bennett. Nous devions nous marier à Venise, il y a tout juste deux mois, mais il n'est jamais venu à l'église.

42

Miaou émit un miaulement sonore en s'étirant sur le dossier du canapé. Preshy se leva et arrangea les bûches embrasées avec les pincettes. Debout, tournant le dos à Sam, elle fixait les flammes.

— Je parie que vous vous seriez bien passé de toutes ces informations, murmura-t-elle.

— Vous avez eu le courage de m'en parler. Vous n'y étiez pas obligée.

— C'est la vérité pure et simple. J'ai été larguée le jour de mon mariage par un homme qui disait m'aimer. Il a disparu sans laisser de traces. Tante Grizelda a essayé de le retrouver, mais les détectives ont conclu qu'il avait utilisé un nom d'emprunt. Il vivait à Shanghai ; c'est du moins ce qu'il prétendait. Il affirmait avoir une société d'export, James Export Company, qui n'a jamais existé, et fabriquer des pièces détachées pour des marchands de meubles de Caroline du Nord.

— Je connais des gens dans ce milieu. Vous voulez que je fasse une recherche sur lui ?

— Je m'en fiche, maintenant, répondit Preshy avec un air désabusé. C'est le sort de Lily qui m'inquiète.

Le vrai mystère étant que c'est la première fois que je lui parle, et je ne sais même pas comment elle connaît le prénom de Bennett.

— Il en a probablement plusieurs, avança Sam. C'est souvent le cas, avec ce genre d'homme.

— Quel genre ?

— Les escrocs, les criminels. Vous croyez vraiment que Lily pense que c'est ce Bennett qui va la tuer ?

Preshy secoua la tête et répondit avec un froncement de sourcils.

— Oh, non ! Ça ne peut pas être lui ! Bennett était un homme doux, incapable de la moindre violence.

— Et vous avez une idée de l'objet pour lequel on veut la tuer ?

Elle secoua la tête. Elle n'en avait aucune idée. Elle se laissa tomber sur une chaise et, songeuse, but une gorgée de café. Tout cela paraissait fou, mais il était indéniable que Lily était terrifiée. Et Preshy devait découvrir en quoi cela concernait Bennett.

— Lily a des ennuis, déclara-t-elle à Sam. Elle est ma cousine et elle a besoin d'aide. Je vais aller la rejoindre à Venise.

— Et comment comptez-vous vous y rendre ? Vous avez oublié que l'aéroport est fermé ?

— Dans ce cas, je conduirai.

— Dans cette petite voiture ? Par ce temps ?

Elle le défia du regard.

— Je conduis bien. Je vais descendre à Monte-Carlo, faire étape chez ma tante et prendre un vol au départ de Nice.

— Je refuse de parcourir une telle distance dans cette voiture, affirma-t-il d'un ton détaché. Nous devons en louer une.

Preshy le dévisagea, bouche bée.

— Vous voulez dire que vous m'accompagnez ? Et pourquoi diable feriez-vous cela ?

— Que je sois coincé à Paris ou à Venise, c'est pareil. Au moins, j'aurai une meilleure chambre d'hôtel. De plus, ajouta-t-il avec un sourire désarmant, je ne peux pas vous laisser partir seule, après une histoire aussi terrifiante. Alors... à nous Venise !

43

Sam partit chercher la voiture que Preshy venait de
louer, et pendant ce temps celle-ci téléphona à ses
tantes. Les deux femmes avaient coutume de se ruer
sur le téléphone et, cette fois, elles décrochèrent en
même temps.

— Bonjour, mes tantes, fit-elle avec un sourire.
Vous serez contentes de savoir que j'ai finalement
décidé de venir vous voir.

— Quand ? demandèrent-elles à l'unisson, avant
que Mimi raccroche et laisse parler Grizelda.

— Je pars immédiatement, je conduirai toute la
nuit. Je serai avec vous pour déjeuner demain.

— Mais, Preshy, tu ne peux pas faire un tel trajet
seule.

— Je ne suis pas seule. Un homme m'accompagne.

— Quel homme ? demanda tante Grizelda d'un
ton satisfait.

— Oh, juste un type, un Américain que j'ai
rencontré à La Coupole hier soir.

Elle entendit sa tante crier à Mimi :

— Elle a encore rencontré un homme à La
Coupole !

— Ça devient une habitude ! répondit Mimi. J'espère qu'il vaut mieux que l'autre.

— J'espère qu'il est plus fiable que l'autre, répéta tante Grizelda. Combien de temps peux-tu rester ?

— Je ne sais pas si je vais rester, nous irons peut-être directement à Venise. Mais, de toute façon, nous nous verrons.

Elle fit la grimace, regrettant d'avoir parlé de Venise. Maintenant, elle allait devoir tout expliquer. Du moins, en partie.

— Elle part pour Venise, rapporta Grizelda à Mimi d'un ton surpris. Avec le nouvel homme. Pourquoi diable retournes-tu là-bas ? reprit-elle à son intention.

— À cause de Lily. Son vol a été détourné et elle a atterri à Venise. Elle dit avoir besoin de moi, que c'est important.

Après une hésitation, Preshy se jeta à l'eau :

— Et aussi que ç'a à voir avec Bennett.

— Tu veux dire que Lily connaît Bennett ? demanda Grizelda, de plus en plus perplexe.

— Tout ce que je sais, d'après ce qu'elle a dit, c'est que sa venue a un rapport avec un Bennett.

— Mais est-il possible qu'il s'agisse du même homme ?

— Qui sait ? Voilà pourquoi je dois aller à Venise : pour avoir la réponse.

— Une minute, Preshy !

La jeune femme entendit Grizelda chuchoter quelque chose à Mimi d'un ton pressant, avant de reparler dans l'appareil.

— D'accord, nous t'attendons demain. Nous en parlerons à ce moment-là. Appelle-nous quand tu arrives et nous te retrouverons à Nice. Au Chantecler, le restaurant du Negresco. Le menu du déjeuner est remarquable. Tu pourras nous présenter ta nouvelle conquête et tout nous raconter.

Preshy savait que, le dimanche, elle trouverait Sylvie chez elle. Elle lui téléphona à son tour et lui relata les derniers événements. Son amie écouta, horrifiée, le compte rendu de la conversation téléphonique avec Lily et réagit très vite quand il fut question de Bennett.

— Tu ne peux pas y aller ! s'écria-t-elle alors d'un ton ferme. Tu ne le dois absolument pas. Je te le défends.

— Tout va bien, j'ai un protecteur, répondit Preshy. Je l'emmène avec moi.

— Un « protecteur » ? Qui est-ce ?

— Il s'appelle Sam Knight. Je l'ai rencontré hier soir, à La Coupole.

— Enfin, Preshy, tu es complètement timbrée ! s'emporta Sylvie. Que faut-il faire pour te mettre du plomb dans la cervelle ? Tu rencontres un homme hier soir et, dès le lendemain, il t'accompagne dans le sud de la France pour retrouver une folle qui raconte qu'elle connaît Bennett et que quelqu'un veut vous tuer toutes les deux ? Tu perds la tête ou quoi ?

— Je te promets que tout va bien, lui assura Preshy d'un ton apaisant. Sam est un peu mystérieux, je l'admets, mais c'est un type sympa, et c'est l'un des auteurs préférés de Daria. Contrairement à Bennett, il est célèbre, lui ; il ne peut quand même pas être une source de problèmes, si ? De plus, ajouta-t-elle, après réflexion, il est marié.

— Alors comme ça, grommela Sylvie, tu te rends à Venise avec un homme marié, pour que Lily te raconte ce qu'elle sait sur Bennett, et pour coincer celui qui est censé vouloir la faire disparaître ? Et tu trouves ce scénario parfaitement normal ?

— On dirait le prélude d'un roman policier de Sam Knight, c'est vrai ! s'exclama Preshy en riant. Réfléchis, c'est peut-être la raison pour laquelle il a proposé de partir avec moi. Le romancier flaire la bonne intrigue.

— Il est plus probable qu'il cherche à te séduire.

— Si c'est le cas, c'est sans doute grâce à ma nouvelle coiffure. Mais bon, pour le moment, je suis totalement hermétique à toute tentative d'approche. « Chat échaudé craint l'eau froide. »

— Combien de temps pars-tu ? Tu veux que je vienne avec toi ? proposa Sylvie d'un ton vraiment inquiet.

— Inutile. Je serai de retour dans deux jours, la rassura Preshy.

— Et où vas-tu descendre ?

— Au Bauer, je pense, comme Lily.

— Hum ! fit Sylvie, sceptique. Tant que tu me promets de prendre une simple… Et, je t'en prie, téléphone-moi dès que tu arrives.

Ayant promis, Preshy raccrocha. Malgré ses réticences, Miaou fut enfermée dans son sac de voyage. Mécontente, elle tourna un moment en rond avant de s'installer. Sam revint alors pour annoncer que la voiture de location était garée dans la rue.

— Qu'est-ce que c'est que ça ? demanda-t-il en jetant un coup d'œil soupçonneux sur le sac.

— C'est Miaou, bien sûr.

— Vous voulez dire que la chatte est du voyage ?

— Miaou va partout avec moi, répondit Preshy, catégorique. De toute façon, que voulez-vous que j'en fasse à cette heure-ci, un dimanche ?

Comme il lui lançait un regard exaspéré elle précisa :

— Que les choses soient bien claires, Sam Knight. Où que j'aille, Miaou m'accompagne. C'est tout ! Si ça ne vous plaît pas, vous savez ce qu'il vous reste à faire.

Il leva les yeux au ciel, mais ne répondit rien. Prenant le sac, elle le suivit dans la rue.

— Tenez, dit-elle en lui tendant un paquet de litière de voyage et un autre de sciure. Mettez-en une par terre, derrière, et remplissez-la de sciure.

Avec un grognement, Sam s'exécuta à contrecœur. Pendant ce temps, Preshy installa le sac contenant la chatte sur la banquette arrière. Elle cala son propre fourre-tout à côté, avec le petit sac de voyage de l'Américain, récupéré à l'hôtel.

Lorsqu'elle fit mine de prendre le volant, il la retint par le bras.

— Non, annonça-t-il en la guidant vers la portière du passager et en la lui ouvrant. Je conduis.

— Mais je connais bien la route, protesta-t-elle.

— Désolé, je ne sais pas quel chauffeur vous êtes…, répliqua-t-il en s'installant au volant.

Il lui jeta un coup d'œil en coin et ajouta avec un sourire :

— D'accord, Rafferty, nous ferons un roulement, offrit-il avec générosité.

Au moment où elle bouclait sa ceinture de sécurité, la vision du pain croustillant et du fromage sur le plan de travail, dans la cuisine, lui traversa l'esprit.

— Attendez ! lança-t-elle en sautant du véhicule.

Elle bondit dans la cour, grimpa l'escalier quatre à quatre, prit la nourriture, deux assiettes et deux couteaux, des verres, une bouteille de vin, et redescendit aussi vite.

— Au cas où nous nous retrouverions gelés et où les saint-bernard ne pourraient pas arriver jusqu'à nous, déclara-t-elle en posant le tout sur la banquette arrière déjà bien encombrée, avant de reprendre sa place.

Sam suivit ses indications en silence, s'adaptant au système compliqué des sens uniques pour sortir de Paris. Ils rejoignirent le périphérique, puis l'autoroute. À présent, la chatte se taisait aussi.

Calfeutrés dans le cocon de la voiture, ils roulaient maintenant dans la nuit sombre et froide. Preshy ne put s'empêcher de trouver une certaine intimité à ce voyage. Elle fouilla dans son sac et en sortit le CD de Zucchero & Co, son préféré du moment. Les mélodies à la fois pop et classiques du chanteur et compositeur italien lui rappelaient les étés d'autrefois avec sa tante, dans les clubs privés des plages de la Côte d'Azur. Bientôt, ses yeux se fermèrent, et elle s'endormit.

Lorsqu'elle se réveilla, deux heures plus tard, elle ne sut pas tout de suite où elle était. Elle jeta un bref coup d'œil sur le profil sévère de Sam qui paraissait très concentré sur la route. Elle réalisa alors à quel point elle en connaissait peu sur lui, hormis le fait qu'il était écrivain et qu'il avait une maison sur l'Outer Banks. Se rappelant les inquiétudes de Sylvie, elle se demanda, soudain méfiante, ce qui poussait Sam à l'accompagner. Sans doute en avait-il tout simplement assez d'attendre un vol potentiel pour New York.

Quoi qu'il en soit, dans son jean étroit et son pull noir, il était plutôt pas mal. Elle l'observa à travers ses cils baissés, notant le large front, la tignasse de cheveux châtains en épis, le menton à la barbe naissante – il n'avait toujours pas réussi à se raser. Même les lunettes cerclées d'or étaient d'un chic un peu rétro. Pas de doute, il commençait vraiment à lui plaire.

La musique s'était tue ; le silence régnait dans la voiture. Toujours songeuse, elle se posait des questions sur son histoire.

— Parlez-moi de votre femme, demanda-t-elle à brûle-pourpoint.

Il détourna imperceptiblement la tête pour la regarder.

— Je croyais que vous dormiez.

— J'ai dormi.

Il ne répondit rien.

— Désolée, ajouta-t-elle, je ne voulais pas être indiscrète. Mais je suis curieuse.

— Elle s'appelle Leilani. Je l'ai rencontrée à une soirée d'auteurs organisée par le service de presse de ma maison d'édition, une signature de livres, à Santa Fe. Nous avons parlé et, trois mois plus tard, nous étions mariés, fit-il d'un air quasi indifférent.

— Comme c'est romantique !

— Oui, ça l'était, admit-il avant de se taire de nouveau.

— Comment est-elle ?

Après un long silence, il finit par répondre.

— Elle a une beauté discrète. Elle est à moitié hawaïenne, avec de longs cheveux bruns, une peau dorée. Elle est svelte, gracieuse. Elle est peintre. Ce qui explique pourquoi elle aimait vivre à Santa Fe – les artistes y sont nombreux. Nous y avons acheté une maison en bordure du désert. Nous y vivions seuls avec mon chien, un berger allemand, Gent. Leilani peignait, j'écrivais. Pour elle, c'était idéal. Mais je suis un garçon qui vient de la côte, j'ai grandi au bord de l'eau. Je me languissais de l'odeur de la mer, de la façon dont les rivières traversent paresseusement les marais, de la vision des roseaux et de l'herbe dansant dans le vent. Du cri des mouettes et de la fuite des nuages dans un ciel de traîne. J'avais envie de revoir l'océan scintiller sous le soleil. C'est dans mon sang, et c'est nécessaire à ma tranquillité d'esprit, à l'énergie de mon écriture. Alors, bien qu'elle déteste la mer, Leilani a accepté que nous déménagions, et j'ai acheté la maison de mes rêves, sur la plage.

— Et c'est là que vous vivez depuis ?

— J'ai un appartement à New York, sur Gramercy Park.

— Le meilleur des deux mondes, fit Preshy, intriguée de savoir Sam à Paris sans sa ravissante femme. Vous avez des enfants ?

— Non.

Elle se retint de demander pourquoi et imagina Sam rentrant à New York, Leilani l'attendant à l'aéroport JFK.

— Je suppose que vous allez être enchanté de la retrouver, continua-t-elle.

Il s'engagea dans une sortie conduisant à une aire d'autoroute.

— C'est l'heure de la pause-café, annonça-t-il sans répondre à sa question.

Preshy libéra Miaou afin qu'elle utilise sa litière. Puis elle remit la chatte dans son sac, qu'elle emporta à la cafétéria. Là, ils burent un café et mangèrent le pain et le fromage. La conversation revint sur Lily. Ils étaient toujours aussi perplexes.

De retour à la voiture, Preshy déclara que c'était à elle de conduire et, pendant les deux heures qui suivirent, le silence régna. Sam dormait. Puis il se remit au volant, jusqu'à un nouvel arrêt, où elle reprit le relais. Enfin, ils longèrent la Côte d'Azur. Lorsqu'ils arrivèrent à hauteur de Saint-Tropez, Preshy appela sa tante pour lui annoncer qu'ils seraient à Nice une demi-heure plus tard et qu'ils les attendraient comme prévu au Chantecler.

44

Arrivés avec quelques minutes d'avance, ils en profitèrent pour se rafraîchir dans les élégantes toilettes du Negresco, en attendant Grizelda et Mimi. Preshy étudia son visage dans le miroir et se dit qu'elle n'avait pas trop mauvaise mine si l'on considérait qu'elle avait roulé toute la nuit. Elle avait une envie folle de prendre une douche, mais, à cette minute précise, elle avait surtout besoin d'un bon verre.

Ayant laissé Miaou à la gardienne, Sam et la jeune femme se dirigèrent vers le Chantecler, où ils commandèrent une coupe de champagne.

Preshy avait préparé le terrain, expliquant à Sam qu'il ne devait pas être surpris par le style de ses tantes. Pourtant, ce fut avec les yeux écarquillés par l'étonnement qu'il regarda Mimi entrer en se pavanant dans la salle à manger à dorures, en tailleur de lainage rose pâle, perchée sur des chaussures à talons compensés qui allongeaient encore ses jambes interminables, toujours superbes. Très élégante dans son style Côte d'Azur, ses cheveux blonds étaient relevés en chignon et des bracelets d'argent cliquetaient à ses poignets.

— Enchantée, monsieur Knight, dit-elle en serrant la main de Sam avant de s'effondrer sur une chaise avec un soupir à fendre l'âme. Les talons sont un rêve pour une femme grande et les meilleurs amis d'une femme petite, ajouta-t-elle, mais pour les pieds c'est l'enfer.

— Vous voilà ! s'écria Grizelda en roulant des hanches dans une robe rouge, moulante, agrémentée d'une petite veste sable qui avait appartenu à sa belle-mère et qui, elle le jurait, était plus vieille qu'elle.

Elle avait sous le bras un très beau manteau Valentino qu'elle tendit à Preshy.

— Je savais que tu porterais cette horreur verte, alors je t'ai pris ça. Il va faire froid à Venise, tu en auras besoin.

À son tour, elle tendit la main à Sam.

— Ainsi vous avez dragué ma fille à La Coupole, lui dit-elle sans préambule.

— Dois-je m'en excuser ? répondit-il avec un sourire.

Elle l'observa un moment, avant de répondre :

— Je ne pense pas. Venez vous asseoir. Oh ! vous avez déjà du champagne, très bien.

Elle fit signe au garçon de leur apporter deux gin-fizz.

— Ils nous connaissent, ici, confia-t-elle à Sam. Ils savent exactement comment Mimi et moi aimons nos *drinks*. Qu'en penses-tu, ma biche ? enchaîna-t-elle en se tournant vers son amie. Tu le trouves assez bien pour notre fille ?

— Pour l'amour du Ciel ! s'exclama Preshy. Vas-tu cesser, tante Grizelda !

Mais Sam se contenta de rire.

265

Mimi goûta son cocktail, puis se tourna vers le serveur en levant le pouce d'un air satisfait.

— Alors ? demanda-t-elle, curieuse. Qu'est-ce que c'est que cette histoire de Lily ?

— Commençons par commander, nous parlerons plus tard, décida Grizelda. Ils ont conduit toute la nuit, ils doivent être affamés.

Ils optèrent tous pour la même chose : le filet de bœuf aux câpres accompagné de raviolis, le plateau de fromage et une tarte aux coings avec un sorbet aux pommes granny smith, le tout arrosé d'un rosé de Provence.

— Et maintenant, venons-en au fait, déclara Mimi, une fois le garçon reparti.

Preshy lui narra tout ce qu'elle savait, rappelant que Bennett était apparement impliqué.

— Voilà ! C'est la raison pour laquelle je dois aller à Venise, conclut-elle.

Elle leur jeta un regard inquiet, s'attendant à les entendre dire qu'elle était aussi folle que sa cousine Lily. Mais Grizelda prit un air préoccupé, et raconta :

— Je ne t'en ai jamais parlé, mais, il y a des années, j'ai rencontré les Song, au casino de Macao. L'alcool et la cigarette avaient déjà eu raison de la santé d'Henry. Il avait l'air vieux, décharné, le teint terreux. Ses yeux étaient constamment plissés par la fumée et ses doigts jaunis par la nicotine. On aurait dit qu'il sortait d'une grotte, enchaîna-t-elle avec un frisson, comme s'il ne voyait jamais la lumière, ne respirait jamais l'air frais. Quant à sa femme, la pauvre fille que son père, ton grand-père Hennessy, avait tant gâtée, elle portait une robe démodée et des chaussures bon marché. Elle avait l'air épuisée. Elle m'a dit que Henry avait perdu tout leur argent et je lui ai répondu qu'elle devrait le quitter. « Demande à ton père de te pardonner de t'être enfuie avec ce play-boy », lui ai-je conseillé. Bien sûr, son père l'aurait reprise, mais la pauvre femme était follement éprise de son mari. Je voyais qu'il était du genre à tout contrôler. Il la tenait sous son joug et il était aussi dépendant de l'alcool que du jeu. De plus, ils avaient déjà une fille, la pauvre petite Lily.

— C'est l'autre raison pour laquelle je dois la rejoindre, dit Preshy. Grand-père aurait voulu que je l'aide.

Grizelda fut obligée d'admettre qu'elle avait raison.

— Mais tu dois faire preuve de la plus grande prudence, lui recommanda-t-elle. Tout cela ne me dit rien qui vaille. Rien du tout !

Elle jeta un coup d'œil perçant à Sam.

— Puis-je vous demander de prendre soin d'elle ?

Il la dévisagea un instant, avant de promettre d'un ton calme :

— Je ferai de mon mieux.

Elle poussa un soupir reconnaissant.

— Un homme ne peut pas faire plus, approuva-t-elle. Il est dommage que vous n'ayez pas le temps de rester, j'aurais organisé une petite soirée pour vous ; je vous aurais présenté à certains de mes amis. Ah, et puis je te défends de revenir à Monaco par la route de la corniche, Preshy. Je ne l'emprunte plus du tout depuis qu'un chauffard a failli me faire tomber dans le ravin. C'était juste après ta visite avec Bennett, ajouta-t-elle en regardant sa nièce.

Gênée d'avoir fait allusion au passé, elle posa une main sur sa bouche.

— Qu'est-ce que je raconte ? Je suis désolée, ma chérie.

— Tout va bien, je me suis remise, fit Preshy d'un ton encore un peu hésitant.

Grizelda raconta alors à Sam ce qui lui était arrivé sur la route de la Corniche. Il lui demanda si elle avait rapporté l'accident à la police. Elle ne l'avait fait que le surlendemain, après avoir repris ses esprits, mais il était trop tard pour tenter de retrouver la camionnette blanche. Quant à la réparation de la Bentley, elle avait coûté une fortune.

— Et cela s'est produit juste après le passage de Bennett ? insista l'écrivain, intrigué.

— Bennett et Preshy avaient déjà repris l'avion pour Paris, d'où il devait repartir directement pour Shanghai. L'incident s'est produit deux jours plus tard.

— Donc, pour autant que vous sachiez, il n'était plus en France ?

Surprise par sa question, Grizelda répondit qu'a priori Bennett avait alors quitté le territoire, et l'on changea de conversation.

Sam était parvenu à trouver des places sur le vol de seize heures pour Venise. Aussi, après avoir confié Miaou aux tantes, ils se dirent au revoir devant l'hôtel et l'écrivain partit chercher la voiture.

— Eh bien ? demanda Grizelda, ses yeux verts brillants de curiosité, alors qu'elle serrait Preshy dans ses bras.

— Eh bien quoi ?

— Tu sais parfaitement, protesta Mimi, exaspérée.

— Si vous voulez savoir s'il m'intéresse, la réponse est non. Nous sommes deux *strangers in the night* qui viennent de se rencontrer. Ça ne va pas plus loin.

— Dans ce cas, que fait-il ici avec toi ? demanda Mimi. Je pense que cela prouve un certain intérêt.

— Allez-vous arrêter de jouer les entremetteuses ? grommela Preshy. C'est une simple connaissance. De toute façon, il est marié.

— Quoi ? s'exclamèrent-elles.

Deux paires d'yeux ébahis se braquèrent sur Preshy.

— Vous n'avez pas remarqué son alliance ?

— Et où est sa femme ?

— Je l'ignore. En fait, je ne sais pas grand-chose sur lui. Je vous l'ai dit, nous sommes comme des bateaux qui se croisent dans la nuit. Il ne m'a proposé de venir à Venise que pour m'aider à éclaircir l'histoire de Lily. Et, pour vous dire la vérité, j'ai été assez contente qu'il le fasse.

— Hum ! Moi aussi, reconnut tante Grizelda d'un air pensif, mais je ne peux pas m'empêcher de me demander s'il n'a pas une idée derrière la tête. Fais attention, cette fois, chérie, lui recommanda-t-elle.

Preshy comprit avec étonnement que sa tante ne la mettait plus en garde contre Lily, mais contre Sam.

45

Venise

Il faisait nuit lorsqu'ils atterrirent à Venise, et l'aéroport Marco-Polo fit renaître en Preshy le souvenir de sa dernière visite, alors que, accompagnée de Sylvie et de Daria, abasourdie par son bonheur, elle apportait dans ses bagages sa belle robe de mariée et la cape dorée à capuche ourlée de fourrure. Et aussi de son triste départ avec ses amies, et non avec son nouveau mari.

— Je suppose que cela remue de douloureux souvenirs, fit Sam très directement.

— C'est vrai, admit-elle. Mais je refuse d'y penser.

Et, lorsqu'ils passèrent devant Santa Maria della Salute, elle ferma les yeux pour ne pas voir le dôme illuminé.

— Cet endroit est un Canaletto matérialisé, fit alors remarquer son compagnon.

Elle sourit.

— Venise ressemble tellement à ses tableaux que je me demande parfois si elle n'a pas été construite d'après eux. J'ai oublié de vous demander, ajouta-t-elle, surprise. C'est votre première visite ici ?

— Oui, mais maintenant que je vois la ville, je pense que ce ne sera pas la dernière.

Le *motoscafo* se dirigea sans se presser vers l'embarcadère privé du Bauer, où on prit leurs bagages avant de les escorter à l'intérieur.

Le luxueux hôtel surplombait le Grand Canal et, bien que rénové à la perfection, les salons et les chambres conservaient tout leur romantisme d'une époque surannée. La correction leur imposa de prendre des chambres séparées, à des étages différents. Puis Preshy expliqua au réceptionniste qu'elle devait retrouver une certaine Mlle Song, cliente de l'hôtel, et lui demanda si celle-ci avait laissé un message pour elle. Après avoir vérifié, il lui répondit que non.

Sam annonça à Preshy qu'il sortait se promener à la découverte de la ville. Mais il ne lui proposa pas de l'accompagner, ce qui l'étonna un peu.

Une fois dans sa chambre, Preshy ouvrit les rideaux. La Salute se profilait sur le Grand Canal, son dôme éclairant le ciel comme la lune. Décidément, elle avait beau essayer, elle avait du mal à échapper à son passé. Accablée, elle noya son chagrin sous une douche, où ses pleurs se mélangèrent à l'eau. Son cœur guérirait-il jamais de Bennett ? Et qu'est-ce que Lily pouvait bien avoir à lui révéler à son sujet ?

46

Lorsque Lily se réveilla d'un sommeil profond à défaut d'être réparateur, l'après-midi se terminait. Elle jeta un coup d'œil sur son téléphone, se rappelant qu'elle l'avait éteint. De toute façon, elle n'avait pas de messages. Se redressant, elle scruta l'obscurité de la chambre d'hôtel avec appréhension. Elle ne se sentait toujours pas en sécurité ; elle avait l'impression que des yeux la guettaient et qu'une menace planait au-dessus d'elle, même si, en toute logique, personne ne pouvait savoir où elle se trouvait. Hormis sa cousine, Preshy, qui, elle l'espérait, était en route pour venir à sa rencontre.

Un peu plus tard, après avoir pris une douche et s'être habillée, elle envisagea d'appeler le service d'étage. Quelle idée ridicule ! se réprimanda-t-elle. Elle était à Venise, l'une des merveilles du monde, une ville qu'elle ne connaissait pas. Elle devait sortir voir sa glorieuse beauté et goûter à ses spécialités.

Elle enfila des ruelles étroites et animées qui la menèrent place Saint-Marc, où elle admira la grandiose basilique et la perspective sur le Grand Canal et la lagune. Elle entendit de la musique et elle entra, cherchant à deviner la splendeur des lieux dans la pénombre. Une lumière dorée illumina soudain l'immense église. Une messe allait commencer et, immobile, Lily ouvrit grands les yeux et les oreilles pour s'emplir du cérémonial, admirant sa majesté, le grand autel et les chants du chœur qui montaient. Fascinée par les mosaïques, le scintillement de l'or, les madones, les saints dans leurs niches, elle oublia tout : les nuits glaciales et secrètes sur les tombes ancestrales, les objets d'art volés, la trahison, la violence, les menaces, la terreur ; tous ses souvenirs honteux l'abandonnèrent. Une immense paix l'envahit et, soudain sereine, elle se surprit à prier pour que ce sentiment reste toujours en elle.

Un long moment passa. Puis, quittant la basilique, Lily longea le canal, perdue dans les souvenirs de toutes ces années de lutte pour gagner sa vie, et elle pensa à son avenir, une fois qu'elle aurait vendu le collier. Un nouveau monde s'ouvrirait à elle. Pourvu que Preshy ne tarde pas trop ! Elle devait vraiment lui parler – du collier, bien sûr, mais elle avait tant d'autres choses à lui dire.

Elle tourna au coin d'une ruelle isolée et déboucha devant un petit restaurant. Séduite par la simplicité du décor de la salle en bois sombre, elle y entra et commanda des pâtes aux coques et un verre de vin blanc. Puis elle s'attarda devant son espresso, pour une fois en paix avec elle-même, convaincue qu'elle n'était pas suivie.

Lorsqu'elle sortit de la trattoria, il faisait nuit et la ruelle était déserte. Elle hâta le pas, impatiente de gagner une rue plus large, et sourit lorsque le Grand Canal lui apparut, scintillant sous une lune presque pleine. Avec un profond soupir de contentement, elle s'arrêta pour contempler l'horizon sur lequel se découpaient les dômes et les pinacles, l'eau sombre qui glissait avec une infinie lenteur. Jamais elle n'oublierait cet instant.

Le coup sur la tête la prit totalement par surprise. Elle poussa un cri et porta les mains à son crâne, où le sang chaud coula entre ses doigts. Tout s'était soudain obscurci. Comme si les lumières de Venise s'éteignaient une à une. Sentant qu'on la poussait dans le dos, elle tituba, vacilla sur la berge puis, sous l'effet d'une autre poussée, tomba dans le canal comme dans un grand trou noir. L'eau se referma autour d'elle avec à peine une ondulation.

Le crime parfait.

47

Preshy se sentait nerveuse. Elle décida de sortir faire un tour et passa un jean, un pull et des bottes. Comme il faisait froid, elle mit le manteau haute couture blanc en laine que lui avait offert tante Grizelda.

Elle enroula deux fois son long cache-nez autour de son cou, laissant les extrémités pendre jusqu'à ses genoux, comme elle l'aimait. Sa tante lui aurait sûrement fait remarquer que son écharpe gâchait la ligne du coûteux manteau. Ensuite, elle descendit et sortit du Bauer par la porte donnant sur la rue.

Frissonnant dans le vent glacial de la nuit, elle commença à flâner sans but dans les ruelles étroites. À chaque tournant, elle retrouvait un souvenir. Tout, à Venise, respirait le romantisme : les pavés sous ses pieds, le stuc qui s'écaillait sur les murs des *palazzi* ; l'odeur du café et des feux de bois, les arômes de pizza, de pain, de vin ; les vitrines des boutiques offrant un million de tentations. Et, partout, le murmure de l'eau qui, sans fin, venait laper les contours de la ville mordant sur la lagune. Ici, elle avait l'impression de voyager dans le temps.

Au détour d'une rue, elle tomba sur le Palazzo Rendino. Machinalement, ses pas l'avaient portée jusque-là. Mais, contrairement au soir des festivités de son mariage, aucune chandelle ne brillait à ses fenêtres, et la petite place était plongée dans l'obscurité. Sentant la douleur la transpercer à l'endroit où se trouvait son cœur avant qu'il ne vole en éclats, elle ferma les yeux. Au moment où elle les rouvrit, elle aperçut la silhouette d'un homme brun, de haute taille, qui s'évanouissait au coin d'une rue.

— Bennett ! s'écria-t-elle.

Oh, mon Dieu ! Serait-ce possible ? Elle se mit à courir dans la direction de la ruelle, mais n'y découvrit qu'une femme âgée qui promenait son chien. Revenir sur ces lieux avait dû affoler son imagination et provoquer une hallucination, c'était tout.

Elle retourna d'un pas lent vers l'entrée du Palazzo, à l'endroit où Bennett et elle s'étaient tenus enlacés, la veille du mariage. Elle se rappelait ses paroles exactes, ce soir-là, avant de l'embrasser. « Demain, mon amour », avait-elle dit, et il avait répondu : « Demain. Je brûle d'impatience. »

Et elle ne l'avait jamais revu !

Malgré cela, au fond de son cœur, elle ne pouvait s'empêcher d'espérer l'avoir vraiment aperçu. Elle voulait croire qu'il y avait encore quelque part une lueur d'espoir, une explication logique, que tout allait s'arranger. Elle voulait tellement entendre ses excuses, qu'il lui dise à nouveau qu'il l'aimait, que tout allait redevenir comme avant. Mais, bien sûr, c'était impossible !

En proie à un immense sentiment de solitude, Preshy émergea de la ruelle sombre et étroite sur la splendide perspective de la place Saint-Marc inondée de lumière. D'un côté, la grandiose basilique illuminée et, de l'autre, les vieilles arcades de pierre dont la couleur rappelait celle du miel liquide. Devant elle se déployait la plus belle vue de Venise, le Grand Canal avec, au loin, sous leur voile de brume, les îles et la lagune.

Elle se mêla à la foule affairée qui se pressait au milieu des bruissements d'ailes des pigeons. De la musique s'échappait des deux cafés rivaux, le Quadri et le Florian. En été, leurs tables et leurs chaises envahissaient la place, mais le froid de janvier avait forcé tout le monde à rentrer. Hormis les pigeons, que tante Grizelda appelait les « rats ailés ».

Décidant que, par cette nuit glaciale, elle avait besoin de la spécialité vénitienne, un *espresso* à la *grappa*, Preshy poussa les portes vitrées ornées de dessins qui ouvraient sur la salle à dorures et velours rose du Quadri. Elle se retrouva dans un nuage de fumée de cigarette, de conversations, de rires et de musique. Un quatuor à cordes jouait Cole Porter, un autre habitué de Venise, même si *Night and Day* au violon pouvait surprendre.

Entendant son nom, elle leva les yeux et aperçut Sam, installé à une table, à côté de la fenêtre couverte de buée, face à ce qui ressemblait à une double vodka *on the rocks*.

— Salut ! s'écria-t-elle, rayonnante, en le rejoignant d'un pas vif pour s'asseoir en face de lui.

— J'ai eu l'impression qu'il était temps de prendre un verre, déclara-t-il. Qu'en dites-vous ?

— *Espresso alla grappa*, répondit-elle.

Il fit signe au serveur qui s'affairait et, l'œil amusé, la regarda dérouler son long cache-nez.

— Vous faites très italienne, fit-il alors, admirant le manteau blanc.

— Normal, c'est un Valentino. Le cadeau de ma tante, ajouta-t-elle, elle ne supportait pas la peau de mouton.

— On s'y fait pourtant...

À sa grande surprise, ils partirent tous deux d'un éclat de rire, comme deux vacanciers insouciants, loin de leurs rôles d'apprentis détectives venus à Venise résoudre une énigme.

— Toujours pas de Lily, constata Preshy. C'est vraiment la plus mystérieuse des femmes.

— Un mélange de Greta Garbo et de Mata Hari, approuva Sam.

Le serveur apporta le café-grappa et ils trinquèrent et se dirent « *salute* », à l'italienne. Puis Preshy demanda à Sam ce qu'il pensait de la ville.

— Y a-t-il des mots pour la décrire ? demanda-t-il. On ne peut pas imaginer qu'il existe une telle merveille au monde avant de l'avoir vue. Même Canaletto ne nous en donne qu'un aperçu. Des merveilles d'architecture qui se reflètent sur une eau argentée, un ciel si bas qu'il donne l'impression de planer sur la ville, comme si une échelle pour le paradis attendait tous ses visiteurs.

Elle le regarda, pleine d'admiration.

— Vous mettez en paroles des sensations que je suis incapable d'exprimer.

— Les mots sont le travail d'un écrivain.

Il avala une gorgée de vodka, et elle se dit qu'il en buvait vraiment beaucoup. Elle passa un coup de téléphone à l'hôtel pour savoir si elle avait un message, mais personne ne l'avait contactée. Ils s'attardèrent donc à leur table, échangeant leurs impressions sur Venise, avant de s'aventurer de nouveau dans le froid.

Le brouillard roulait sur la lagune en vagues énormes et cotonneuses qui laissaient des gouttes scintillantes dans leurs cheveux. Sam enlaça la taille de Preshy et, blottis l'un contre l'autre, ils se hâtèrent par les rues – des inconnus gelés partageant une certaine intimité. La jeune femme s'étonna de constater qu'elle aimait le contact de ce corps près du sien.

— J'ai faim, déclara Sam. Puisque Lily n'a toujours pas donné signe de vie, allons dîner.

Ils prirent le *vaporetto* jusqu'au Rialto, et Preshy l'emmena dans un restaurant qu'elle connaissait, un ancien monastère où, sous un plafond voûté éclairé de flambeaux, ils dînèrent de crabes-araignées et du classique foie de veau à la vénitienne, aux petits oignons. Sam lui demanda de choisir le vin et elle opta pour un simple pinot grigio des collines de Vénétie qui, admit-il, allait avec tout ce qu'ils avaient choisi. Quant à elle, elle était si absorbée par leur conversation sur Venise qu'elle en oublia complètement Lily.

49

Assise en face de Bennett dans le bar de l'hôtel, Mary-Lou en était à son troisième *espresso*.

Il fit signe au serveur de lui apporter une deuxième grappa et en commanda une pour sa compagne.

— J'ai l'impression que tu en as besoin, fit-il avec une moue dédaigneuse – son vrai visage, supposa-t-elle. Cette grimace n'avait rien à voir avec le sourire au charme sensuel auquel elle avait si souvent eu droit jusqu'ici.

Elle avala néanmoins la liqueur, si forte qu'elle en frissonna. Son sac en daim noir était posé sur la table, le Beretta dissimulé à l'intérieur dans une ridicule housse en satin rose. Elle le prit et le mit sur ses genoux. Cela lui donnait un sentiment de sécurité.

— Notre seul espoir est que Lily ait caché le collier dans sa valise ou dans le coffre-fort de sa chambre, commença Bennett en la fixant d'un regard dur et impénétrable. Nous avons sa clé. Nous allons y monter ensemble pour fouiller ses affaires. Si la femme de chambre te voit, elle croira que tu es Lily.

Mary-Lou savait qu'il ne la laisserait pas s'y rendre seule. Il lui avait clairement fait comprendre qu'il ne la perdrait pas de vue une seconde. Avec un frisson, elle caressa du bout de ses doigts la bosse que formait le Beretta. Elle haïssait Bennett. Elle le tuerait plutôt que de lui donner le collier.

Ils se dirigèrent vers l'ascenseur, enfilèrent le couloir et entrèrent dans la chambre de Lily. La femme de service les salua d'un *buona sera* distrait. Une lampe était allumée et le lit avait été préparé. Tout était en ordre. La valise de Lily était sur le porte-bagages. À l'évidence, elle n'avait même pas pris la peine de la défaire. Mary-Lou la fouilla rapidement.

Elle leva les yeux vers Bennett, qui, debout, les bras croisés, l'observait.

— Il n'est pas là, dit-elle.

— Regarde dans le coffre.

Elle obéit, mais il était vide. Lily les avait doublés. Mary-Lou s'assit sur le lit et commença à pleurer. Elle était allée jusqu'au point de non-retour pour rien !

Sans ajouter un mot, Bennett quitta la chambre, puis l'hôtel. Il exécrait Mary-Lou. Elle ne lui était plus d'aucune utilité. Elle ne valait même pas la peine qu'il prenne le risque de la tuer. Elle était trop impliquée désormais pour aller trouver la police. Elle ne dirait rien. Elle avait joué sa partie, elle rentrerait gentiment chez elle et il n'entendrait plus jamais parler d'elle.

Ce soir-là, des heures durant, il arpenta les ruelles sombres de Venise, tournant et retournant la même question dans sa tête. Où Lily avait-elle mis le collier ? Tout à coup la réponse lui apparut, limpide. N'avait-elle pas quitté Shanghai pour se rendre à Paris ? Elle avait dû envoyer le précieux bijou à sa cousine – Preshy Rafferty, qui devait donc, aujourd'hui, se trouver en sa possession.

50

De retour à leur hôtel, Sam et Preshy montèrent dans la chambre de la jeune femme pour vérifier si elle avait des messages, mais le voyant rouge du téléphone ne clignotait pas. Preshy appela la chambre de Lily. En vain.

Découragée, elle s'assit sur le rebord du lit.

— Qu'allons-nous faire, maintenant ? demanda-t-elle d'un ton inquiet en regardant Sam.

Il leva les mains avec lassitude.

— Je suggère d'essayer de dormir et de refaire une tentative demain matin.

Ils se dirent bonne nuit, mais, tenaillée par l'inquiétude et incapable de trouver le sommeil, Preshy téléphona à Boston et raconta à Daria ce qui se passait. Bien sûr, à l'instar de Sylvie, son amie s'alarma, et son appréhension monta d'un cran lorsqu'elles en arrivèrent à parler de Bennett.

— Preshy, qu'es-tu allée faire à Venise ? demanda-t-elle. C'est le problème de Lily Song, pas le tien. Tout ça ne me dit vraiment rien qui vaille. Surtout en ce qui concerne Bennett. Tu disais avoir tourné la page.

— Mais je suis la seule à pouvoir aider Lily. Elle n'a personne d'autre, je t'assure, fit valoir Preshy. De plus, je suis secondée par un nouvel ami. Il s'appelle Sam Knight. Tu as peut-être entendu parler de lui ? ajouta-t-elle avec un petit sourire.

— Comment ? Tu es avec Sam Knight ? Mon Dieu ! Mais comment l'as-tu rencontré ?

— Tu ne vas pas le croire. Comme si l'histoire se répétait, je suis tombée sur lui à La Coupole, samedi soir, dans une tempête de neige.

— Tu es « tombée » sur Sam Knight ? répéta son amie, stupéfaite.

— Oui. Et alors ? Il était bloqué à Paris, pas de vol, l'aéroport fermé. Pourquoi ? Quel est le problème ?

Le soupir de Daria parvint à l'oreille de Preshy.

— Je dois t'accorder une chose : tu sais les choisir ! railla-t-elle.

— Pour l'amour du Ciel, que veux-tu dire par là ?

— Tu ne connais pas l'histoire ?

— Mais quelle histoire, enfin ? s'énerva Preshy.

— À mon avis, ça ne va pas te plaire. Il y a environ trois ans, la femme de Sam Knight a disparu.

— Disparu ? répéta Preshy, à son tour stupéfaite. Comment ça, disparu ?

— Laisse-moi te raconter, commença Daria. Sam a dit à la police qu'il avait vu sa femme pour la dernière fois chez eux – une maison sur la plage. Il était sorti pêcher. Il avait un petit bateau et, d'après lui, il pêchait souvent la nuit. Comme sa femme n'aimait pas la mer, elle ne l'accompagnait jamais. Il l'aurait donc laissée seule avec leur chien, un berger allemand, Gent. Tu vois, je me souviens même du nom du chien.

L'histoire a fait la une des médias pendant des semaines.

Preshy agrippa le combiné.

— Que lui est-il arrivé ? la pressa-t-elle.

— Il n'y avait aucun signe de violence, rien n'avait été dérangé, pas d'effraction. Le chien, qui, toujours d'après Sam, adorait sa maîtresse, n'avait pas bougé. Le lit n'avait pas été défait, la télévision était allumée. Mais elle, elle avait disparu, purement et simplement, comme dans l'un de ses romans policiers, expliqua Daria d'un ton lugubre. Les experts médico-légaux ont mis la maison sens dessus dessous sans rien découvrir. Et Leilani Knight n'a plus jamais réapparu. Je crois que la police s'intéresse toujours à Sam. Il n'a jamais été inculpé, mais tout le monde pense que, cette nuit-là, il l'a tuée. Cela dit, le corps de Leilani n'a jamais été découvert.

— Je suis sûre qu'il ne l'a pas tuée, affirma Preshy d'une voix tremblante.

Pourtant, à la réflexion, elle ne put s'empêcher de se demander pourquoi Sam se montrait aussi mystérieux au sujet de son passé.

— Peut-être est-elle partie avec un autre homme, suggéra-t-elle, se raccrochant à des chimères, parce qu'elle était incapable de croire qu'il ait pu jouer le moindre rôle dans la disparition de sa femme.

— Tu penses sérieusement que si elle s'était enfuie avec quelqu'un on ne l'aurait pas retrouvée, après trois ans ? insista Daria. Et je vais te dire autre chose : Sam Knight n'a pas écrit un mot depuis.

Preshy continuait de serrer le combiné de toutes ses forces. Au fond d'elle, elle savait que son amie racontait la vérité. Voilà pourquoi Sam était aussi réticent à l'idée de parler de Leilani. Il l'avait tuée. D'une petite voix lasse, entrecoupée de larmes, elle reprit :

— Jusqu'à maintenant, ma vie était simple. Et aujourd'hui, je me retrouve de nouveau à Venise, avec Sam cette fois, à la recherche de Lily. Et je me demande pourquoi il m'a accompagnée. Tu penses qu'il pourrait savoir quelque chose sur elle ? Ou sur Bennett ? Je ne sais plus quoi faire.

— Sois prudente ! l'avertit Daria. Et prends le prochain vol pour Paris. Seule. Je t'en supplie, laisse Sam Knight à Venise et va-t'en.

Après le lui avoir promis, Preshy salua son amie. Elle éteignit la lampe et s'allongea dans la pénombre, dans un état de tension extrême.

Le visage mince de Sam lui revint en mémoire. Les yeux marron derrière ses lunettes, son profil sévère et distant, alors qu'il conduisait sur l'autoroute du Soleil, dans cette longue nuit noire. Elle repensa à la coïncidence qui l'avait amené à venir s'asseoir à côté d'elle à La Coupole, quand la célèbre salle était à moitié vide. Exactement comme l'avait fait Bennett. Et sa décision si soudaine de l'accompagner à Venise. Comment l'expliquer ? se demandait-elle maintenant. Sam savait-il quelque chose qu'elle-même ignorait ? Était-il possible qu'il soit impliqué dans cette histoire avec Lily ? Et dans la disparition de sa femme ?

Seigneur ! Elle était à Venise en compagnie d'un homme soupçonné de meurtre, à la recherche d'un autre homme vraisemblablement impliqué dans un autre meurtre. Qu'avait-elle fait pour mériter cela ?

51

Sam ne savait plus ce qu'était le sommeil. Il avait bu toute la nuit et il faisait encore sombre lorsque, peu après six heures du matin, il quitta l'hôtel pour revenir sur ses pas, le long de la *fondamenta*, l'allée longeant le canal. Il n'y avait pas âme qui vive et le clapotis de l'eau semblait à l'unisson de ses pas solitaires.

Au bout d'un moment, il se mit à pleuvoir, des gouttes glaciales qui le trempèrent jusqu'aux os. Il releva son col, ferma sa veste et continua sa route, indifférent. Il était seul avec les chats errants, petites ombres blotties près des fontaines et sur les marches des églises, attendant qu'à l'aube la vie reprenne.

Le Grand Canal commençait à s'animer un peu : les bateaux de livraison de fruits et légumes se dirigeaient vers le marché du Rialto. Un bateau éboueur passa, quelques *vaporetti* quasiment vides. Et, juste devant lui, une vedette de police aux lumières bleues clignotantes.

Une petite foule s'était rassemblée pour regarder une équipe de sauveteurs qui se débattaient avec une forme inanimée dans l'eau afin de la remonter à bord.

« Sans doute une touriste, fit remarquer un Anglais. C'est le type sur le bateau de livraison de poisson qui l'a repérée. Une Asiatique. Elle a dû passer quelque temps dans l'eau, vu son aspect. Elle aura trop bu, et sera tombée. Ça arrive. Ou bien c'est son petit ami qui l'a poussée », ajouta-t-il avec un rire qui résonna de manière un peu caverneuse sur les bâtiments silencieux.

Sam fit volte-face et se hâta dans le labyrinthe de ruelles jusqu'à un bar. Il s'accouda au comptoir avec les hommes en costume et en bleu de travail qui, leurs journaux pliés sous le bras, buvaient un café et avalaient un *cornetto* avant d'aller travailler. Il commanda un double *espresso* qu'il sucra à profusion, l'avala en vitesse et en demanda un deuxième. Puis il alluma une cigarette, grimaçant à son goût âcre. Ayant arrêté de fumer pendant des années, il avait repris récemment. Il l'écrasa, but son deuxième café, avant d'en réclamer un troisième, impatient que la caféine fasse son effet et éclaircisse son esprit encore embrumé par l'alcool. Lorsqu'il regagna l'hôtel d'un pas vif, il était presque huit heures. Une aube grise et froide se levait sur la ville.

Il s'arrêta à la réception et demanda qu'on lui réserve un vol pour New York, via Paris.

De retour dans sa chambre, il appela Preshy. À sa voix ensommeillée, il devina qu'il l'avait réveillée. Lorsqu'il se présenta, soudain alerte, elle lui dit d'un ton sec :

— N'est-il pas un peu tôt pour téléphoner ?

— J'ai besoin de vous parler, annonça-t-il. Il y a du nouveau.

— Il n'est que huit heures dix. Comment peut-il y avoir du nouveau ?

— Rafferty, habillez-vous ! Je monte, lui intima-t-il. Je vous donne cinq minutes.

Il reposa le téléphone, alluma une cigarette et l'écrasa avec une grimace. Il jeta alors un coup d'œil sur la bouteille de vodka vide, puis un autre en direction du minibar. Non, il ne céderait pas à la tentation. Il avait des choses à régler.

52

Preshy ouvrit à Sam, vêtue d'un jean et d'un T-shirt. Ses cheveux courts étaient pleins d'épis couleur cuivre, et, avec ses yeux pâles cernés de cercles sombres, elle avait l'air épuisée.

Sans dire un mot, elle le précéda dans la chambre ct s'assit. Elle ne le quittait pas du regard. Il retira sa veste de cuir trempée et plaqua ses cheveux mouillés en arrière.

— Eh bien ? fit-elle d'un ton distant.

À cet instant précis, « glaciale » était l'adjectif le plus approprié pour la décrire. Sam se demanda pourquoi un tel revirement d'humeur. Prenant une chaise, il s'assit en face d'elle. Elle se détourna, mais il se pencha vers elle, les mains plaquées sur ses genoux écartés. Lorsque, finalement, comme à regret, elle reposa les yeux sur lui, il déclara :

— La police a trouvé le corps d'une femme asiatique dans le canal ce matin.

Elle le dévisagea, interloquée.

— Tout me porte à croire qu'il s'agit de Lily, continua-t-il.

— Mon Dieu ! chuchota-t-elle. Je le savais. Je savais qu'il se passait quelque chose d'anormal.

Soudain soupçonneuse, elle lui demanda, l'œil inquisiteur :

— Comment êtes-vous au courant ?

— J'étais là par hasard quand ils ont repêché son cadavre dans le canal, très tôt ce matin.

— C'est ça ! Par le plus grand des hasards, vous vous promeniez, avant l'aube, juste à l'endroit où la police a découvert un cadavre, qui serait sans doute Lily ? Il ne vous semble pas que cela fait beaucoup de coïncidences, Sam ? Vous n'avez toujours pas retrouvé votre femme, mais Lily, elle, si, et tout de suite ! Et Leilani, que lui est-il vraiment arrivé ? Le même genre d'infortune qu'à Lily ? Ou êtes-vous incapable de le reconnaître ?

Il haussa les épaules. Voilà qui expliquait la soudaine froideur de Preshy.

— Puisque, de toute évidence, vous connaissez l'histoire, pourquoi vous fatiguer à me poser des questions dessus ?

— Parce que j'ai besoin de l'entendre de votre bouche, rétorqua-t-elle.

— La vérité, rien que la vérité, c'est que la disparition de Leilani me hantera jusqu'à la fin de mes jours, fit-il d'un ton amer.

— Je crois bien que oui, acquiesça-t-elle.

Il se leva et se dirigea vers la porte. Il sembla hésiter, réfléchir. Puis, les mains dans les poches de son jean, il se retourna, fixant le sol en silence.

— Ma femme était dépressive, finit-il par dire. Elle était fragile, timide, évanescente comme une nymphe des bois. Sereine un instant, et la minute suivante en proie au plus profond désespoir. Ce soir-là, comme elle m'en avait menacé des dizaines de fois, elle m'a quitté. Elle ne voulait plus être un poids pour moi, comme elle avait coutume de le dire. « Quel poids ? » demandais-je, irrité de voir qu'elle ne comprenait pas que je l'aimais, que c'était tout ce qui comptait. Mais Leilani détestait la mer. Elle en avait peur. C'était ce qui l'avait poussée à des kilomètres de Hawaii ; elle ne supportait pas le bruit du ressac. Pour elle, Santa Fe était un îlot de paix loin de l'océan. Mon égoïsme l'en avait éloignée.

» Je ne sais pas ce qui est arrivé à Leilani. Je sais juste qu'au petit matin, quand je suis rentré de ma sortie en mer, elle n'était plus là. Mais j'ai deviné qu'elle avait fini par passer à l'acte : elle m'avait quitté pour ne plus être un poids. Seulement, elle n'avait laissé aucun message, aucun mot d'explication.

Il leva les yeux vers Preshy.

— Leilani était très réservée. Il m'était impossible de l'humilier en déballant ses tourments personnels au monde entier. Les médias en auraient fait des gorges chaudes. Du coup, je n'ai rien dit et on m'a rendu responsable de sa disparition.

Avec un haussement d'épaules, il reprit :

— Ce n'était que justice. Après tout, c'était moi, le coupable. Je l'avais arrachée à l'endroit où elle avait trouvé la paix pour l'emmener vivre dans un lieu qui a fini par la rendre folle.

Il avait l'air si accablé que, malgré sa méfiance, Preshy se sentit submergée par la compassion.

— Vous pensez que…

Elle hésita, ayant peine à prononcer les mots.

— … qu'elle s'est tuée ?

— Je n'y pense pas, répondit-il d'un ton abrupt. Du moins, j'essaye de ne pas y penser. Dans la journée, en tout cas.

Elle savait ce que cela voulait dire. La nuit, dans la solitude de l'obscurité, les souvenirs avaient une façon de revenir vous hanter, tous les « Pourquoi ? » les « Pourquoi pas ? », les « Si seulement… »

— Je comprends, affirma-t-elle.

Elle voulait le croire, mais elle doutait encore. Il croisa son regard. Ses yeux, derrière les lunettes, étaient très froids.

— Vraiment ? demanda-t-il, indifférent, comme s'il se fichait désormais de ce que l'on pensait de lui.

Haussant les épaules, désabusé, il se rassit en face d'elle.

— En attendant, il faut que nous parlions de Lily.

53

Il retira ses lunettes et se frotta les yeux d'un air las.

— Il va falloir aller voir la police, commença-t-il. Lui dire que vous étiez censée rencontrer votre cousine ici, et que vous pensez qu'il s'agit de son corps.

Il la fixa d'un air grave.

— Ils vont vous demander de l'identifier.

Elle poussa un petit cri horrifié.

— Mais je ne sais même pas à quoi elle ressemble !

— Son passeport doit être à la réception ou dans sa chambre, répliqua-t-il avec logique.

Il n'ajouta pas que, de toute façon, un cadavre ayant séjourné un certain temps dans l'eau était méconnaissable, bouffi, et que Lily ne ressemblerait plus en rien à la photo de son passeport. Il n'ajouta pas non plus que ses empreintes digitales et sa denture seraient peut-être les seuls éléments susceptibles d'établir son identité.

Les mains tremblantes, Preshy se servit un verre de San Pellegrino. L'eau était chaude et le gaz s'était échappé ; elle fronça le nez de dégoût.

— Ils vont procéder à une autopsie immédiate pour établir les causes du décès, expliqua-t-il. Ensuite, le corps sera remis à la famille. Donc à vous.

Preshy prit sa tête entre ses mains. Elle allait devoir identifier le corps, s'occuper des formalités, faire transporter Lily à Shanghai pour l'enterrement. Que n'aurait-elle donné pour voir ce cauchemar se terminer ! Mais il ne faisait que commencer.

— Vous feriez mieux d'y aller et de vous débarrasser de cette corvée, fit Sam en jetant un coup d'œil sur sa montre.

Essayant de contrôler ses nerfs, Preshy enfila son manteau blanc Valentino et enroula le cache-nez deux fois autour de son cou. Lily était sa cousine, elle devait s'occuper d'elle. C'était son devoir et c'était ce qu'aurait voulu grand-père Hennessy.

— Tout ira bien, affirma Sam d'un ton rassurant.

Elle lui adressa un bref regard.

— Vous ne venez pas avec moi ? lui demanda-t-elle, soudain inquiète.

— Je ne peux pas, répondit-il, placide.

Elle le fixa, abasourdie. Cet homme était impliqué dans toute cette histoire. Il ne pouvait pas l'abandonner comme ça, la laisser reconstituer, seule, ce puzzle macabre.

— Vous avez en face de vous un homme qui est déjà passé par là, expliqua-t-il. Je suis désolé, Rafferty, mais il va vous falloir gérer seule la situation.

Ils restèrent un long moment à se regarder en silence. Puis il lui serra la main et sortit de la chambre. Il est aussi sorti de ma vie, se dit Preshy, le cœur soudain lourd. Pour toujours.

294

54

Parvenant, sans trop savoir comment, à reprendre ses esprits, Preshy décida, pour commencer, d'appeler tante Grizelda sur son portable pour lui annoncer la terrible nouvelle.

— Ne bouge pas, lui intima sa tante. Mimi et moi serons là dans quelques heures. Et je vais demander à mon avocat de nous accompagner.

La jeune femme suivit son conseil et attendit dans sa chambre en faisant les cent pas. Pensive, elle tourna et retourna les mots de Sam dans sa tête. Bien sûr, elle le comprenait. Un homme qui avait été soupçonné de meurtre ne pouvait se permettre d'être impliqué dans un autre : son passé en ferait facilement de nouveau un suspect.

Troublée, elle se demandait aussi ce qui avait poussé Sam à lier connaissance avec elle. Et Bennett, dans tout ça ? Le romancier en savait-il plus long qu'elle sur son ex-fiancé ? Et quel était l'objet si convoité qui avait provoqué le meurtre de Lily ? Son assassin détenait-il maintenant ce qu'il cherchait ?

La folie la guettait. Les nerfs en pelote, elle passa son manteau et partit en quête d'un café. Elle avait la migraine. Comme elle regrettait que Lily ne soit pas restée une inconnue ! Et que le mystérieux Sam Knight, à l'histoire aussi trouble que celle de sa cousine, ait croisé son chemin. Comment avait-il pu l'abandonner ? Elle le maudit. Il était présent quand le corps de Lily avait été repêché. Il faisait partie de cette lugubre aventure, le salaud ! Il n'avait pas le droit de quitter Venise !

Que diable suis-je venue faire dans cette ville qui commence vraiment à m'évoquer de mauvais souvenirs ? songea-t-elle, calfeutrée dans la chaleur du Florian, devant un café à dix dollars. Elle aurait voulu être n'importe où ailleurs.

Tante Grizelda arriva quelques heures plus tard à bord d'un avion privé emprunté à un ami, accompagnée de son avocat, M\ :superscript:`e` Hugo Deschamps.

— Tu as une mine à faire peur, chérie !

Telles furent ses premières – et réconfortantes – paroles.

— Et où est passé le chevalier servant ?

— Je suis brisée, répondit Preshy en enfouissant son visage dans l'épaule parfumée de sa tante pour, enfin, donner libre cours à ses pleurs. Quant au chevalier servant, il est reparti pour New York, me laissant affronter l'orage seule. Je ne peux pas l'en blâmer, ajouta-t-elle en regardant sa tante d'un air las, les joues baignées de larmes. Il est déjà passé par tout cela quand sa première femme s'est évanouie dans la nature.

— Quoi ? cria Mimi alors que tante Grizelda restait bouche bée.

Preshy n'eut d'autre choix que de leur raconter toute l'histoire.

— Il est donc suspect dans la disparition et peut-être le meurtre de sa propre femme. Une « personne intéressante », c'est ainsi que la police qualifie ce genre de personnage.

— Imaginez ! Un homme aussi sympathique, s'étonna Mimi en repensant à leur agréable déjeuner au Chantecler.

Avec un reniflement de dédain, Grizelda déclara que, pour elle, tous les hommes étaient pareils, qu'aucun n'était digne de confiance, et que Preshy avait vraiment le don pour tomber sur les moins fiables.

— Mais Me Deschamps est une exception, bien sûr, affirma-t-elle avec un sourire mielleux à l'intention de l'avocat.

L'homme de loi aux tempes grisonnantes était grand et imposant. Fort d'une expérience de quarante ans en droit criminel, il s'était illustré dans plusieurs célèbres procès pour meurtres.

— Merci, comtesse, répondit-il avec un petit salut respectueux. Mais maintenant je dois accompagner votre nièce au poste. Et vous, ma chère, ne dites pas un mot. Je me charge de tout, ajouta-t-il en s'adressant à la jeune femme.

Preshy promit de ne pas ouvrir la bouche. Les tantes devaient rester là. En effet, l'avocat savait d'expérience qu'il n'aurait aucun contrôle sur Grizelda s'il lui prenait de se mettre à parler. Ils décidèrent donc de se retrouver plus tard au Harry's Bar.

Grâce à Me Deschamps, l'entretien au poste de police fut moins éprouvant que ne l'avait craint

Preshy. Ainsi qu'il l'avait promis, il assura toute la conversation, se contentant d'expliquer que sa cliente avait rendez-vous avec sa cousine de Shanghai. Ce faisant, il jetait de brefs coups d'œil à la jeune femme pour qu'elle confirme de la tête son histoire.

Le commissaire déclara que la noyade d'une touriste dans un canal n'était pas un mystère difficile à éclaircir et que Lily avait probablement trop bu. De toute façon, les circonstances exactes du décès seraient établies lors de l'autopsie, qui devait avoir lieu le lendemain. Il leur promit les résultats pour le jour suivant et les remercia pour leur aide.

— Alors, qu'en pensez-vous ? demanda Preshy à Me Deschamps dans le *motoscafo* qui les emportait vers le Harry's Bar.

— Bien sûr, tout dépend de l'autopsie, répondit ce dernier. S'il s'avère que des coups lui ont été portés, vous serez interrogée de nouveau. Mais si la cause de la mort se révèle accidentelle, je doute que nous réentendions parler de la police, reprit-il en haussant les épaules avec dédain. Je vous conseillerai alors d'oublier définitivement Lily Song.

Une fois devant le Harry's Bar, l'avocat aida Preshy à descendre du *motoscafo* et lui dit :

— Et si nous allions goûter l'un de ces fameux *bellini*, maintenant ?

Le *bellini*, un cocktail à base de champagne et de pêches fraîches pressées, avait été inventé par le célèbre barman Harry. Si, l'hiver, les fruits pressés étaient remplacés par du jus en bouteille, le breuvage restait un délice et glissa comme du velours dans la gorge nouée de Preshy.

Espèce de salaud, tu m'as abandonnée, lança-t-elle à Sam en son for intérieur, tandis qu'elle attaquait son troisième *bellini*. Je sais bien pourquoi, mais c'était lâche de ta part. De toute façon, je ne te fais pas confiance.

— Tu es trop silencieuse, constata Grizelda d'un air soupçonneux. À quoi penses-tu ?

Aussi flamboyante qu'à son habitude, la comtesse portait une robe noire au décolleté fermé par des feuilles de diamant des années 30. Sa mèche rousse à la Rita Hayworth tombait sur un œil vert brillant et coquin. Un vison Fendi, couleur taupe, était étalé sur la banquette voisine, et elle était chaussée d'escarpins à talons hauts nullement adaptés aux pavés de Venise.

— Je me disais que Mimi et toi êtes superbes, mentit Preshy, surtout si l'on tient compte du peu de temps dont vous avez disposé pour préparer le voyage.

— Chérie, tu sais que je peux faire mes valises en dix minutes, montre en main, et être prête pour n'importe quelle occasion, lui assura Grizelda avec un sourire chaleureux. Mais je suis sûre que tu ne nous dis pas la vérité, et que tes préoccupations étaient tout autres.

— Je parie qu'elle pensait à ce serpent de Sam, lança Mimi.

Avec un soupir, Preshy admit que c'était exact.

— Je ne peux pas m'en empêcher, avoua-t-elle. On dirait que je ne tombe que sur des canailles.

Me Deschamps regarda sa montre, puis se leva.

— Si je peux vous donner un conseil, mademoiselle, dit-il en réglant l'addition, c'est de l'oublier. Et d'oublier l'autre, Bennett, si j'ai bonne mémoire. Laissez vos tantes vous présenter des hommes bien, d'un bon milieu. Elles ont beaucoup d'amis et je suis certain qu'elles seront de parfaites entremetteuses.

Les tantes lui adressèrent un sourire radieux, et Grizelda déclara que ce conseil à lui seul valait tout l'argent qu'elle avait pour le payer.

— N'ayez pas d'inquiétude, je vous enverrai ma note d'honoraires, lui promit-il en lui rendant son sourire. Je vais attendre les nouvelles de la police demain, puis je vous téléphonerai et nous envisagerons l'étape suivante.

— Et voilà ! s'écria Grizelda, soulagée. Je savais qu'Hugo prendrait tout en main. Nous n'avons plus besoin de nous inquiéter, ma chérie. Tout ira bien.

— Mais la pauvre Lily ?

— Nous réglerons tout demain, chérie, assura Mimi. En attendant, jouons les touristes et commandons-nous des hamburgers Harry's. J'ai entendu dire qu'ils étaient divins.

55

Le vol que prit Sam pour Paris ne comptait que très peu de passagers. Tandis que l'avion survolait les Alpes et les vertes campagnes françaises, il but de la vodka, chassant délibérément de son esprit les événements des derniers jours.

En regardant autour de lui, il remarqua une Asiatique d'une beauté exceptionnelle, qui lui lança un coup d'œil furtif : ses yeux en amande avaient la chaude couleur de l'ambre. Lorsqu'elle passa devant lui, il vit le mouvement souple de ses cheveux bruns coupés au carré. Qu'est-elle allée faire à Venise ? se demanda-t-il, intrigué. L'idée qu'elle aurait pu connaître Lily parce qu'elle était asiatique était ridicule, mais la coïncidence ne lui échappa pas.

Ses pensées revinrent à Preshy. Il l'avait laissée à Venise pour deux raisons : il ne pouvait pas se permettre de s'impliquer dans l'affaire, et il ne pouvait faire plus pour l'aider. C'était fini. Mais l'était-ce vraiment ? La question le hanta pendant tout le vol.

Il imagina Preshy traitant avec la police, entrant en possession des biens de Lily, s'occupant de faire rapatrier le corps à Shanghai, où il serait enterré.

Il prit un autre verre, mais il était incapable de chasser la jeune femme de son esprit. Même imbibé d'alcool comme il l'était, il entendait sa voix lui dire : « Vous ne venez pas avec moi ? »

Et, quand il fermait les paupières, il revoyait ses yeux d'aigue-marine s'écarquiller avec méfiance, ainsi que les taches de rousseur sur son nez.

L'avion fit un atterrissage mouvementé dans un Paris encore perturbé par la neige. Une fois dans l'aérogare, il prit la direction du comptoir Delta pour embarquer sur le vol de New York. Arrivé à mi-chemin, cependant, il bifurqua et se dirigea vers les guichets de Cathay Pacific, où il parvint à trouver une place sur le vol du lendemain après-midi pour Shanghai, via Hong Kong.

Il annula New York et gagna les boutiques, où il fit l'acquisition de T-shirts et boxers, de deux chemises, d'un pull en cachemire et d'un manteau chaud. Dans un autre magasin, il trouva un sac de voyage dans lequel il rangea ses achats. Il prit alors une chambre au Hilton de l'aéroport, appela le service d'étage pour commander un hamburger, qu'il mangea en regardant le journal télévisé en français. Comme d'habitude, les nouvelles étaient mauvaises. Puis, après une bonne douche, il s'écroula telle une masse sur son lit.

56

Venise

L'image d'un corps de femme flottant à la surface d'un canal hantait les rêves de Preshy. L'eau venait lui lécher le visage, et elle ne voyait pas de qui il s'agissait, mais les bras étaient tendus, les paumes levées, comme si le corps appelait au secours.

Elle se redressa en sursaut, le front moite. Elle jeta un coup d'œil sur son réveil et poussa un grognement. Il n'était que quatre heures trente du matin. Elle se leva, se servit un verre d'eau et se blottit dans un fauteuil pour regarder l'écran blanc de la télévision. Me Deschamps n'aurait pas le résultat de l'autopsie avant des heures. Le temps lui semblerait interminable avant qu'elle sache si le cadavre était vraiment celui de Lily et si elle aurait à identifier une femme qu'elle n'avait jamais rencontrée.

Elle imagina la morgue, l'odeur de formol, la forme féminine recouverte d'un linceul, étendue sur une table d'acier, une étiquette attachée à l'orteil, l'employé soulevant le drap sur un visage mort...

Jamais elle n'arriverait à affronter une telle épreuve. Mais elle le devait. Il n'y avait personne d'autre.

Elle prit une douche et pensa à retourner se coucher. Mais de quoi rêverait-elle cette fois ? De nouveaux cadavres ? De Bennett ? Un frisson d'angoisse la traversa. Au moins, éveillée, elle pouvait tenter de discipliner ses pensées.

Elle avait envie d'un *espresso*, mais elle avait déjà tellement de caféine dans les veines que boire un café supplémentaire ne pourrait que multiplier ses cauchemars. Elle pensa à Sam, qui, à cette heure, devait voler vers New York. Pour un chevalier servant, il se posait là !

Un moment, elle fixa son verre vide d'un œil noir, puis se leva, se dirigea vers la fenêtre et ouvrit le rideau. Le ciel s'était éclairci et le dôme de la Salute scintillait, blanc sous une lune d'argent, réveillant les souvenirs de Bennett et de leur mariage raté.

Épuisée, elle se remit au lit et éteignit la lumière. Il fallait s'armer de patience jusqu'au matin.

À dix heures, elle prenait son petit déjeuner dans la suite de ses tantes quand Me Deschamps téléphona.

— Vous pouvez vous détendre, vous n'aurez pas besoin d'identifier le corps, lui annonça-t-il. Ils ont pu le faire à partir du passeport et des empreintes digitales. Il s'agit bien de Lily Song. Apparemment, elle aurait glissé sur les pavés humides. L'autopsie a conclu qu'elle était tombée et s'était cogné la tête, puis avait roulé, inconsciente, dans le canal. Sa mort a donc été déclarée noyade accidentelle. Alors, maintenant, je vous conseillerais d'oublier ce que Lily vous a dit au téléphone. Ramenez-la chez elle, enterrez-la, et tournez définitivement la page.

— Bien, dit Preshy à ses tantes en raccrochant. On va me remettre le corps. Tout ce que j'ai à faire, c'est l'envoyer à Shanghai pour l'enterrement.

— Mais qui va l'enterrer ?

— Ses amis, sa famille... Elle doit bien avoir quelqu'un. Lily ne pouvait pas être seule au monde. Nous devrions jeter un coup d'œil dans son carnet d'adresses, essayer de savoir qui étaient ses amis.

Mimi fut chargée de trouver une entreprise de pompes funèbres pour fournir un cercueil adapté au transport par avion, pendant que Preshy se renseignait auprès des compagnies aériennes sur les formalités à accomplir dans le cas du rapatriement d'un défunt. Elle se dirigea ensuite vers la chambre de sa cousine, en compagnie de Grizelda.

La valise de Lily était encore pleine. Bouleversée par la petite pile de sous-vêtements, les chaussures en daim noir, le pull, Preshy sentit les larmes lui brûler les paupières. Elle avait devant elle les derniers effets d'une morte.

— Je ne peux pas la laisser rentrer seule, déclarat-elle alors. Je dois au moins assister à son enterrement.

— Dans ce cas, je t'accompagne, s'empressa de dire sa tante.

Mais Preshy savait que, même si Grizelda faisait son possible pour nier son âge avancé, le voyage serait trop pénible pour elle.

— Ce n'est pas la peine, répondit-elle. Je nous représenterai. Je m'occuperai de tout.

Grizelda trouva le petit carnet d'adresses en cuir noir de Lily sur la table de nuit.

— Il vient de Smython, le magasin sur Bond Street, à Londres. Lily avait bon goût, approuva-t-elle.

— Des goûts de luxe, tu veux dire, répliqua Preshy en l'examinant.

Quelques cartes de visite étaient glissées dans le rabat intérieur de la couverture. La plupart étaient au nom de sa cousine. Les autres étaient toutes écrites en chinois, à l'exception d'une. Elle portait le nom de Mary-Lou Chen et indiquait la même adresse que Lily, avec juste un numéro de téléphone différent.

Devinant que Mary-Lou travaillait pour Lily, Preshy appela ce numéro, mais n'obtint pas de réponse. Difficile de laisser un simple message annonçant le décès de Lily. Elle raccrocha et décida de réessayer plus tard.

Pendant ce temps, Mimi s'était arrangée avec la morgue pour que le corps soit prêt à être transporté dès le lendemain. Incapable de prendre le même avion que le cercueil, Preshy choisit un vol via Singapour qui arrivait à Shanghai à la même heure. Grizelda lui réserva une chambre à l'hôtel Four Seasons, puis les tantes reprirent leur avion privé pour Monte-Carlo.

Plus tard, ce même jour, Preshy quitta Venise pour, elle l'espérait, la dernière fois, et s'envola pour Shanghai, la ville de Bennett.

57

Shanghai

Sam devinait que tante Grizelda ne laisserait pas sa
« fille » descendre dans un vieil hôtel miteux.
Lorsqu'il arriva à l'aéroport de Pudong, à Shanghai,
il appela donc les hôtels en commençant par les cinq-
étoiles. Il ne s'était pas trompé. À la réception du Four
Seasons, on lui annonça que Mlle Rafferty était
attendue le lendemain. Et que, oui, une chambre était
libre. Il sauta dans un taxi pour s'y rendre.

Une fois installé, il commanda des fleurs et les fit
livrer dans la chambre de Preshy.

— Quelque chose d'exotique, demanda-t-il au fleuriste. Des orchidées, des pivoines, ce genre de fleurs.

Il joignit au bouquet une carte disant : *« Bienvenue
à Rafferty »*.

Puis il passa une demi-heure au sauna pour
s'éclaircir les idées. Ensuite, revêtu de son manteau
neuf, il descendit à l'accueil, où il pria le réceptionniste de chercher l'adresse et le numéro de téléphone
de Song Antiquities. Il se rappelait le nom sur le colis

que Lily avait expédié à Paris. Un autre taxi l'y emmena.

Le quartier de la concession française offrait un curieux contraste entre son charme désuet, le vacarme de la circulation et son délabrement. Mais les larges avenues ombragées gardaient un certain prestige. Les étroites ruelles, ou *longtang*, étaient envahies par les boutiques, les échoppes, les clubs, les bars et les salons de thé, où, au grand étonnement de Sam, les oiseaux dans les cages suspendues aux arbres étaient nourris de grillons vivants. Des maisons aux toits de tuiles s'alignaient le long des rues, cachées derrière des porches appelés *shikumen*, avec des portes en bois qui donnaient sur de petites cours.

Alors qu'il enfilait la ruelle où se trouvait Song Antiquities, il se mit à pleuvoir. Arrivé à la hauteur du magasin, il recula d'un pas pour examiner les lieux. Par-dessus la haute barrière, il aperçut un toit de tuiles rouges, le sommet de colonnes et une véranda en bois découpé, dans le style Art déco. La maison avait l'air plus grande que les autres habitations de la rue ; il en conclut qu'elle faisait office à la fois de bureau et de résidence privée. Elle était encadrée par un night-club louche et un *noodle shop* animé. Il sonna. Comme il s'y attendait, personne ne lui répondit.

D'un pas vif, Sam regagna l'avenue principale et entra dans un salon de thé pour s'abriter de la pluie. Il commanda ce qu'on lui indiqua être les spécialités, un thé *long jing* et des *shenjian bao*, ou croissants farcis de porc. Il mordit à pleines dents dans l'un d'entre eux, et grimaça en se brûlant la langue avec le bouillon brûlant qu'il contenait. Mais le goût ne lui déplut pas.

Il observa ses voisins, qui parlaient tous mandarin, une langue qu'il n'avait aucun espoir de comprendre un jour. De temps en temps, l'un d'eux jetait un coup d'œil dans sa direction, sans un sourire. S'apercevant qu'il était le seul étranger, Sam eut soudain l'impression d'être un intrus et se leva pour partir. Il héla un taxi et demanda au chauffeur de le conduire au marché.

C'était le soir, et les rues étaient pleines de passants bruyants. L'odeur de l'encens du temple voisin se mélangeait aux arômes des échoppes sur les trottoirs où toutes sortes de mets étaient vendus, grillés, frits ou bouillis.

Il se fraya un chemin dans la foule, étourdi par les milliers de néons ; par la langue aux intonations gutturales, la musique, les gongs et les tambours ; par les enfants qui, portant des ballons, criaient et couraient en tous sens ; par la foule entrant et sortant par flots des temples aux colonnes rouges, richement ornées, où l'on disait la bonne aventure dans des alcôves privées.

Il se dirigea vers l'un de ces lieux où les sages qui lisaient l'avenir tenaient leur commerce et s'intéressa à la publicité pour touristes écrite en anglais ainsi qu'aux coupures de journaux jaunies épinglées sur les murs. Toutes proclamaient le talent de ces voyants.

L'une d'elles vantait le fils du plus célèbre diseur de bonne aventure de Chine, assurant qu'il perpétuait aujourd'hui la tradition de son illustre père.

Tous venaient le consulter quotidiennement, disait la coupure de journal : les nababs et les milliardaires soucieux de choisir le moment propice à leurs opérations financières ; les femmes du monde avides de harponner l'homme sur lequel elles avaient jeté leur dévolu.

Pris d'une impulsion, Sam écarta le rideau de perles de l'un d'eux et entra.

Le diseur de bonne aventure était un petit homme d'une cinquantaine d'années aux yeux fendus et à la peau lisse. Assis derrière une table vide, il indiqua à Sam la chaise face à lui.

Sam s'attendait à le voir prendre un jeu de cartes ou, tout au moins, une boule de cristal, mais le diseur de bonne aventure se contenta d'étudier son visage avec intensité. Sam lui tendit la paume de sa main, mais l'homme dit : « Pas encore », tout en continuant à scruter ses traits. Mal à l'aise, Sam détourna les yeux.

— Je lis votre boîte crânienne, expliqua enfin le voyant en anglais. Votre visage me raconte votre histoire. Je vois que, dans votre enfance, vous avez souffert d'une maladie mortelle.

Sam lui jeta un coup d'œil stupéfait. En effet, il avait été très malade lorsqu'il n'avait que cinq ans.

— Votre esprit est rapide, délié. Vous êtes un créatif, reprit l'homme, toujours aussi sûr de lui. Le succès vous vient facilement. L'argent aussi.

Ses yeux se plissèrent en deux fentes alors qu'il se concentrait sur les traits de son interlocuteur.

— Mais la tragédie vous poursuit, ajouta-t-il d'une voix douce. Vous êtes toujours sous l'emprise d'images de violence, de mort. Elles se multiplient aujourd'hui, loin de chez vous.

Abasourdi, Sam se taisait et le regardait, attendant la suite.

— Vous êtes entouré de mystères. Vous cherchez constamment les réponses.

Le voyant finit par lui prendre la main et fixa sa paume avec intensité.

— Votre ligne de vie est très longue, mais elle comporte des coupures. Là, quand vous étiez très jeune, et là encore, fit-il en désignant les lignes qui s'entrecroisaient.

Il leva vers Sam ses yeux plissés.

— En ce moment, ajouta-t-il.

Tout cela ne disait rien qui vaille à l'écrivain. Mais le diseur de bonne aventure ne s'était pas trompé en évoquant la maladie d'enfance et les mystères qui entouraient Sam.

— Je recherche deux personnes, commença-t-il. Je veux savoir si je les trouverai.

Le Chinois le regarda.

— La première personne que vous recherchez est une femme. Et la réponse est dans votre âme, dit-il d'une voix paisible. Pour la seconde, vous trouverez la réponse chez une autre femme.

Sam le paya, écarta le rideau de perles et sortit, mais il s'arrêta un instant pour réfléchir aux paroles de l'homme. Des gouttes de transpiration couvraient son front. Les odeurs épicées de nourriture étaient entêtantes, et la rumeur de la foule s'amplifiait. À bout de forces, Sam héla un taxi pour rentrer à l'hôtel, où il tomba dans un sommeil de plomb pour rêver de Rafferty, qui serait là le lendemain, avec le corps de Lily.

58

Presque vingt-quatre heures plus tard, Preshy, sous le choc, émergea de l'ascenseur du Four Seasons.

— Madame, un monsieur vous attend au bar, lui annonça le réceptionniste alors qu'elle remplissait sa fiche. Il voulait que je vous prévienne dès votre arrivée.

Le cerveau encore embrumé par les longues heures de voyage dans l'air vicié du tube d'acier, à noyer ses mauvais souvenirs dans du champagne, Preshy, mal à l'aise, se demanda qui cela pouvait être. Elle gagna le bar et, en voyant Sam, son cœur fit un bond dans sa poitrine.

— Que faites-vous ici ?

— Je vous attends, Rafferty, bien sûr, répondit-il.

Elle se percha sur le tabouret de cuir à côté de lui.

— Pourquoi ? demanda-t-elle en le regardant droit dans les yeux – et en notant que ceux-ci, derrière les lunettes, étaient cernés de rouge.

— Parce que vous avez besoin d'aide. Et que je ne peux pas vous laisser affronter cette situation toute seule.

— Ah bon ? fit-elle en haussant les épaules avec dédain. Aux dernières nouvelles, vous ne vouliez pas être impliqué. Quoi qu'il en soit, vous avez une mine effroyable.

— Qui reflète exactement la façon dont je me sens. À propos, que voulez-vous boire ?

— Perrier, avec une rondelle de citron vert, répondit-elle en jetant un coup d'œil désapprobateur sur la double vodka de Sam.

— J'ai eu l'occasion de reconsidérer ma position pendant le vol qui m'emmenait à Paris, déclara-t-il, souriant, en passant les mains dans ses courts cheveux châtains. Disons juste que j'ai changé d'avis.

— Oh ? Et quel rôle a joué Leilani dans ce revirement ?

Il la dévisagea, stupéfait, puis secoua la tête.

— Vous n'étiez pas obligée de remuer ça, Rafferty, répondit-il avec tristesse.

Le serveur apporta le Perrier, et Preshy regarda le fond du verre, l'air honteux.

— Je suis désolée, murmura-t-elle, je n'en pensais pas un mot. Je sais bien que ce qui vous a fait partir c'est de voir Lily dans le canal, bien sûr, reprit-elle lentement, les épaules affaissées par la lassitude. Ils ont rapatrié son corps. Je suis venue l'enterrer, mais je dois d'abord voir si elle avait de la famille, trouver ses amis.

— Je savais que vous agiriez ainsi, et je suis vraiment venu vous aider.

Elle le regarda. Il avait une tête effroyable, mais qui n'avait sans doute rien à envier à la sienne. La jeune femme en était toujours à se demander si elle pouvait lui faire confiance. Après tout, personne ne faisait la

313

moitié du tour de la terre en avion pour venir vous aider à enterrer une cousine sans avoir un bon motif.

— Merci, mais vous n'y êtes pas obligé. Je peux prendre soin de moi, lui lança-t-elle d'un ton sec en descendant de son tabouret.

— Bien. À une autre fois, alors.

— Peut-être.

Elle se fraya un chemin hors du bar bondé et se retourna. Elle voulait croire Sam. Parmi tous les hommes du monde, il a fallu que je tombe sur lui, songea-t-elle. Ne venait-elle pas de prononcer une réplique du film *Casablanca* ? Ou était-ce « de tous les bars du monde... » ? Elle était trop fatiguée pour se le rappeler.

Elle trouva le magnifique bouquet qui l'attendait dans sa chambre. « *Bienvenue à Rafferty* », disait la carte. Cela parvint à la faire fondre un peu. Pas totalement.

59

Preshy avait également trois messages. Elle se débarrassa de ses vêtements et prit une douche. Puis elle se jeta sur le lit, en peignoir, et s'empara du téléphone.

Le premier message était de tante Grizelda : celle-ci lui demandait d'appeler pour dire si elle était bien arrivée et ce qui se passait. Elle racontait aussi qu'en leur brève absence Miaou régnait en maître sur l'appartement et que, désormais, les deux chiens étaient assis par terre, aux pieds de la chatte, qui se prélassait paresseusement sur le canapé, gardant un œil rond et brillant sur eux.

Le second était de Daria : « Qu'est-ce que c'est que ces histoires ? Sylvie m'a raconté que tu étais impliquée dans la mort de Lily à Venise et que tu étais partie à Shanghai enterrer cette pauvre femme ? Elle tient ça de tante Grizelda. Pourquoi ne peux-tu pas oublier tout ça et laisser sa famille et ses amis s'en occuper ? »

Après un silence songeur, Daria reprenait :

« Bon, encore faut-il qu'elle ait des amis ! Si Lauren n'avait pas la varicelle, je prendrais le prochain vol, mais dès qu'elle ira mieux je viendrai te chercher, où que tu sois dans le monde. Et j'espère pour toi que ce sera à Paris, Preshy. Je suis si inquiète, je t'en prie, appelle-moi, dis-moi que tout va bien. »

Le dernier était de Sylvie : « Tante Grizelda m'a tout raconté, faisait sa voix sévère. Ton inconscience me sidère. Qu'est-ce qui te fait penser que tu dois t'occuper de cette femme ? Ses problèmes étaient les siens, pas les tiens, et il se peut que tu sois en danger. »

Mon Dieu ! Elle s'est mise à pleurer, constata Preshy.

« Je prends un avion ce soir, je serai à Shanghai demain, reprenait-elle d'une voix brisée. J'espère que tu es toujours en vie ou que, du moins, je n'aurai pas à te réanimer. La barbe, Preshy ! Je t'aime, sale idiote ! »

Malgré sa fatigue et ses soucis, Preshy se mit à rire. Elles se traitaient toujours de sale idiote quand elles faisaient des bêtises.

Elle éteignit la lumière et s'adossa aux oreillers, essayant de profiter du confort du lit pour soulager son dos ankylosé par le voyage. Si elle n'avait pas été aussi fatiguée, elle se serait fait faire un massage pour détendre sa colonne vertébrale crispée... Mais elle avait trop sommeil.

Le lendemain matin, Preshy se réveilla à cinq heures. Il faisait encore nuit. Elle tira les rideaux et regarda les néons qui clignotaient sur cette ville inconnue, curieuse de savoir ce que la journée lui apporterait. Elle pensa à Sam, courbé sur le bar, un verre à la main. Comment se sentait-il ? Il était sans doute hors d'état. Pourtant, il avait fait tout ce chemin pour venir l'aider, et tout soutien serait le bienvenu. Elle réfléchit encore un instant et décrocha le téléphone, un sourire malicieux aux lèvres. Elle commanda un petit déjeuner complet pour deux. Puis elle appela la chambre de Sam.

— Quoi ? fit une voix ensommeillée.

Son sourire s'accentua. Sam n'avait pas l'air très vif.

— Bonjour, dit-elle en français.

— Qu'est-ce qui se passe ?

Au moins, il était parvenu à articuler une vraie phrase.

— Je viens de dire « bonjour » en français. Vous n'avez peut-être pas compris ?

— Mon Dieu, l'entendit-elle grogner, et elle l'imagina retombant en arrière contre ses oreillers, les yeux toujours fermés. Rafferty, vous avez vu l'heure ? Cinq heures du matin ! N'est-il pas un peu tôt pour une conversation téléphonique, et pour un bonjour dans une langue étrangère ?

— Vous m'avez dit de vous appeler dès que je serais prête... alors... me voilà ! Je vous ai commandé un petit déjeuner, ajouta-t-elle d'un ton allègre. Il devrait arriver d'ici à dix minutes, alors vous feriez bien de vous ressaisir. J'ai pensé que nous pourrions faire une petite réunion, discuter des procédures.

— Hum, je vois ! On se la joue femme d'affaires, aujourd'hui. Hier soir, j'ai cru que vous ne vouliez plus me revoir.

— Comme vous, j'ai changé d'idée, rétorqua-t-elle. Je vous attends dans dix minutes !

Et elle raccrocha.

317

Il arriva un quart d'heure plus tard, en même temps que le garçon d'étage qui apportait le petit déjeuner. Tandis que ce dernier préparait la table, Preshy inspecta l'écrivain. Il avait les cheveux mouillés, mais ses joues étaient toujours couvertes de la même barbe naissante. Et ses yeux derrière les lunettes cerclées d'or étaient cernés. L'alcool ne lui réussissait pas.

— Essayez le jus d'orange, suggéra-t-elle en lui tendant un verre. Il paraît que c'est bon pour la gueule de bois.

Il obéit et la regarda droit dans les yeux.

— Nous avons tous notre manière de calmer nos démons, se justifia-t-il. Pour moi, c'est l'alcool, pour vous, c'est les chats, je suppose.

Elle éclata de rire.

— Vous avez raison, répondit-elle, constatant soudain que la présence ondulante de Miaou lui manquait.

Ils s'assirent face à face à la table. Elle versa le café et, ignorant le bacon et les œufs, Sam choisit un croissant dans le panier.

— Vous trouverez tous les contacts de Lily à l'intérieur, expliqua-t-elle en lui tendant le petit carnet d'adresses noir. J'avais pensé les appeler un par un, quand je suis tombée sur cette carte.

— « Mary-Lou Chen », lut-il. Et c'est la même adresse que Lily.

Elle le regarda, étonnée.

— Comment le savez-vous ?

— Le réceptionniste me l'a dégotée dans un annuaire. J'y suis allé hier pour vérifier. Il n'y avait personne.

Jamais elle n'aurait pensé à faire une chose aussi simple quand tout, dans cette situation, lui paraissait compliqué.

— Quoi qu'il en soit, je suppose que cette Mary-Lou travaille avec Lily. Elle est donc la première personne que nous devrions appeler.

Il jeta un coup d'œil sceptique sur le réveil.

— À cinq heures trente du matin ? Mon intuition me dit que Mme Chen ne serait pas très contente. Sa journée de travail ne commence sans doute pas avant neuf heures.

— D'accord, vous avez raison. C'est juste que je suis gonflée à bloc, prête à démarrer.

— Je sais, je sais, Rafferty, dit-il en lui tapotant la main. Mais, après ce qui est arrivé à Lily, je pense que nous devons procéder avec prudence.

— Vous parlez comme un écrivain, fit-elle remarquer d'un ton agacé.

— Sans doute parce que j'en étais un.

— « J'en étais un » ? répéta-t-elle.

Il haussa les épaules.

— Je serais bien incapable d'expliquer comment c'est arrivé, mais j'ai perdu mon don.

Face à son visage hagard, elle fut soudain prise de pitié. Elle remua le reste du café dans sa tasse et, fuyant son regard, commença :

— Je suis désolée pour ce que j'ai dit hier soir, au sujet de Leilani. Je ne sais pas ce qui m'a pris. Mais je vous promets que je n'en pensais pas un mot. Et je veux vous remercier d'être venu m'aider.

— C'est tout naturel, répondit-il en se levant. Je reviens vous chercher à neuf heures trente. Nous téléphonerons alors à Mme Chen pour essayer d'en apprendre davantage.

Arrivé sur le seuil de la porte, il se retourna.

— Vous devriez prendre une douche, lui conseilla-t-il avec un sourire affectueux. Vous avez une mine à faire peur, ce matin.

60

Mary-Lou non plus n'avait pas très bonne mine. Elle fouilla dans sa penderie, incapable de décider ce qu'elle allait mettre. Elle aurait dû porter du blanc, la couleur du deuil, mais c'était inconcevable tant qu'on n'avait pas retrouvé le corps de Lily. Si on le retrouvait jamais. Les courants des marées à Venise n'emportaient-ils pas tout sur leur passage ? Les déchets, les objets, les cadavres... Pourvu que ce soit le cas !

Elle finit par enfiler un pantalon kaki et un chemisier blanc, qu'elle noua à la taille. Elle agrémenta sa tenue d'un collier corail, de gros bracelets et de créoles d'or. Après avoir brossé ses cheveux, elle appliqua son habituel rouge à lèvres écarlate. Mais le résultat ne la satisfaisait pas. Tremper dans une affaire de meurtre ne flattait pas l'apparence d'une femme.

Après avoir passé une veste de cuir rouge, elle prit l'ascenseur pour le garage, monta dans la petite voiture qu'elle détestait et partit en direction de la concession française. Il fallait que la vie continue. Elle devait se conformer à ses habitudes, faire mine que tout allait bien.

Elle entra dans la cour, se gara à côté du véhicule de Lily, monta le petit escalier jusqu'à la véranda et tourna la clé dans la serrure.

Un étrange silence planait dans la maison. On n'entendait pas même le tic-tac de la pendule française que la mère de Lily avait volée avec le collier. Elle avait toujours été là, en fidèle musique de fond. Mais, aujourd'hui, elle était muette.

Mary-Lou sentit un frisson glacé la traverser. Elle était superstitieuse. Elle ouvrit la vitre de la pendule et donna une légère poussée aux aiguilles. Puis elle fouilla dans le tiroir, y trouva une clé et remonta le mécanisme. Il y eut un léger vrombissement, mais après la pendule se tut. Était-ce un mauvais présage ? Elle lança la clé dans le tiroir, qu'elle referma d'un geste vif.

Elle jeta un coup d'œil à la ronde. Où était passé le canari de Lily ? Au moins, son chant apporterait un peu de vie aux lieux. Mais l'oiseau n'était pas là.

Elle pensa de nouveau au collier, se souvint que Lily rangeait ses propres bijoux dans un petit coffre, au fond de sa penderie. Et elle savait où en étaient cachées les clés. Sous une pile de pulls, sur la troisième étagère en partant du haut.

Hormis un gros diamant que Lily avait porté de temps à autre, le coffre ne renfermait pas grand-chose. Le diamant devait faire environ cinq carats et avait une belle couleur. Mary-Lou l'enfouit dans sa poche et découvrit ensuite un lourd collier d'or et un bracelet assorti. Le coffre renfermait encore un peu d'or, des joncs de jade et quelques pendentifs. Plus une pile de documents, les actes de propriété de la maison. La pêche n'a pas été bonne ! constata-t-elle, désappointée. Décidant de laisser les bracelets et le collier dans l'éventualité d'une enquête, elle les remit dans le coffre-fort avec la pile de documents et referma la porte. Elle s'apprêtait à se diriger vers l'escalier en bois aux marches raides de la cave lorsque la sonnerie du téléphone retentit.

— Oui ? fit-elle d'un ton impatient.

— Mademoiselle Chen ? Mary-Lou Chen ? demanda une voix féminine qu'elle ne connaissait pas.

— Oui, confirma-t-elle sur un ton indiquant qu'elle était occupée et agacée par cette interruption.

— Mademoiselle Chen, je suis la cousine de Lily, Precious Rafferty, de Paris.

— Oh ! s'exclama Mary-Lou, d'abord surprise, puis alarmée.

— Je suis à Shanghai.

— Vous êtes à Shanghai ? répéta Mary-Lou, incrédule.

— Oui, je suis arrivée hier soir. Je dois vous voir. J'ai des nouvelles importantes.

Mary-Lou comprit immédiatement : Preshy savait que Lily était morte.

— Quel genre de nouvelles ? demanda-t-elle d'un ton innocent.

Elle entendit le soupir de Precious.

— Je préfère venir vous voir pour vous en parler, mademoiselle Chen. Je peux être là dans une demi-heure, si cela vous convient.

Mary-Lou hésita. Si elle refusait, cela pourrait paraître suspect. Après tout, elle avait été l'employée et la meilleure amie de Lily.

— Je serai heureuse de rencontrer une parente de Lily, déclara-t-elle avant d'ajouter d'une voix un peu plus chaleureuse : Lily m'a parlé de sa cousine de France. Je suis désolée qu'elle ne soit pas là pour vous recevoir personnellement, mais, comme par coïncidence, elle est en Europe.

— Je le sais, confirma Precious Rafferty, ce qui donna à Mary-Lou de nouvelles sueurs froides. À dans une demi-heure, alors, mademoiselle Chen.

Mary-Lou pensa subitement à l'argent entassé dans le coffre de la cave – les bénéfices faits par Lily sur la vente de trésors illégaux. Elle avait une demi-heure devant elle pour mettre les liasses de billets dans une valise et les charger dans le coffre de sa voiture. Ou dans celle de Lily, plutôt : elle était beaucoup plus belle que la sienne et les clés n'étaient sans doute pas loin. Elle en prendrait possession un peu plus tard.

61

Sam déclara qu'il valait mieux que Preshy rencontre Mlle Chen seule. Elle le laissa donc dans un salon de thé voisin et descendit l'allée de petites maisons retranchées derrière les arches de grands portails. Celui de Lily était peint en vert. Preshy sonna et attendit. Mary-Lou Chen répondit à l'interphone et actionna le bouton d'ouverture de la porte.

La vieille maison – avec son jardin chinois, son bassin aux lotus odorants et aux poissons rouges, et le chant cristallin de la fontaine – lui donna l'impression de pénétrer dans un monde de sérénité. Mary-Lou se tenait sur le perron de la véranda.

— Venez, je vous en prie. Lily sera bien triste d'avoir manqué votre visite, mais j'espère que je pourrai compenser cet inconvénient en vous recevant au mieux.

Elle fit signe à Preshy d'entrer dans le salon et de s'asseoir, puis la pria de l'excuser pendant qu'elle préparait le thé.

Preshy jeta un coup d'œil curieux à la ronde, remarquant les meubles rares, le sol de bambou brillant, l'autel avec son bouddha d'or. Un décor à la fois beau et sobre qui, pour la première fois, lui fit regretter de ne pas avoir connu sa cousine.

Mary-Lou revint un instant plus tard et Preshy, admirative, se dit qu'elle était ravissante avec ses cheveux bruns et brillants, ses merveilleux yeux couleur d'ambre et cette bouche aux lèvres pulpeuses, d'un rouge qu'elle n'aurait jamais osé porter.

Son hôtesse versa le thé dans des coupelles en porcelaine chinoise bleue.

— C'est vraiment dommage, reprit-elle. Lily regrettera de ne pas vous avoir rencontrée. Vous êtes sa seule parente ? ajouta-t-elle avec un regard interrogateur en lui tendant une tasse.

— Je suis sa seule parente en Europe. Je ne sais pas ce qu'il en est de la famille de son père.

— Lily détestait son père, déclara Mary-Lou sans prendre de gants. Après sa mort, sa mère et elle n'ont plus eu aucun contact avec les Song. Et cela remonte à bien des années. Lily est très seule, poursuivit-elle avec un air de regret. Vous n'imaginez pas combien de fois j'ai essayé de lui faire rencontrer des gens, de l'emmener à des réceptions, à des fêtes avec moi. Mais Lily est une solitaire, ajouta-t-elle avec un sourire candide à l'adresse de son interlocutrice. En matière d'antiquités, elle a un goût exquis, mais, bien sûr, elle fait le gros de son bénéfice sur les répliques destinées aux touristes.

— Des faux.

— Vous pouvez les appeler ainsi, mais, à la vente, il est bien précisé que ce sont des copies, pas des pièces authentiques.

Elle haussa délicatement les épaules, et Preshy se demanda si tous les mouvements de Mary-Lou étaient empreints de la même grâce. Lorsque son hôtesse traversa la pièce pour aller prendre une figurine de plâtre, Preshy eut l'impression de voir une panthère se déplacer de son pas félin.

— Voilà le genre de choses que vend Lily. Cela nous permet de vivre.

— J'ai de mauvaises nouvelles, mademoiselle Chen…, commença alors Preshy en la regardant.

— De mauvaises nouvelles ? répéta-t-elle d'un air inquiet en fronçant les sourcils.

— Lily était à Venise. Elle a eu un accident. Je suis désolée de vous apprendre cela, mais elle s'est noyée.

Mary-Lou se laissa tomber dans son fauteuil. Son fin visage se plissa et ses yeux se mirent à briller de larmes. Elle croisa les bras sur sa poitrine et resserra les épaules, comme pour se protéger.

— Mais que faisait-elle à Venise ? Je la croyais partie pour Paris… Elle a même dit qu'elle espérait vous voir.

Pourquoi ne me le dit-elle que maintenant ? s'étonna Preshy. Mais peut-être la coutume chinoise voulait-elle qu'on ne discute pas des affaires privées d'autrui avec une inconnue, toute parente qu'elle soit.

— Je suis désolée, murmura Preshy avec gentillesse. J'ai ramené Lily chez elle pour la faire enterrer.

Elle posa sur la table devant elles le papier mentionnant l'adresse de l'entreprise de pompes funèbres chinoise et expliqua à Mary-Lou qu'il fallait donner des instructions.

— J'espérais que vous pourriez m'aider, dit-elle. Je ne connais ni les coutumes ni les traditions chinoises, je ne sais même pas qui sont sa famille ou ses amis.

Mary-Lou parut recouvrer ses esprits. Elle répondit que, bien sûr, elle s'occuperait de tout. Que Lily n'avait ni famille ni amis proches, rien qu'elle. Et que, si Mlle Rafferty voulait bien l'excuser, Mary-Lou étant un peu perturbée, elle avait besoin d'être seule.

Elle raccompagna sa visiteuse et lui promit de l'appeler plus tard. Arrivée au portail, Preshy se tourna pour dire au revoir à Mary-Lou, mais la porte s'était déjà refermée. La pauvre, songea-t-elle, quel choc terrible pour elle !

Sam l'attendait au salon de thé en dégustant un mélange qui, lui dit-il, était un thé *long jing*. Il commençait à y prendre goût.

— C'est meilleur que la vodka, approuva Preshy en le goûtant.

— Qui êtes-vous, Rafferty ? Une adepte de la Prohibition ? rétorqua-t-il en la foudroyant du regard.

— Oh, là, là ! Désolée. Ne soyez pas si susceptible, l'apaisa-t-elle avec un sourire. De toute façon, c'est vrai.

Ignorant son regard plein de mépris, elle enchaîna :

— En attendant, Mary-Lou Chen est une vraie beauté, un ange. Oh ! Sam, quand je lui ai appris la nouvelle, j'ai eu l'impression de voir cette ravissante jeune femme se flétrir sous mes yeux. Elle ressemblait à une petite fille apeurée.

— Pourquoi apeurée ? Je l'aurais plutôt imaginée sous le choc.

Elle le dévisagea. Bien sûr, il avait raison.

— En tout cas, elle a accepté de s'occuper des formalités de l'enterrement. Elle doit me téléphoner tout à l'heure.

Mary-Lou fit les démarches avec une vitesse et une efficacité étonnantes, évitant ainsi toute nouvelle question. Ce même après-midi, elle appela effectivement Preshy.

— L'enterrement aura lieu demain, au temple où la mère de Lily repose déjà. Si vous voulez y assister, rendez-vous à midi. Et, s'il vous plaît, ne portez pas de noir, ce n'est pas notre coutume.

62

Ce même soir, Sylvie arriva, épuisée par le décalage horaire. Elle était très énervée.

— Tu ne me mérites pas, déclara-t-elle, furieuse, tandis que Preshy l'embrassait dans le hall du Four Seasons. Je suis une martyre de tes émotions, ajouta-t-elle d'un ton théâtral.

— Parfait ! J'avais bien besoin d'une martyre. Ça me changera d'un poivrot.

— Quel poivrot ?

— Sam Knight. Il n'arrête pas de picoler.

— Ça ne m'étonne pas, à force de te côtoyer…

Elle s'interrompit, et, prenant soudain conscience de ce que son amie venait de lui dire, elle lui lança un regard inquisiteur.

— Que fait Sam Knight ici ? Je le croyais rentré aux États-Unis ?

— Il a changé d'avis, expliqua Preshy d'un air faussement modeste, avant de suggérer en s'esclaffant : ou bien il a une affaire à régler, ou bien il a succombé à mon charme fatal.

— En attendant, c'est la pauvre Lily qui a été frappée par la fatalité. T'es-tu par hasard demandé pourquoi les femmes disparaissent quand Sam Knight est dans les parages ? Pourquoi certaines, même, sont-elles retrouvées mortes ?

— En fait, oui, la question m'a traversé l'esprit.

— Et n'as-tu pas pensé que tu pourrais être la prochaine sur la liste ?

Sans ajouter un mot, elles prirent l'ascenseur, puis, toujours en silence, se dirigèrent le long du couloir au tapis moelleux, jusqu'à la chambre de Preshy, qu'elles allaient partager.

— Je suis à Shanghai pour deux raisons, expliqua alors Preshy. La première est qu'il fallait ramener ma pauvre cousine chez elle, la seconde est que Bennett vit ici. Or, d'après Lily, toute cette affaire est liée à lui.

— Et alors ?

— Je veux le trouver, mais je n'ai ni son adresse ni son numéro de téléphone fixe. Il ne m'avait laissé que son numéro de portable. Mais, maintenant, j'ai le carnet d'adresses de Lily. Je n'ai pas encore eu le temps de le regarder, mais j'espère y trouver quelque chose.

Pendant que Sylvie prenait une douche pour se remettre de son voyage, Preshy feuilleta le carnet. Mais le nom de Bennett James n'apparaissait nulle part.

— Je n'ai rien trouvé, fit-elle, déçue, lorsque Sylvie émergea de la salle de bains en peignoir, une serviette enroulée autour des cheveux.

Avec un soupir, celle-ci appela le service de chambre et commanda du thé et des toasts.

— Des tartines grillées de pain au levain, précisa-t-elle. Et assurez-vous qu'elles arrivent chaudes. Avec un peu de saumon fumé. Une salade ? Non, je ne crois pas... Un quart d'heure ? Merci.

D'un air las, elle s'écroula dans un fauteuil et, à son tour, examina le carnet d'adresses.

— Il n'est pas forcément répertorié sous le nom de Bennett James, déclara-t-elle. Tu as un Ben Jackson, ici, par exemple. Et là, un Yuan Bennett. Ça vaudrait la peine d'essayer de les contacter.

Preshy laissa son amie se restaurer et appela les deux numéros. Le premier était celui d'un antiquaire qui lui apprit qu'il faisait des affaires avec Lily et qu'il avait été désolé d'apprendre la triste nouvelle dont venait de l'informer Mary-Lou Chen. Il comptait assister à ses funérailles le lendemain.

Le second numéro n'était plus en service.

— Mais il y a une adresse, fit remarquer Preshy, déchiffrant le gribouillage désordonné de Lily. Je devrais y aller pour essayer d'en savoir plus.

Sylvie lui lança un regard d'avertissement.

— Oh, non ! Pas sans moi, c'est hors de question. Et, pour l'instant, je vais dormir, annonça-t-elle en bâillant. Promets-moi de ne pas faire de bêtise avant mon réveil, d'accord ?

Mais, dès qu'elle entendit Sylvie ronfler, Preshy enfila son manteau et descendit. Comme elle s'y attendait, elle trouva Sam au bar.

— Encore vous ? fit-il en se retournant tandis qu'elle lui tapait sur l'épaule. Un homme ne peut-il donc jamais boire en paix ?

— Non, pas quand il est avec moi. Mon amie Sylvie vient tout juste d'arriver de Paris et nous avons feuilleté le carnet d'adresses de Lily. Je suis peut-être sur la piste de Bennett.

Elle lui tendit le calepin et s'arrêta sur la page portant le nom « Yuan Bennett ».

— Vous pensez qu'il peut s'agir de votre Bennett ?

— Qui sait ? De toute évidence, Lily connaissait un Bennett. Quoi qu'il en soit, le téléphone n'étant plus en service, il est probable que personne ne vit plus à cette adresse.

— Dans ce cas, nous en aurons le cœur net dès demain.

Preshy s'attarda encore quelques minutes, dans l'espoir qu'il dise « Allons-y tout de suite », mais il ne le fit pas, pas plus qu'il ne lui demanda de rester pour lui tenir compagnie. Elle finit donc par quitter le bar d'un air digne et sortit dans la rue.

Sous les arcs de lumière halogène, Shanghai brillait comme une nouvelle planète, ses gratte-ciel illuminés comparables aux étoiles dans le ciel. Les rues étaient pleines de monde, et les arômes épicés des stands de nourriture sur les trottoirs flottaient dans l'air froid de la nuit. Preshy héla un taxi et donna au chauffeur l'adresse de Yuan Bennett.

Elle se retrouva devant un luxueux immeuble de granit rose, flanqué de deux solides lions de bronze sur des *feng shui* dépareillés, destinés à protéger les bons *chi*. Dans la cour murmurait une fontaine éclairée. Un portier en uniforme ouvrit la porte du taxi.

— Je cherche Yuan Bennett, déclara-t-elle, pleine d'espoir.

— Je suis désolé, M. Yuan ne vit plus ici.

C'était donc bien Bennett Yuan qu'elle cherchait, non pas Yuan Bennett. Et donc probablement pas « son » Bennett. Elle avait pourtant besoin d'en être sûre.

— J'ai fait le voyage de Paris pour le voir. Pourriez-vous s'il vous plaît m'indiquer où je peux le trouver ?

— Je suis désolé, mademoiselle, mais M. Yuan est parti après la mort de sa femme.

— Sa femme ?

— Oui, mademoiselle. Ana Yuan était issue d'une famille très distinguée de Shanghai. Mme Yuan a eu un accident fatal à Suzhou, une jolie ville avec des canaux, la « Venise de l'Orient », dit-on.

— Venise ? répéta Preshy, abasourdie.

— Oui, mademoiselle. Hélas, Mme Yuan a glissé, elle s'est cogné la tête et elle est tombée dans le canal. Elle s'est noyée. Je n'ai jamais vu un homme aussi triste que M. Bennett. Il a essayé de trouver des témoins, mais il n'y en avait aucun, et personne n'a jamais su pourquoi Mme Yuan s'était rendue seule à Suzhou ce jour-là. On dit que M. Bennett était en pleurs à l'enterrement de sa femme. Mais il n'a pas hérité de son argent, et ne pouvait donc plus se payer ce magnifique appartement. Il a déménagé peu de temps après et nous ne l'avons pas revu depuis.

Preshy remercia le portier et lui demanda de lui appeler un taxi. Une fois à l'hôtel, elle trouva Sam toujours au bar. Elle se percha sur un tabouret à côté de lui et il lui lança un coup d'œil.

— Je croyais ne vous revoir que demain. Ne me dites pas que vous êtes revenue pour me faire la morale.

— Non, mais je ne sais pas ce qui me retient. Sam, vous n'allez pas me croire ! s'exclama-t-elle alors.

Elle lui raconta l'histoire de Bennett Yuan et de sa femme, qui s'était noyée dans le canal de Suzhou.

— Pourtant, je n'arrive toujours pas à admettre qu'il puisse s'agir de mon Bennett, finit-elle par dire.

— Et que vous faut-il de plus, Rafferty ? Des aveux signés ? Bien sûr, c'est lui, affirma Sam en revenant à son verre. Mais, dites-moi, pourquoi êtes-vous allée seule là-bas ? Il aurait pu vous arriver n'importe quoi.

— Mais non, dit-elle doucement. Bennett ne me ferait jamais de mal. Et je ne suis toujours pas convaincue que ce soit lui. C'est juste une série de coïncidences.

Sam finit son verre en grommelant.

— Rafferty, il faut vous faire examiner la tête.

— Peut-être, acquiesça-t-elle en quittant son tabouret. Et j'aurais dû me douter que je ne pouvais attendre aucune compassion de votre part.

— Ce n'est pas de compassion que vous avez besoin, lança-t-il tandis qu'elle s'éloignait, mais d'un cerveau.

Dans la chambre, Sylvie ronflait doucement. Preshy alluma la télévision, le son au plus bas, et regarda les émissions chinoises jusqu'à l'aube, l'esprit occupé par Bennett Yuan. Les deux noyades pouvaient-elles vraiment n'être qu'une coïncidence ?

63

Les funérailles de Lily se déroulèrent en présence de six personnes seulement : Preshy, Sylvie, Sam, Mary-Lou Chen, Ben, l'ami antiquaire que Preshy avait eu au téléphone, et un frêle et vieux monsieur avec un bouc dru et des cheveux longs dans une toge grise élimée. Preshy portait le manteau blanc Valentino de tante Grizelda, et Sylvie son vieux Burberry beige. Sam était en noir, car il n'avait rien d'autre. Mary-Lou était sublime dans une longue robe chinoise blanche de brocart, enroulée dans des couches de châles *pashmina* pour se protéger du froid.

Une fois au temple, on fit brûler des bouquets d'encens et de minces morceaux de bambou, et tous regardèrent la fumée s'élever en volutes. On leur expliqua que cela aiderait l'âme de Lily à gagner le paradis. Un petit groupe de personnes payées pour assister aux obsèques suivit le cercueil sur le chemin du cimetière, tapant sur des tambours et des cymbales et chantant une espèce de cantique funèbre. Derrière venaient des badauds dépenaillés, des gamins des rues qui riaient et un chien errant. C'est l'enterrement le moins suivi que j'aie jamais vu, songea Preshy avec tristesse.

Des larmes roulaient sur les joues de Mary-Lou, qui gardait le visage baissé. À la fin de la cérémonie, l'antiquaire s'approcha d'elle et lui prit la main pour lui exprimer ses regrets, puis il partit. Elle resta debout près de la tombe, tandis que le vieil homme se tenait derrière elle. Tous deux gardaient le silence. Au bout de quelques minutes, cependant, l'homme se dirigea vers Preshy et ses compagnons. Inclinant la tête, il leur serra la main tour à tour.

— J'ai revu Lily il y a peu, commença-t-il.

Sa barbe remuait quand il parlait, et ses yeux chassieux étaient embués de tristesse.

— J'étais un ami de sa mère, qui, avant de mourir, m'avait confié un collier pour Lily. Je devais le lui remettre le jour de ses quarante ans. Comme vous le savez peut-être, elle venait de les avoir. Je suis donc allée la voir, je lui ai remis le bijou dans un magnifique écrin de cuir rouge et lui ai raconté sa captivante histoire, en lui spécifiant sa valeur.

Ils le dévisagèrent avec surprise.

— Un collier ?

Il hocha la tête.

— Oui, mais pas un collier ordinaire. Un collier dont l'histoire a presque autant de valeur que les joyaux eux-mêmes. Mais ce n'est pas le moment de parler de bijoux, reprit-il à l'intention de Preshy en frissonnant dans le froid. Je suis sûr que vous trouverez le collier de votre grand-mère parmi ses biens et que, ensuite, il sera à vous.

Il leur tendit une carte.

— Je suis à votre disposition, reprit-il avec dignité.

Il s'inclina, s'éloigna parmi les arbres qui suintaient d'humidité dans la brume, et descendit le sentier jusqu'à la barrière.

— De quoi parle-t-il quand il évoque le « collier de ma grand-mère » ? s'interrogea Preshy. Parle-t-il de celui qu'elle porte sur la photo ?

— La photo qui a disparu…, remarqua Sam.

— Oh ! fit Preshy.

Elle se rappela soudain que, à part elle, la dernière personne à avoir pénétré dans son appartement était Bennett.

— Voilà Mary-Lou, murmura Sam. Soyez naturelle.

« Naturelle » ! Preshy ne savait même plus ce que cela voulait dire.

Mary-Lou s'avança vers eux de sa démarche féline si particulière. Preshy fit les présentations, et la jeune Asiatique salua Sylvie et Sam d'un sourire empreint de tristesse. Puis, se tamponnant les yeux, elle les remercia d'être venus.

— Lily et moi, raconta-t-elle d'une voix étouffée, étions deux petites Eurasiennes exclues dans notre école chinoise. Alors, bien sûr, une complicité immédiate s'est créée. Aujourd'hui les choses sont différentes : votre origine ou celle de vos parents n'a quasiment plus d'importance. Les choses changent, vous savez, ajouta-t-elle avec un sourire hésitant. Mais je serais heureuse si vous me faisiez l'honneur de revenir chez Lily pour un thé.

Ils avaient loué une voiture avec chauffeur et suivirent Mary-Lou jusqu'à la maison de Lily. Lorsqu'ils arrivèrent, elle les accueillit dans une très longue robe chinoise blanche. Elle était magnifique et semblait sereine.

— Au nom de Lily, je vous souhaite la bienvenue, déclara-t-elle de sa voix profonde, un peu rauque.

Preshy, intriguée, se demanda comment cette femme pouvait rester sexy dans une robe dévoilant aussi peu de son corps. Un coup d'œil à Sam lui confirma que lui aussi avait remarqué la beauté de Mary-Lou.

Sylvie et Preshy se perchèrent sur les accoudoirs du canapé bas, peu confortable, mais Sam préféra rester debout.

Puis Mary-Lou servit le thé, accompagné de petits pains ronds remplis de pâte de lotus sucrée, avant de s'installer face à eux sur la chaise en orme.

— Voir si peu de gens à l'enterrement m'a attristée, commença Preshy. J'aurais aimé que Lily soit plus entourée pour ses adieux au monde.

— Je vous ai dit que c'était une solitaire, répondit Mary-Lou. Elle détestait les mondanités, elle ne vivait que pour son travail.

— Je suis surpris que la fabrication et la vente de répliques de guerriers Xi'an puissent compter autant pour quelqu'un, fit remarquer Sam en buvant une gorgée de thé.

Décidément, il commençait à beaucoup apprécier le thé chinois. Mary-Lou, les joues empourprées, sembla soudain gênée.

— Cela peut paraître bizarre, je sais. Mais Lily et moi avons toutes les deux grandi dans la pauvreté. Son obsession n'était pas les guerriers Xi'an, c'était de gagner de l'argent, monsieur Knight.

— Est-ce aussi la vôtre ? s'enquit-il en laissant son regard s'attarder sur le diamant de cinq carats qu'elle portait.

Elle l'enveloppa de son sublime regard d'ambre.

— Bien sûr. La pauvreté ne m'a jamais été agréable.

— Lily doit donc laisser un sacré héritage, insista-t-il.

Une ombre d'irritation passa sur le visage de la jeune femme.

— Je n'ai pas fait l'inventaire des biens de Lily, monsieur Knight. Mais son monde était très petit. Vous voyez ici tout ce qu'elle avait en sa possession. Pour autant que je sache, ajouta-t-elle.

— Mais elle devait avoir un notaire, quelqu'un qui s'occupait de ses affaires, qui a rédigé un testament pour elle, répliqua Sam avec entêtement.

— Comme tous les Chinois, Lily gardait ses affaires privées secrètes, expliqua Mary-Lou. Je ne l'ai jamais entendue parler d'un quelconque notaire. Pourtant, je travaillais avec elle depuis des années. Je sais toutefois qu'elle avait un coffre-fort dans sa chambre. Si elle a le moindre bien secret, il sera là. Je sais même où elle cachait la clé. Lily en changeait constamment la cachette, mais, comme elle l'oubliait toujours, elle me la signalait, ajouta-t-elle avec un léger sourire. Je crois qu'en ce moment elle se trouve sous une pile de pulls, dans son placard. Si nous allions voir ? suggéra-t-elle en se levant.

Ils lui emboîtèrent le pas et la suivirent dans la chambre. Mary-Lou dénicha la clé à la place indiquée et la tendit à Sam.

— Ouvrez, dit-elle en poussant de côté les vêtements suspendus dans la penderie pour révéler la porte du petit coffre.

L'intérieur contenait peu de choses : quelques bijoux en or, des bracelets de jade et une liasse de papiers rédigés en chinois. Mary-Lou les lut et expliqua :

— Ce sont les actes de propriété de la maison. Elle appartenait à la famille de son père, puis à son père. Sa mère en a hérité, puis, finalement, Lily. Bien sûr, elle a une certaine valeur.

— Mais elle avait sûrement des comptes en banque, un coffre bancaire ? fit Sam en la fixant attentivement.

— Elle a un compte d'affaires, répondit sans ciller l'Eurasienne. Vous êtes libre de fouiller toute la maison pour y chercher d'autres papiers ou objets précieux, monsieur Knight. Lily n'avait que quarante ans ; elle n'avait pas de famille et ne s'attendait pas à mourir. Je ne pense pas que l'idée de rédiger un testament lui soit passée par l'esprit.

— Dans ce cas, que va-t-il advenir de sa maison ?

— Elle ira à son parent le plus proche encore vivant. Par conséquent, Mlle Rafferty, je suppose.

Preshy la dévisagea avec surprise.

— Oh, mais je ne pense pas… Je veux dire, vous étiez sa meilleure amie, c'est vous qui devriez en hériter.

— Nous en reparlerons plus tard, fit Sam d'un ton catégorique. En attendant, si vous avez le temps, vous pourriez envisager de fouiller la maison. Il existe peut-être d'autres papiers concernant son compte en banque, des documents juridiques, que sais-je.

— Je n'y manquerai pas, lui assura Mary-Lou en les raccompagnant à la porte. Et merci encore pour tout ce que vous avez fait pour Lily. Quelle mort tragique !

Une noyade, et à Venise, en plus ! Je ne sais toujours pas ce qu'elle faisait là-bas.

Ils regagnaient leur voiture quand Sam déclara :

— Bien sûr que si, elle le savait.

— Elle savait quoi ? s'étonnèrent ses deux compagnes en lui jetant un regard surpris.

— Ce que Lily faisait à Venise, Mary-Lou le savait, car elle y était aussi. Elle était sur le même vol que moi, de Venise à Paris.

— Oh, mon Dieu ! chuchota Preshy. Tu crois qu'elle a quelque chose à voir avec la mort de Lily ?

— Qu'aurait-elle fait là-bas, sinon ? Et vous voulez que je vous dise autre chose ? Je parie que tout cela est lié au fabuleux collier de la grand-mère.

64

De retour à l'hôtel, il fut décidé que Preshy appellerait Mary-Lou et l'inviterait à prendre un verre, afin que Sam la questionne. Elles tombèrent d'accord pour se retrouver au Cloud 9.

Toujours aussi ravissante, Mary-Lou arriva accompagnée d'un nuage de parfum de luxe. Elle portait un tailleur noir de la plus grande sobriété, et des boucles d'oreilles en jais pendaient à ses oreilles, dépassant à peine de son carré noir lustré. Pendant l'apéritif, elle leur promit de fouiller la maison en quête de documents juridiques, quoiqu'elle doutât vraiment d'en trouver.

— Bien entendu, j'ai l'intention de continuer à faire tourner l'affaire, ajouta-t-elle en sirotant son habituel mélange vodka-martini où flottaient trois olives.

Preshy la rassura :

— Ne vous inquiétez pas pour ça. Prenez votre temps. Et je vous souhaite bonne chance.

— Merci, fit Mary-Lou avec un sourire plein de modestie.

Elle jeta un regard à la ronde. Qui sait : Bennett pouvait fort bien être revenu à Shanghai.

— Et le collier ? demanda Sam à brûle-pourpoint.

Il remarqua que le visage de la jeune femme se crispait imperceptiblement. Elle avala une gorgée de son cocktail puis répondit :

— Je crains de n'avoir jamais entendu parler d'un collier. Lily ne portait pas beaucoup de bijoux.

— Je parle du collier de sa grand-mère, précisa Sam, qui, visant au hasard, espérait faire mouche.

Hélas, il en fut pour ses frais.

— Je suis désolée, mais, s'il y en a un, je dois laisser à Mlle Rafferty le soin de le trouver. Cela n'a rien à voir avec moi.

Ils se saluèrent, et Mary-Lou prenait congé d'eux, s'éloignant d'un pas assuré, quand Sam l'interpella :

— Mademoiselle Chen, puis-je vous demander quelque chose ?

Mary-Lou se retourna :

— Bien sûr.

— Êtes-vous déjà allée à Venise ?

Ses yeux s'écarquillèrent.

— Je suis désolée, mais je ne suis jamais allée en Europe, répondit-elle d'un ton calme, avant de faire demi-tour.

Elle ment encore. Et je me demande bien pourquoi, s'étonna Sam.

Preshy se posait la même question. Et elle s'interrogeait encore au sujet de Sam. Il était si serviable. L'auteur de romans policiers était-il en quête d'une histoire ? Ses appréhensions le concernant commençaient à se dissiper. En fait, en d'autres circonstances, il lui aurait même plu.

Ce soir-là, un peu désœuvrés, ils décidèrent de se changer les idées et d'aller dîner au Whampoa Club, sur Three on the Bund, l'adresse des restaurants et boutiques chic de la ville. Sylvie avait choisi l'endroit pour sa cuisine chinoise contemporaine. Mary-Lou était au cœur de leur conversation, mais cela ne les empêcha pas de se régaler de tranches d'anguille croquantes, de poulet au saké, d'œufs fumés au thé et de porc braisé à la *su dongpo*. Puis de poires bouillies dans deux eaux différentes et couvertes d'amandes, de champignons argent et de graines de lotus. Là-dessus, ils dégustèrent quelques-unes des quarante infusions proposées par la carte.

Sylvie jugea le dîner prodigieux et partit féliciter le chef, Jereme Leung. Elle lui promit d'essayer certaines de ses recettes chez Verlaine.

— Alors ? demanda Sam en fixant Preshy.

— Alors quoi ? répondit-elle en le regardant par-dessous ses cils.

— Vous croyez toujours que je suis un tueur ?

— Oh ! je n'ai jamais pensé que…, bégaya-t-elle, les joues cramoisies.

Elle se tut.

— Ne me mentez pas, Rafferty. Vous me soup-çonnez depuis le début d'avoir un rôle dans toute cette affaire. Et je suppose que je n'ai rien fait pour vous détromper. N'est-ce pas ?

— En effet ! acquiesça-t-elle avant d'ajouter, avec la spontanéité qui la caractérisait : Mais vous m'êtes toujours aussi sympathique.

Quand Sylvie revint, Sam en riait encore. Pourtant Preshy n'avait pas menti. Malgré tout ce qui le desser-vait, Sam lui plaisait vraiment.

Ce dîner signa la fin de leur visite à Shanghai. Le lendemain, ils prirent l'avion pour Paris sans avoir résolu le mystère Mary-Lou. Lily avait été enterrée à côté de sa mère, et Preshy espérait que sa cousine y reposerait en paix. Elle savait pourtant que, tant qu'elle n'aurait pas découvert la vérité, tel ne serait pas le cas.

65

Paris

De retour à Paris, Sam prit une chambre à l'hôtel d'Angleterre, dans la rue du magasin d'antiquités. Il y déposa son sac, puis ils se rendirent chez Preshy.

La jeune femme s'était empressée de téléphoner à sa tante, qui lui avait expédié Miaou via un transporteur spécial. Elle avait tellement hâte de retrouver son fidèle animal ! La porte de l'appartement à peine ouverte, la chatte accourut vers sa maîtresse avec un miaulement de bienvenue. Preshy l'embrassa, la serra contre elle, la couvrit de paroles douces et lui donna des biscuits pour chat. Puis elle prépara du café et alla s'asseoir sur le canapé, face à Sam, qui fixait la cheminée vide d'un air lugubre.

— Nous n'avons aucune preuve de la présence de Mary-Lou à Venise, déclara-t-elle.

— Non, rétorqua Sam, mais la police pourrait faire des vérifications auprès des compagnies aériennes et de l'immigration. Nous n'avons pas non plus la preuve que Bennett James, ou Bennett Yuan, quel que soit son nom, ait tué sa femme, mais je mettrais ma main au feu que c'est le cas. Comme je jurerais que Lily a été assassinée par lui ou Mary-Lou.

— Comment pouvez-vous dire ça ? s'exclama-t-elle en le foudroyant du regard. Rien ne le prouve ! De toute façon, l'autopsie a montré que ma cousine s'était noyée. Sa mort était un accident.

— Celle d'Ana Yuan aussi. Il faut que vous poursuiviez Mary-Lou, insista Sam. Quelqu'un a tué Lily pour avoir le collier de votre grand-mère. Et je sais que Mary-Lou était à Venise.

— Mais je ne peux pas, protesta Preshy, qui sentit les larmes lui monter aux yeux.

Ces derniers mois avaient été exténuants, elle était à bout de forces.

D'un geste exaspéré, Sam passa la main dans ses cheveux.

— Pourquoi pas ? grogna-t-il. Vous avez peur de la vérité ?

— Que voulez-vous dire ? se récria-t-elle aussitôt.

— Allons, Rafferty, admettez que vous préférez ne pas savoir si le beau Bennett, ou la belle Mary-Lou, si douce, si triste, ont quoi que ce soit à voir avec la mort de Lily.

— Oh, arrêtez ! fit-elle en se détournant. Laissez-moi tranquille, je vous en prie.

Sam se leva.

— Le problème, avec vous, Rafferty, c'est que vous ne voyez jamais le mal nulle part.

— Et le problème, avec vous, Sam Knight, c'est que vous voyez le mal partout. Et puis il semblerait que vous n'ayez pas beaucoup aidé la police à découvrir ce qui était arrivé à votre femme…

Chacun d'un côté de la pièce, ils se dévisagèrent avec une franche animosité.

Sam hocha la tête.

— Vous avez raison, il vaudrait mieux que je m'en aille.

Preshy le regarda ramasser son manteau sur le dossier d'une chaise.

Arrivé à la porte, il se retourna pour la fixer des yeux. Il se rappelait les paroles du diseur de bonne aventure du temple : « Vous trouverez la réponse chez une autre femme », et il savait que cette femme était Rafferty. Elle était la seule à pouvoir éclaircir ce mystère.

— Appelez-moi, si vous changez d'avis, conclut-il en refermant la porte.

Preshy était au bord des larmes. Elle était épuisée par le long voyage, très éprouvée par les événements des deux derniers jours. Sam n'avait pas le droit de la traiter ainsi. Elle en avait perdu toute sympathie pour lui. Jamais elle ne pourrait lui téléphoner. Et si c'était lui qui le faisait, elle ne lui parlerait pas. Plus jamais.

Sanglotant, elle composa le numéro de Daria, à Boston.

— Que se passe-t-il ? demanda son amie.

Preshy entendait des bruits de vaisselle. Visiblement, Daria était à la cuisine, occupée à préparer un bon plat. Comme elle aurait aimé être chez son amie, dans cette maison où tout était normal, confortable, sans secrets, sans meurtres ! Elle raconta toute l'histoire à Daria et lui rapporta les paroles exactes de Sam.

Lorsqu'elle se tut, les bruits de vaisselle avaient laissé la place à un profond silence.

— Et tu penses que Sam se trompe ? finit par dire son amie. Après tout, une femme est morte. Je sais que sa mort a été déclarée accidentelle, mais la prétendue amie de Lily était à Venise, puisque Sam l'y a vue. En plus, elle ment. Et la femme de Bennett ? S'il s'agit du même homme – ce que, à l'évidence, ton écrivain croit, même si ce n'est pas ton cas –, Bennett ne t'a jamais dit qu'il avait été marié, que je sache. Ces deux femmes sont mortes de la même façon, Preshy. Quelque chose cloche. L'un d'entre eux l'a tuée et il est temps que tu affrontes la réalité. Et même que tu fasses quelque chose.

Mais quoi ? se demanda Preshy, pitoyable, alors qu'elle s'apprêtait à se coucher. Allongée dans le noir, elle resta éveillée. Miaou, pelotonnée sur l'oreiller, ronronnait à ses oreilles et lui procurait une chaleur réconfortante. Elle, au moins, ne pouvait ni poser des questions ni exiger des réponses. Ni lui demander d'agir.

66

Le lendemain matin, Preshy était sous la douche lorsque le téléphone sonna. L'ignorant, elle s'attarda sous l'eau chaude pour soulager ses courbatures, se demandant pourquoi la messagerie ne s'était pas déclenchée. Depuis quelques semaines, elle donnait des signes de défaillance.

Mais la sonnerie persistait. Preshy envisagea toutes les catastrophes possibles. Un drame avait dû arriver. Pourquoi, sinon, la personne qui cherchait à la joindre continuait-elle à faire sonner le téléphone avec une telle insistance ? Était-ce Lauren ? Éperdue, elle sortit de la douche et faillit trébucher sur Miaou. Assise juste devant la porte vitrée, la chatte avait l'air mécontente. Elle n'aimait pas cette sonnerie non plus. Preshy s'affala sur le lit et s'essora les cheveux. Elle attendit quelques minutes, mais la sonnerie s'était tue. Pensive, elle se dirigea alors vers la salle de bains et entreprit de se passer du lait hydratant sur les jambes. Devait-elle rappeler Daria ? Non. Si c'était elle qui cherchait à la joindre, il était certain qu'elle allait réessayer. Il pouvait aussi s'agir de ses tantes, ou bien de Sylvie. Ou de Sam. Mais, vu qu'ils ne se parlaient plus, c'était peu probable. À moins, se dit-elle avec espoir, qu'il n'appelle pour me présenter des excuses.

Face à son miroir, elle appliqua sur son visage une crème censée la protéger des ravages du temps. Du temps, peut-être, mais préservait-elle du stress ? Elle pouvait maintenant compter les petites rides qui marquaient ses yeux, et elle avait des pattes d'oie !

La sonnerie aiguë du téléphone transperçant de nouveau le silence la fit sursauter. Miaou émit un miaulement et, alors que la jeune femme courait décrocher, elle se cogna le gros orteil à son lit. Grimaçant de douleur, clopinant sur un pied, l'autre dans la main, elle saisit le combiné. C'était ce fichu Sam, elle le savait ! Il allait regretter d'insister à ce point !

— Si c'est vous, Sam Knight, fit-elle d'une voix glaciale, je ne veux plus jamais vous adresser la parole.

Après un long silence, une voix qui lui était familière répondit :

— Preshy, c'est Bennett.

Elle resta un moment pétrifiée. Son cerveau sembla cesser de s'irriguer et elle crut qu'elle allait s'évanouir. Ses genoux se dérobèrent sous elle et elle tomba sur son lit, la main agrippée tellement fort au combiné qu'elle s'engourdit très vite.

— Preshy, je t'en prie, réponds-moi, plaidait-il. J'ai besoin de te parler. J'ai besoin de t'expliquer...

Elle avait Bennett au bout du fil. Elle n'en croyait pas ses oreilles.

— Je t'en prie, Preshy, réponds-moi, insista-t-il de sa voix douce et pressante qui fit resurgir dans la mémoire de la jeune femme une quantité de moments de tendre intimité partagés dans ce même lit sur lequel elle était assise.

— Je ne veux plus jamais te parler, lui asséna-t-elle, étonnée de constater qu'elle avait encore une voix.

— Je comprends. Crois-moi, je sais ce que tu ressens, mais je veux que tu saches, Preshy, que quoi qu'il arrive je t'aimerai toujours. Tout ce que je te demande, c'est d'accepter de me revoir, ne serait-ce que pour me donner une chance de m'expliquer. Je ne peux pas continuer à vivre avec le poids d'une telle culpabilité.

Elle s'adossa aux oreillers, les paupières closes. Des larmes roulaient sur ses joues et se perdaient dans ses oreilles. Jamais elle n'aurait pensé réagir ainsi. Elle se croyait guérie. Elle était convaincue d'en avoir fini avec le temps de l'apitoiement. Être passée à autre chose. S'être ouverte à une nouvelle vie. Une Vie avec un grand V. Pourtant, en quelques minutes, elle était devenue une loque tremblante.

— Je t'aimerai toujours, Preshy, continuait Bennett d'une voix pressante. Mais je ne t'ai pas dit la vérité, et je ne pouvais pas vivre avec ce poids. Il était trop tard, je n'avais pas d'autre issue. La vérité, c'est que je n'avais pas d'argent, Preshy. J'étais un pauvre type qui jouait au type riche parce que j'étais amoureux. Tu te souviens du soir de notre rencontre ? Je t'ai dit que je t'avais suivie ? Je suis tombé amoureux dès cet instant, et rien n'a changé. Mais je me suis aperçu, le moment venu, que je ne pouvais pas tricher, que je ne pouvais pas t'épouser et vivre dans le mensonge que j'avais bâti. Et te dire la vérité m'était impossible. Tout est devenu trop difficile. La seule solution était que je parte. Je n'ai pas voulu te faire souffrir. Cette décision m'a simplement semblé être la meilleure.

Elle ne répondit rien.

— Preshy, tu es toujours là ?

Le silence persista.

— Parle-moi, chérie, supplia-t-il d'une voix étranglée, comme s'il était sur le point de pleurer.

— Je ne sais pas pourquoi tu me téléphones, Bennett, finit-elle par dire.

Elle se redressa et s'essuya les yeux. Il n'était pas question qu'elle se laisse berner encore une fois par des mots mielleux et des déclarations d'amour.

— J'ai besoin de te voir, insistait-il. Tu dois me permettre de t'expliquer. Tu dois me pardonner, Preshy, c'est la seule façon pour moi... pour nous... de continuer. Je suis à Venise. La ville où nous avons été si heureux. Viens me retrouver, ma chérie, je t'en supplie. Si seulement tu me voyais, Preshy : je suis à genoux, t'implorant de me revoir et de me laisser t'expliquer. Fais-moi confiance, s'il te plaît.

Elle ferma de nouveau les yeux, l'imaginant à genoux.

— Il y a autre chose, reprit-il d'une voix soudain calme. Je sais qui a tué Lily. Tu peux me croire, ce n'est pas moi. Je te raconterai tout quand tu seras ici. Mais toi aussi tu es en danger, Preshy.

Mon Dieu ! Que venait-il de dire ? La pauvre Lily l'avait déjà prévenue qu'elle courait un risque, et maintenant voilà que Bennett s'y mettait aussi. Elle irait le rejoindre, pour découvrir la vérité. Pour sa propre tranquillité d'esprit. Pour en finir enfin avec cette histoire qui, sinon, la hanterait toute sa vie.

— Je viens, Bennett, fit-elle d'une voix posée. Je serai là ce soir.

L'intonation de Bennett trahit sa joie, son soulagement :

— Oh, ma chérie, ça va être merveilleux de te revoir ! Tu vas adorer Venise à cette époque de l'année. C'est le carnaval ; tout le monde est masqué, déguisé, joue un rôle. Je sais, enchaîna-t-il, comme pris d'une soudaine inspiration, je vais acheter des tickets pour le bal. Et si tu apportais un costume ? Nous pourrions faire comme si nous ne nous connaissions pas, tout recommencer, comme deux êtres neufs.

Elle essaya d'imaginer une telle possibilité, mais en fut incapable. Le passé était gravé bien trop profondément dans son esprit pour qu'elle puisse repartir de zéro. Quant à Bennett, il était si enthousiasmé à l'idée de la revoir qu'il semblait avoir oublié la mort de Lily et le risque qu'elle-même était censée courir.

— Donne-moi ton numéro, se contenta-t-elle de répondre, je t'appelle en arrivant.

— Je t'aime encore, Preshy, et je t'ai toujours aimée.

Tels furent ses derniers mots avant de raccrocher.

Malgré elle, malgré tout le chemin parcouru, malgré la mort de Lily et toutes les questions qui se bousculaient dans sa tête, Preshy se demandait encore si c'était vrai.

Un long moment, elle resta assise sur le lit, à penser à Bennett. Elle avait raison de se rendre à Venise, elle n'en doutait pas un instant. Elle devait clore l'épisode désastreux du meurtre de Lily, et connaître la vérité sur l'homme qu'elle avait failli épouser.

67

Avant d'avoir le temps de changer d'avis, Preshy se hâta de réserver son vol pour Venise. Puis elle prépara son sac. La suggestion de Bennett d'apporter un costume était peut-être une bonne idée, après tout. Elle pourrait ainsi le surveiller à son insu.

Sa robe de mariée était toujours suspendue au fond de la penderie, dans une housse de plastique. Elle sortit la cape bordée de fourrure : le déguisement idéal, la tenue de mariage que le marié n'avait jamais vue. Elle la roula en boule sans ménagement et la fourra dans son sac de voyage. Elle avait passé un jean et un col roulé noirs et chaussé de vieilles bottes de la même couleur. Elle n'aurait pas besoin de beaucoup plus de vêtements : elle n'avait pas l'intention de rester longtemps à Venise. Mais elle devait réserver une chambre.

Elle téléphona au Bauer, qui, en raison du carnaval, était complet. Tous les hôtels de Venise l'étaient, lui expliqua-t-on. Elle appela alors l'office du tourisme et obtint le nom d'une petite *pensione* près du Rialto. Elle devrait s'en contenter.

La gardienne se laissa convaincre, récompense à l'appui, de venir nourrir Miaou en son absence. Puis Preshy réfléchit aux autres coups de téléphone à passer.

Sam ? Sûrement pas ! Il s'empresserait d'interférer dans ses projets. Et puis elle ne lui parlait plus. De plus, il lui fallait agir seule. Elle n'appellerait pas Sylvie pour les mêmes raisons : son amie se mettrait dans tous ses états, la traiterait encore de folle, ce qui était sans doute la vérité, mais elle n'avait pas le choix. Pas plus qu'elle ne préviendrait Daria. En revanche, elle se résolut à téléphoner à tante Grizelda pour lui dire où elle allait, et pourquoi.

Elle fut toutefois soulagée de ne pas obtenir de réponse. Ne savait-elle pas d'avance ce que ses tantes lui diraient ? Qu'elle avait perdu la tête, qu'il n'était absolument pas question qu'elle retourne à Venise. Jeanne, la gouvernante, ne répondait jamais au téléphone en l'absence de Grizelda et Mimi car elle ne parlait que français et s'embrouillait avec tous ces messages en langue étrangère. Le répondeur se mit en route et Preshy déclara :

« Bonjour, c'est moi. Je voulais juste vous avertir que je pars pour Venise, où j'ai rendez-vous avec Bennett. Il veut me voir pour s'expliquer. Il dit savoir qui est l'assassin de Lily, il dit que ce n'est pas lui. Je dois lui donner au moins la chance de me le prouver. Non ? ajouta-t-elle d'un ton pas tout à fait aussi convaincu qu'elle l'aurait souhaité. De toute façon, je dois le retrouver. C'est le carnaval en ce moment, tous les hôtels sont pleins. Je serai donc à la Pensione Mara, près du Rialto.

Elle leur laissa le numéro, avant d'ajouter :

« Je n'y passerai qu'une nuit. Cela suffira à éclaircir toute l'affaire – du moins, je l'espère. Et j'ai vraiment besoin de connaître la vérité sur Lily. Ne vous en faites pas, je ne ferai rien pour me mettre en danger, ajouta-t-elle avec un petit rire nerveux. Tout ira bien. C'est juste quelque chose que je dois faire seule. Je vous aime... »

L'avion faisait des cercles au-dessus de l'aéroport Marco-Polo. Comment vais-je réagir en revoyant Bennett ? se demanda-t-elle.

Le hurlement de Grizelda fit accourir toute la maisonnée. Mimi, Jeanne, Maurice et les chiens déboulèrent dans sa chambre à la même seconde. Incapable de prononcer une parole, elle s'éventait sur son lit d'une main défaillante. Elle désigna le téléphone et articula sans un son le mot « message ». Mimi appuya sur le bouton et la voix de Preshy s'éleva dans la pièce.

« Je pars pour Venise, où j'ai rendez-vous avec Bennett. Il veut me voir pour s'expliquer. Il dit savoir qui est l'assassin de Lily... Je dois le retrouver... »

— Oh, mon Dieu ! gémit Mimi en français, se laissant tomber sur le lit à côté de Grizelda, pendant que Jeanne sortait chercher des verres d'eau glacée et que Maurice ouvrait les fenêtres pour faire entrer un peu d'air frais. La petite inconsciente ! Il faut l'arrêter !

Grizelda hocha la tête.

— Appelle Sam, lui intima-t-elle en buvant une gorgée d'eau. Envoie-lui un avion. Dis-lui que nous le retrouverons à Venise.

Mimi suivit les instructions de son amie. Sam répondit dès la première sonnerie.

— Si c'est vous, Rafferty, souvenez-vous que nous ne nous parlons plus.

— Eh bien, j'espère que vous vous reparlerez très vite, répliqua Mimi d'un ton vif, avant de lui relater les faits. Allez à Orly en voiture, enchaîna-t-elle alors. Un avion vous y attendra. Nous vous rejoindrons à Marco-Polo. Ne perdez pas une minute, Sam.

Elle n'eut pas besoin de le lui dire deux fois. En moins de cinq minutes, il avait sauté dans un taxi et, une heure plus tard, se trouvait dans un Cessna privé en partance pour Venise.

Mimi et Grizelda s'étaient, pour leur part, envolées pour la cité des Doges dans un Gulfstream. Pour une fois, un silence lourd de tension régnait entre elles. De temps à autre, Grizelda gémissait et se lamentait.

— Comment peut-elle être si bête ? Comment est-ce possible ?

Et Mimi répondait :

— Elle n'a rien compris aux hommes, voilà tout. Et la pauvre sotte se croit encore amoureuse.

Une fois à destination, elles attendirent Sam, qui arriva au bout d'une heure. L'homme au visage anguleux, mince dans sa veste de cuir noir et son jean, accourut vers elles. Ils prirent un *vaporetto* pour le Rialto et se dirigèrent vers la Pensione Mara, où on leur apprit que la *signorina* s'était enregistrée, mais qu'elle s'était absentée.

Sam essaya de joindre Preshy sur son portable : il était éteint. Grizelda appela alors le Cipriani et, usant de son influence, leur trouva des chambres. Tandis qu'ils attendaient la navette de l'hôtel au bord du canal San Marco, Sam réessaya le numéro de Preshy, toujours sans succès.

Une fois à l'hôtel, Mimi et Grizelda montèrent se rafraîchir et Sam s'installa au bar, où il se mit à ruminer ses pensées devant un triple *espresso*. Il avait décidé de rester sobre afin de tirer parti de toutes ses facultés pour sortir Precious Rafferty de ce guêpier. Il était très inquiet pour elle.

Lorsque la nuit tomba, Venise s'éveilla. Des gondoles pleines de passagers déguisés, aux masques étranges, descendaient les canaux, et des hors-bord bondés fendaient les eaux dans un jet d'écume, avec, à leur bord, des médecins du Moyen Âge au nez aquilin et des catins en bas résille aux cheveux ornés de plumes cramoisies. La musique retentissait dans les rues étroites alors que les maisons en fête commençaient à se remplir de passants masqués. Les vieux murs résonnaient de rires et de chansons, tandis que les feux d'artifice illuminaient le ciel de millions d'étoiles : le carnaval de Venise battait son plein.

Sam avait commandé un nouvel *espresso*. Il appela une fois de plus Preshy, en vain. Il essaya ensuite la *pensione*, sans plus de succès. Grizelda et Mimi, qui l'avaient rejoint, regardaient le feu d'artifice sans le voir. Leurs traits étaient tirés par l'inquiétude, et l'écrivain ne pouvait leur offrir aucune parole de réconfort.

— Je ne sais pas où elle est, mais je pars à sa recherche, annonça-t-il.

— Nous venons avec vous, firent-elles en se levant d'un bond.

— Non, je vous en prie, laissez-moi faire. Je vous téléphonerai dès que j'aurai du nouveau.

Il ne voulait pas les inquiéter davantage et préférait ne pas leur rappeler le danger qu'encourait Preshy.

— Promis ? répliquèrent-elles en chœur.

Il hocha la tête. Mais il lui semblait que, à moins de pouvoir joindre Preshy au téléphone, ses chances de la trouver dans cette ville en fête aux ruelles pleines de passants masqués, étaient très faibles.

Pour leur part, les tantes, qui n'en faisaient jamais qu'à leur tête, avaient sauté dans la navette suivante pour la place Saint-Marc. Elles filaient derrière lui.

68

Venise

Preshy était installée au café Quadri. Curieusement, elle ne pensait pas à Bennett, mais à Sam. Elle avait pris la même table que le jour où ils s'étaient chamaillés. Elle en arrivait presque à souhaiter qu'il soit là avec elle. Presque, se dit-elle, mais pas tout à fait. Elle était forte, maintenant, et elle avait besoin de se prouver qu'elle pouvait se débrouiller seule.

Elle portait la cape de brocart de son mariage. La capuche bordée de fourrure était rejetée en arrière, et un loup de plumes dissimulait son visage. Avec ses cheveux courts, elle doutait que Bennett la reconnaisse, ce qui lui convenait tout à fait. Elle, bien sûr, le reconnaîtrait entre mille. Comment aurait-il pu en être autrement quand chaque trait de son visage, chaque détail de son corps était gravé pour toujours dans son esprit ?

Nerveuse, elle but une nouvelle gorgée du café chaud à la grappa. Elle comprenait maintenant pourquoi Sam buvait. L'alcool lui donnait du courage, l'aidait à continuer à vivre, jour après jour, depuis que sa femme avait disparu. Mais pour elle, contrairement à Leilani, Bennett était revenu.

Il faisait sombre au-dehors, à présent, et la brume d'hiver commençait à tomber, roulant sur la lagune en grandes boucles de vapeur grise, comme dans un film de zombies en noir et blanc des années 50.

Preshy sortit de son sac son téléphone, l'alluma et composa le numéro de Bennett. Il répondit immédiatement. Il attendait son appel.

— Preshy, fit-il d'une voix rauque, empreinte d'émotion. Je suis si heureux, j'ai tellement hâte de te voir !

Sans réagir à sa joie, elle se contenta de lui demander :

— Où veux-tu que nous nous retrouvions ?

— Tu ne devineras jamais où a lieu le bal. Au Palazzo Rendino. J'ai pensé que ce serait l'endroit idéal pour nos retrouvailles. Je te propose de nous y donner rendez-vous. Nous pourrons ainsi parler.

— D'accord, acquiesça-t-elle.

— Je serai déguisé. J'espère que tu l'es aussi.

— Oui.

— Je suis un médecin du Moyen Âge, annonça-t-il d'une voix amusée. Comme un bon millier de gens ce soir. Une cape noire, des culottes noires, un tricorne noir, et un masque blanc. Tu penses pouvoir me reconnaître ?

— Pourquoi pas ? répliqua-t-elle.

— Et toi, comment es-tu costumée ?

— Tu verras. Je te retrouve au Palazzo, fit-elle avant de raccrocher.

363

Son téléphone se mit à sonner presque aussitôt. Elle ne répondit pas. Après quelques minutes, toutefois, cédant à la curiosité elle écouta le message.

— Rafferty, qu'est-ce que vous faites ? Où êtes-vous ? hurlait la voix de Sam. Vos tantes m'ont dit que vous alliez revoir Bennett. Avez-vous complètement perdu la tête ? J'ai essayé de vous appeler des dizaines de fois. Là, je suis sur la lagune, en route pour la place Saint-Marc. Je sais que vous êtes là. Appelez-moi. Et arrêtez vos idioties, vous en avez assez fait comme ça.

Sam était à Venise !

« Arrêtez vos idioties ! » disait-il. Des idioties comme passer du temps avec lui, par exemple ? songea-t-elle, ironique. Sam avait vraiment le chic pour la prendre à rebrousse-poil. La compagnie de Bennett lui semblerait sans doute apaisante, à côté. Au moins, lui avait toujours été gentil avec elle. Enfin, avant de la quitter.

69

Bennett faisait les cent pas dans l'allée qui longeait le flanc du Palazzo Rendino et reliait la petite place pavée au canal. Les fenêtres ouvertes laissaient échapper de la musique ; les lanternes luisaient dans le brouillard qui planait comme une chape à quelques centimètres à peine au-dessus de l'eau. De temps en temps, des bateaux et des gondoles pleins de jeunes gens éméchés surgissaient de la brume dans un tintamarre de rires. Tout le monde était masqué, anonyme. On n'aurait pu rêver meilleur traquenard.

Son costume était inspiré des tenues de ces médecins du Moyen Âge qui avaient soigné les victimes de la grande épidémie de peste qui avait balayé Venise. Il avait aussi le bâton qui servait à toucher le patient de loin, pour éviter la contagion. Si ce n'est que son bâton à lui, quoique entouré de jolis rubans, n'était pas très différent de celui qu'il avait utilisé pour tuer sa femme, Ana, puis Lily.

Il jeta un coup d'œil sur sa montre. Il y avait presque une heure qu'il avait parlé à Preshy. Il avait hâte de la voir arriver.

La foule qui dansait déferlait sur la place Saint-Marc. Une scène avait été dressée pour l'orchestre, et les trompettes hurlaient dans les haut-parleurs massifs, résonnant sur les vieux murs. Les grandes places, les palais, les bateaux étaient en fête : la ville entière s'amusait.

Mais les ruelles reculées étaient désertes, les magasins et les restaurants fermés. Le brouillard cotonneux enveloppait Preshy de si près qu'elle avançait presque à l'aveuglette. Sa magnifique cape de mariée traînait derrière elle tandis qu'elle se hâtait, les talons plats de ses bottes résonnant sur les pavés. Lorsqu'elle s'arrêta pour inspecter les alentours, elle ne vit que des murs gris, anonymes, matelassés de brouillard. Elle ne se rappelait pas avoir emprunté ce chemin. Mais, ce soir, tout semblait différent, comme si Venise elle-même portait un déguisement. Seule et peu rassurée, elle se dépêcha de repartir. Je vais trouver un repère, un café ou un magasin que je connais, songea-t-elle, nerveuse.

Alors qu'elle traversait le petit pont de pierre, elle entendit des pas derrière elle. Soudain, un médecin à tricorne surgit du brouillard, suivi par une demi-douzaine d'autres gens masqués, hommes et femmes. Il brandit son bâton vers elle et, terrifiée, elle hurla. Ils s'éloignèrent dans un concert de rires moqueurs.

Elle n'était plus si sûre d'avoir pris la bonne décision et regretta de ne pas avoir demandé à Sam de l'accompagner. Elle sortit son téléphone de la poche de son jean et composa son numéro. Il répondit sur-le-champ.

— Je vous en prie, dites-moi où vous êtes. Je vous en supplie, Rafferty.

— Je suis en route pour le Palazzo Rendino. Je suis censée y retrouver Bennett. Il y a un bal et il sera costumé en médecin avec un masque blanc. Je pensais que tout irait bien mais, maintenant, j'ai peur.

Tout à coup, au bout de la rue, elle reconnut la place.

— Je suis arrivée, annonça-t-elle, au comble du soulagement. Tout ira bien, maintenant. Mais j'ai vraiment paniqué dans ces rues désertes.

— Restez là, lui ordonna Sam. Attendez-moi. Et, Rafferty… Où que vous soyez, ne parlez pas à Bennett. Ne l'approchez pas, vous m'avez bien compris ?

— D'accord, acquiesça-t-elle d'une petite voix.

Sam raccrocha, et son téléphone sonna presque aussitôt. C'était Grizelda.

— Où êtes-vous ? lui demanda-t-elle.

— En chemin pour le Palazzo Rendino. Elle doit y retrouver Bennett.

— Pas sans moi, il n'en est pas question ! rétorqua Grizelda avec hargne avant de raccrocher.

Au coin de la petite place, Preshy hésitait, se demandant que faire, quand elle sentit des bras l'entourer. Le parfum familier de Bennett emplit ses narines.

— Te voilà, ma ravissante Preshy, chuchota-t-il à son oreille. Enfin !

Elle se tourna dans ses bras et regarda le terrifiant masque blanc de médecin derrière lequel elle reconnut les yeux bleus, perçants. Bennett lui dit à quel point il lui était reconnaissant d'être venue, de lui avoir donné une chance. Il promettait de tout expliquer, de prendre soin d'elle, de la protéger de l'assassin de Lily.

Hypnotisée, elle le fixait.

— Tu es belle, la complimenta-t-il. Je t'ai reconnue à ta démarche.

La capuche de Preshy tomba. Il avança la main et caressa ses cheveux dorés.

— Mais tu t'es fait couper les cheveux ? fit-il d'une voix qui exprimait son regret. C'est la première chose que j'avais remarquée chez toi. Tu te souviens ? Je te l'avais dit, Preshy.

Elle le regardait comme un petit animal pris dans le faisceau des phares d'une voiture. La musique qui arrivait du Palazzo Rendino bourdonnait à ses oreilles. Elle avait l'impression de ne pas être elle-même, de ne pas être ici, qu'une autre femme écoutait Bennett et retombait sous son charme.

La voix de Daria lui revint à l'esprit : « Trente jours au cours desquels tu pourras pleurer, gémir et te plaindre tant que tu voudras. Après, fini !... Tu devrais passer à autre chose. » Et celle de Sam : « Vous ne ressemblez pas à une "précieuse". Vous êtes assurément une Rafferty. » Elle était une nouvelle femme, une femme forte. Elle n'était plus la marionnette de Bennett.

D'un geste brusque, elle se dégagea de ses bras.

— Dis-moi pourquoi tu m'as fait venir ici. Et tu as intérêt à ce que ton histoire soit plausible, Bennett, parce que je ne te fais pas confiance. Je veux savoir précisément pourquoi tu ne t'es jamais présenté à l'église. Et je veux savoir qui a tué Lily. Dis-moi la vérité. Explique-moi tout, je t'écoute.

368

Une vedette remplie de fleurs passa devant eux en klaxonnant. Les passagers leur lancèrent des pétales, mais Bennett, les yeux toujours rivés sur elle, les ignora.

— Je vais te dire exactement pourquoi je suis là, répondit-il de ce ton doux et persuasif qu'il employait toujours avec elle. Bien sûr, je t'aime, je te l'ai dit, et j'ai honte. Je te parlerai aussi de Lily. Mais, d'abord, tu as quelque chose dont j'ai besoin.

D'un geste inattendu, il attrapa la cape d'or de Preshy, la rejeta en arrière et fixa son cou comme s'il s'attendait à y voir quelque chose.

— Dis-moi où est le collier, ordonna-t-il alors d'une voix si glacée qu'elle donna des sueurs froides à Preshy.

Effrayée, elle recula d'un pas. Bien sûr, c'était la raison pour laquelle il avait voulu la faire venir à Venise ! Il pensait qu'elle avait ce collier à la valeur inestimable. Oh, Dieu, quelle idiote ! Elle était tombée dans le panneau ! Que fait Sam ? songea-t-elle, désespérée. Elle jeta un coup d'œil rapide à la place déserte, cherchant un moyen de s'échapper. Le palais et ses danseurs étaient si près. Pourtant, ils semblaient à un millier de kilomètres.

— Je n'ai pas le collier, dit-elle, essayant de gagner du temps.

— Si, tu l'as. Je sais que Lily te l'a donné.

Il l'entoura de nouveau de ses bras, la serrant si fort, cette fois, qu'elle ne pouvait plus bouger.

— C'est pour nous, Preshy, reprit-il. J'ai un acheteur. Nous serons riches et je pourrai t'épouser sans te faire honte. Tout ce que je te demande, c'est de me dire où il se trouve.

— Dans ma chambre, à la *pensione*, mentit-elle.

Ce qu'elle regretta immédiatement. S'ils allaient à la *pensione*, Sam ne les rejoindrait jamais. Et il lui était impossible de lui téléphoner. Mais que diable faisait-il ?

— Nous allons trouver un bateau, déclara Bennett en la prenant par la main.

L'entraînant avec lui, il descendit les marches menant au canal. Il aperçut une gondole vide qui approchait et lâcha la main de la jeune femme pour la héler. Preshy profita de ce bref instant pour s'enfuir. Sa cape volant derrière elle comme des ailes, elle se mit à courir le long du palais.

Aveuglée par le brouillard, elle enfila des allées sombres et désertes, peinant à trouver son chemin. À bout de souffle, elle dut s'arrêter, mais entendit des bruits de pas.

Elle rebroussa chemin et se remit à courir le long du canal. Sa seule chance était de retrouver Sam au palais. Mais elle s'était encore perdue. Bennett était-il devant ou derrière elle ?

Soudain, les lumières du Palazzo Rendino lui apparurent dans le brouillard et, avec un cri de soulagement, elle courut dans leur direction.

C'est alors qu'il bondit de l'allée et lui entoura le cou de ses bras pour l'étrangler.

Elle hoquetait, la respiration coupée, les yeux exorbités. Il choisit cet instant-là pour lui confesser la diabolique vérité.

— Je ne ressentais rien pour toi, Preshy. Strictement rien. Bien sûr, je voulais ton argent, mais j'avais prévu de tuer d'abord Grizelda pour m'assurer que tu en hériterais. Ensuite, je t'aurais tuée. Grizelda est parvenue à s'échapper sur la Grande Corniche, mais lorsque j'ai découvert qu'elle ne comptait pas faire de toi son héritière et que je ne toucherais pas le pactole, je suis parti. Tu es une femme insignifiante, Preshy, fit-il de sa voix si merveilleuse. Comme toutes les autres. Tu ne comptes pas dans ma vie. Tu ne représentes rien, juste un fragment d'ADN que l'eau d'un canal emportera. Ta seule valeur, c'est le collier. Alors, maintenant, tu vas être une gentille fille et m'indiquer l'adresse de la *pensione*, ainsi que l'endroit où tu as caché le collier. Sinon, je te tue.

Les paroles de Bennett firent à Preshy l'effet d'une rouée de coups. Tous ses beaux rêves s'envolaient. Elle ne pouvait plus pleurer sur rien, hormis sur le stupide égoïsme de Bennett. Il ne l'avait jamais aimée. Il ne la haïssait même pas. Elle n'était rien pour lui. Il avait tué Lily, et maintenant il allait la tuer elle.

La colère monta en elle comme une poussée d'adrénaline. Il était hors de question qu'elle meure. Mais elle n'avait pas assez de forces pour se libérer et s'enfuir. Elle devait réfléchir, et vite ! Qu'elle lui dise ou non où se trouvait le collier, il la tuerait. Paniquée, elle se débattit pour se libérer, mais le bras de Bennett se resserra encore autour de sa gorge, ce qui l'empêcha même de crier. Mais alors résonna le bruit de talons féminins sur les pavés de l'allée derrière eux.

Bennett les entendit comme elle. Cependant, à peine eut-il détourné la tête qu'il se retrouva face à un revolver.

Tante Grizelda se tenait devant lui, enroulée dans son plus beau vison, tenant à la main ce qui ressemblait à un revolver serti de perles. À son côté, Mimi, toute de blanc et d'argent vêtue, des gouttes de brouillard scintillant dans la blondeur de ses cheveux, ressemblait à une walkyrie vengeresse. Elles paraissaient tout droit sorties d'un James Bond des années 70.

— Lâchez ma nièce ou je tire ! le somma Grizelda d'une voix qui tremblait imperceptiblement.

— Allez-y, tirez ! fit Bennett en se servant de Preshy comme bouclier, lui coinçant les bras dans le dos. Quoique je ne comprenne pas pourquoi vous voulez me tirer dessus. Je viens de dire à votre nièce combien je l'aime. Je lui ai présenté des excuses et lui ai expliqué ce qui s'était passé. Tout ce qui lui reste à faire, c'est de me dire où est le collier, et je vous la rends.

Cherchant à percer la pénombre derrière lui, Mimi essaya de gagner du temps.

— Quel collier ?

Mais Bennett surprit son regard et se retourna au moment où Sam se jetait sur lui. Preshy tomba par terre avec un bruit sourd, écrasée par Bennett, que Sam immobilisait. Grizelda, toujours armée de son revolver, se mit à courir vers eux, tandis que Mimi criait au secours.

Preshy ne comprit pas très bien ce qui se passait ensuite. À plat ventre, le visage sur les pavés, incapable de respirer, elle entendit des cris qui se mêlaient à la musique, et des pas qui s'éloignaient en courant. Puis il y eut un coup de feu.

— Oh, mon Dieu, tante Grizelda l'a tué ! s'exclama-t-elle.

Elle se releva et vit sa tante avec dans la main le pistolet au canon encore fumant. Mimi se bouchait les oreilles en hurlant, et Sam courait après Bennett.

Ce dernier avait atteint le canal, mais Sam le talonnait. Un bateau vide attendait, amarré à un pieu rayé bleu et blanc de l'embarcadère du Palazzo. En sautant dedans, Bennett trébucha sur le rebord, se cogna la tête au pieu et chancela, avant de tomber en arrière dans l'eau.

Preshy et ses tantes se précipitèrent en direction du canal. L'eau froide et noire ondulait doucement. Le brouillard gris la recouvrait comme un linceul. Aucun signe de Bennett : l'accident parfait !

70

— Je lui ai tiré dessus, constata tante Grizelda d'une voix tremblante.

— Ce n'est pas sur Bennett que vous avez tiré, Grizelda, c'est sur moi, lui annonça Sam en ôtant sa veste et en lui montrant le sang qui suintait à son bras.

— Oh ! s'exclama Grizelda en portant une main à sa bouche, je suis désolée. Oscar a toujours dit que j'étais une tireuse déplorable et qu'un jour je tuerais quelqu'un.

— Heureusement, ce ne sera pas aujourd'hui.

Sam regarda Preshy, qui contemplait toujours l'eau, comme si elle s'attendait à voir Bennett en sortir d'une minute à l'autre. Incroyable ! Elle n'avait toujours pas compris ? Cet homme venait d'essayer de l'assassiner ! Réprimant son irritation, Sam lui dit avec douceur :

— Allez, Rafferty ! Bennett est parti et personne ici ne doit le regretter. Je suis toujours convaincu qu'il a tué sa femme, et Lily. L'homme était un très dangereux sociopathe. Il aurait éliminé quiconque se trouvait en travers de son chemin.

— Je sais, fit Preshy avec amertume, car les affreuses paroles de Bennett résonnaient encore à ses oreilles.

Elle secoua la tête pour tenter de les oublier. Tout ce dont elle se souvenait, c'était la méchanceté que dissimulaient ces beaux yeux bleus, cette voix si suave qui pouvait dire les choses les plus adorables, et ce charme qu'il pratiquait comme un art.

— Je suis désolée de vous avoir entraînés dans cette horrible histoire, reprit-elle d'une voix lasse. Tout est ma faute et j'en assume l'entière responsabilité. Je vais appeler la police et tout lui raconter, conclut-elle en sortant son téléphone de sa poche.

— Il n'en est pas question ! l'arrêta Sam en lui saisissant le bras. Vous ramenez Mimi et Grizelda à l'hôtel ; je m'occupe de la police.

Ne lui avait-il pas dit récemment qu'il ne pouvait se permettre d'être lié à un autre meurtre non élucidé ? Et malgré cela il se déclarait prêt à endosser la responsabilité de parler à la police. Elle voyait déjà les gros titres : « *Un homme suspecté de meurtre impliqué dans un nouveau décès.* »

— Je ne peux pas vous laisser faire ça, répliqua-t-elle.

— Vous n'avez pas le choix. Et, pour une fois, Rafferty, vous ferez ce qu'on vous dit.

— Mais votre bras ? demanda tante Grizelda avec inquiétude.

— Je suis heureux de vous apprendre que votre mari avait raison en ce qui concerne votre maladresse au tir. Par chance, ça ne saigne presque plus. À présent, rentrez. Je vous rejoins sous peu. Et n'oubliez pas que c'était juste un accident. Vous ne savez rien. Vous n'étiez pas là. Personne ne vous posera jamais la question, naturellement, parce que vos noms ne seront même pas mentionnés. Alors, pas d'affolement. Nous sommes bien d'accord ?

Dociles, les trois femmes se dirigèrent d'un pas lent vers la place Saint-Marc, où elles prirent la navette pour le Cipriani. Une fois dans la suite de Grizelda, elles commandèrent du café et un assortiment de petits gâteaux car, selon Mimi, après ce qu'elles venaient de vivre elles avaient besoin de sucre. Preshy leur raconta en détail ce qui s'était passé avec Bennett et leur rapporta ses affreuses paroles. Elle confirma que c'était lui qui avait tenté de pousser tante Grizelda dans le ravin, sur la route de la Grande Corniche.

— Je me sens tellement… nulle, fit-elle d'une voix entrecoupée de larmes. Pour lui, je n'étais rien qu'un « fragment supplémentaire d'ADN que le canal emporterait », selon ses propres termes. Voilà où j'en serais si vous n'étiez pas arrivées !

— Ce sont les hommes comme Bennett qui sont nuls, répondit Mimi avec férocité. Rien d'autre que sa propre personne ne comptait pour lui, dans la vie.

— Et regarde où ça l'a mené, renchérit Grizelda en s'asseyant près de sa nièce.

Elle l'entoura de ses bras et continua :

— Ma chérie, tu ne peux absolument pas croire un mot de cet homme abominable. Chacune de ses paroles visait à te faire du mal. C'était une façon de t'atteindre, de te déstabiliser pour pouvoir ensuite te manipuler. Je suis contente qu'il soit mort, Preshy. Et, si tu veux tout savoir, je regrette d'avoir raté ma cible. Mᵉ Deschamps aurait assuré ma défense. Il aurait invoqué le crime passionnel, et j'aurais passé deux ans dans l'une des meilleures prisons qui soient. J'aurais volontiers fait ça pour toi, ma petite fille.

— Mais maintenant c'est Sam qui assume toute l'affaire, fit remarquer Mimi.

Elles commandèrent de nouveau du café et des pâtisseries.

— Après tout ce qui vient de se passer, je crois que nous avons bien besoin de nous changer les idées, Mimi, reprit Grizelda, pensive. Une croisière autour du monde, peut-être ?

— Cela nous permettrait de faire du shopping, approuva Mimi. Pense à toutes les affaires que nous pourrions faire en Chine !

— Mimi ! s'exclama Grizelda en la foudroyant du regard.

— Non ! oublions la Chine, rectifia Mimi. C'est plutôt au Japon qu'on trouve les plus belles perles, paraît-il.

Mimi ne rate jamais l'occasion de faire une gaffe, pensa Grizelda avec résignation.

71

Lorsque, enfin, Sam quitta le poste de police où il avait fait sa déposition, l'aube pointait. Il leur avait dit avoir vu un homme tomber dans le canal près du Palazzo Rendino. Il croyait savoir qu'il répondait au nom de Bennett Yuan, ou de Bennett James. La police inspecta son passeport et lui posa diverses questions : sa profession, la raison de son séjour à Venise, l'adresse à laquelle il était descendu.

— Je suis au Cipriani, avec la comtesse von Hoffenberg, répondit-il. J'étais en route pour le bal du Palazzo quand j'ai assisté à cette scène. Naturellement, je me suis précipité pour voir si je pouvais être d'une quelconque assistance à cet homme, mais il était trop tard. Il avait disparu dans l'eau.

C'est la vérité, pensa Sam avec lassitude en regagnant l'hôtel par les rues jonchées des restes de la fête. Bennett est mort dans un accident qu'il a provoqué lui-même. Il croisait des couples encore déguisés. Sur la place Saint-Marc, l'orchestre rangeait ses instruments. Il prit la navette pour l'hôtel et traversa le canal dans lequel Bennett James ou Yuan s'était noyé, une fin que la famille chinoise de sa femme trouverait sans doute méritée. Les mauvais dieux du fleuve Dragon l'avaient emporté. Et personne n'était responsable, ni lui, ni Rafferty, ni les tantes.

Il trouva les trois femmes assises en rang sur le canapé, leurs tasses de café à la main, l'œil en alerte. Elles l'attendaient.

— Alors ? demanda Grizelda.

— Tout est arrangé. L'inspecteur m'a dit que ce ne serait pas le seul corps repêché dans le canal ce matin. Ce sont des accidents courants pendant le carnaval. Les gens boivent, se battent et tombent.

Mimi lui servit un café, qu'il but avec reconnaissance. Il se sentait vidé, brisé. Rafferty aurait pu être assassinée, et il aurait été responsable de sa mort. Il l'avait laissée seule. Exactement comme il l'avait fait avec Leilani. Submergé par l'émotion, il s'écroula dans un fauteuil.

Tout en buvant son café, il leur raconta en détail son entrevue avec la police et leur annonça qu'elles étaient libres de quitter Venise.

— Mais que va-t-il se passer pour Bennett ? demanda Preshy d'une petite voix.

Il fallait qu'elle sache, c'était plus fort qu'elle.

— Quand ils repêcheront son corps, ils l'identifieront puis le rapatrieront à Shanghai, je suppose. Ce n'est plus notre problème, conclut Sam.

Un immense soulagement envahit la jeune femme. Elle se sentit soudain beaucoup plus légère, exactement comme quand elle s'était fait couper les cheveux.

— Rentrons à Paris, dit-elle d'un ton apaisé. J'ai besoin d'être chez moi.

Le corps de Bennett fut découvert le lendemain matin et identifié grâce à son passeport. Il voyageait sous le nom de Bennett Yuan et le consul de Chine informa de sa mort la famille d'Ana. Après l'autopsie, le corps serait remis aux Yuan, à Shanghai. L'ironie voulait que Bennett ait les funérailles de l'homme riche qu'il avait toujours rêvé d'être.

72

Shanghai

Mary-Lou apprit la mort de Bennett par la réceptionniste du club de sport, qu'elle rencontra par hasard.

— Tragique ! fit la jeune femme, les yeux brillants de larmes. Il était si beau, si charmant. Pourquoi le malheur frappe-t-il toujours les gens bien ? demanda-t-elle d'une voix triste.

— C'est vrai, pourquoi ? répéta Mary-Lou en affichant un calme qu'elle était loin de ressentir.

Bien sûr, la mort de Bennett Yuan fut rapportée dans les médias, mais, contrairement à celle de sa femme, elle ne fit pas les gros titres, et il fut enterré dans la plus grande discrétion. Mary-Lou ne ressentit rien, si ce n'est du soulagement. Elle se demanda ce qu'était devenu le collier, mais, vu le nombre d'ennuis qu'il lui avait causés, elle décida de ne pas chercher à savoir.

Elle vivait désormais sa propre vie. Personne n'étant venu faire valoir ses droits sur l'héritage de Lily, elle avait repris le commerce de son ancienne patronne et habitait sa jolie maison – celle-là même où elle avait comploté la ruine de son amie.

Si Mary-Lou avait eu une conscience, elle l'aurait considérée comme propre. Elle avait volé quelques dollars par-ci par-là. Et alors ? Elle n'avait tué personne. Et puis elle avait un petit ami, quelqu'un qu'avait connu Lily, un Suisse qui travaillait comme agent pour un riche collectionneur d'art. Si elle avait possédé le collier, elle aurait pu le lui proposer...

73

Venise

Preshy buvait un cognac pour se remonter. Elle se sentait encore fragile. Tout s'était passé si vite ! Elle commençait tout juste à prendre conscience de l'horreur qu'elle avait vécue, à comprendre que Bennett avait vraiment eu l'intention de la tuer. Le seul point positif était qu'elle avait su rester de marbre devant ses fascinants yeux bleus et ses suaves paroles d'amour. Elle lui avait tenu tête, lui disant qu'elle ne souhaitait pas les entendre. Ce qu'elle voulait, c'était la vérité, et Dieu merci elle l'avait eue, même si c'était au prix d'un terrible choc. Bennett, quant à lui, n'avait eu que ce qu'il méritait. Il était seul responsable de sa propre mort. Et Sam, le cher Sam, qu'elle avait injustement soupçonné, s'était comporté en héros. Lui et les tantes lui avaient sauvé la vie.

Elle croisa son regard et lui sourit. Il lui répondit par un sourire empreint de tendresse.

La sonnerie du téléphone vint mettre un terme à la magie de l'instant.

Sam décrocha. Il prononça à peine quelques paroles, ne posa aucune question. Lorsqu'il reposa le combiné, il se tourna vers les trois femmes et regarda de nouveau Preshy dans les yeux.

— C'était mon agent qui appelait de New York, déclara-t-il d'une voix dont le calme la mit mal à l'aise. Une veste rouge aurait été trouvée sur les rochers, près de la maison de la plage. La police pense que c'est celle de ma femme et veut me voir. Je crois comprendre que je dois m'y rendre de mon plein gré, sinon je serai arrêté pour être interrogé.

Mimi et Grizelda le regardèrent, bouche bée.

— Qu'allez-vous faire ? demanda Preshy.

— Y aller, bien sûr. Je sais que cette veste était celle de Leilani. Mais c'est une veste chaude ; pourquoi l'aurait-elle portée un soir d'été ? Je n'en ai pas la moindre idée.

— Je pars avec vous, annonça Preshy sans l'ombre d'une hésitation, à la stupéfaction croissante de ses tantes.

— Non.

— Et pourquoi pas ?

— Parce que je ne veux pas que vous soyez mêlée à tout cela, répliqua-t-il. De plus, vous avez subi assez d'épreuves, ces derniers temps.

— Mais je suis déjà impliquée, répondit-elle avec vigueur. Je suis impliquée dans votre vie, Sam Knight. Vous venez de sauver la mienne. Et vous vous attendez à ce que je vous abandonne quand vous êtes dans le pétrin ?

— Une seconde, fit-il en haussant les épaules d'un air désinvolte, vous n'avez aucune obligation envers moi.

— Je viens avec vous et c'est tout ! fit-elle d'un ton catégorique.

— Bien dit ! intervint tante Grizelda.

— Nous pourrions venir aussi pour vous soutenir, ajouta Mimi. Mais vous serez sans doute content d'être seul avec Preshy.

Il secoua la tête et les remercia d'un sourire.

— Tout ira bien, affirma-t-il en fixant Preshy. J'irai seul.

— Elle vous accompagne ! lança vivement tante Grizelda. Allez tout de suite boucler vos bagages. Je vous fais préparer un avion à Marco-Polo.

Il eut beau protester, elle passa outre.

— Et n'oubliez pas, Sam, ajouta-t-elle au moment où ils partaient. Vous êtes dans notre cœur.

Dans l'avion qui le ramenait dans son pays, Sam, les yeux fermés, garda le silence. Preshy espérait qu'il dormait. Il avait l'air épuisé, au bout du rouleau. Mais il ne buvait plus. Il avait renoncé à puiser son courage dans l'alcool.

74

Outer Banks

L'avion finit par se poser dans le petit aéroport local. Sam alla droit au poste de police, tandis que Preshy prenait une chambre dans un motel. Elle serait là pour lui s'il avait besoin d'elle.

Allongée sur le lit, elle regardait CNN. Le réveil égrenait les minutes et elle pensait à Sam, au hasard qui avait fait se croiser leurs routes, et à la façon dont leurs vies semblaient, aujourd'hui, inextricablement liées.

Elle ferma les yeux et revit son mince visage un peu marqué, son regard brun empreint de bonté derrière ses lunettes rétro, son long corps décontracté, son jean et sa veste de cuir abîmée par la balle de tante Grizelda. Sam n'était pas le genre d'homme qui trahirait une femme, et elle savait, sans l'ombre d'un doute, qu'il aurait protégé sa douce Leilani au prix de sa vie. Tout comme il l'avait protégée elle-même.

La sonnerie du téléphone vint interrompre le fil de ses pensées.

— Je viens te chercher, annonça Sam, qui avait décidé qu'il était temps pour eux de se tutoyer. Nous allons acheter de quoi manger et nous rendre à la maison sur la plage. Si ça te convient.

Elle acquiesça et sortit l'attendre. Lorsque la Mustang noire de location s'arrêta devant elle, elle s'installa sur le siège de droite. Devant l'expression sinistre de Sam, elle demanda :

— Comment ça s'est passé ?

— Pas trop mal.

Ils roulèrent un moment en silence, puis il s'arrêta devant une épicerie où ils achetèrent du pain, du beurre, du café et deux boîtes de gombo.

Ils longèrent la côte, sauvage et venteuse, où venait se briser la mer déchaînée, écumante, annonciatrice d'une tempête hivernale. Ensuite, la Mustang bifurqua vers un sentier de sable, entre les rangées de tamaris que Sam avait plantés dix ans auparavant, et qui conduisait à la maison de bardeaux gris, toute simple avec sa véranda. Elle surplombait les dunes et, au loin, l'océan.

Les épaules de Sam s'affaissèrent, tandis que diverses émotions passaient sur son visage : le plaisir, le soulagement, le désespoir. Il se redressa et regarda Preshy.

— Bienvenue chez moi, fit-il doucement.

Il lui prit alors la main, et, ensemble, ils montèrent l'escalier de bois jusqu'à sa demeure.

Ils entrèrent dans une immense pièce au centre de laquelle trônait une cheminée massive. Les murs étaient tapissés de grands tableaux sombres – des œuvres de Leilani, devina Preshy.

Lorsque Sam ouvrit les persiennes métalliques destinées à protéger la maison des ouragans et des tempêtes de l'hiver, l'endroit fut immédiatement baigné d'une lumière gris pâle, magique. La couleur du premier matin du monde, songea Preshy : translucide, perlée, limpide. Elle eut l'impression de se trouver à la proue d'un grand navire, au beau milieu de l'océan.

— Pas étonnant que tu adores cet endroit, fit-elle remarquer. C'est d'une beauté à couper le souffle.

— Alors viens respirer l'air marin !

Ils sortirent sur la véranda, humant l'air de l'océan, froid, salé, vif. Le sifflement des bourrasques entre les arbres se mêlait au grondement de la mer.

— Pourtant, expliqua Sam, à l'extrémité de la plage, tu as la rivière, les paisibles étangs, et marécages, les roseaux où les canards font leur nid, et les mangroves aux racines noueuses enfoncées dans la vase. Les branches des arbres sont couvertes de mousse espagnole qui se balance comme des toiles d'araignées à Halloween. Et en été c'est un autre monde, inondé de soleil : des dizaines de petites voiles blanches parsèment l'horizon, et la lumière est complètement différente, or et bleu.

— J'imagine que c'est humide, fit Preshy en pensant à ses cheveux.

Sa réflexion le fit rire. C'était déjà mieux : même après avoir passé deux heures avec la police, à répondre à des questions sur la disparition de sa femme, Sam pouvait encore rire. Mais Preshy ne l'interrogea pas sur ce qui s'était dit. Il lui en parlerait de lui-même s'il le souhaitait.

Pendant que Sam allumait un feu, elle réchauffa le gombo, qu'elle étala sur le pain. Il sortit une bouteille de vin et deux verres.

— Le rouge des Carolines ? lui demanda-t-elle d'un air soupçonneux.

— Et alors ? fit-il en haussant un sourcil, interrogateur.

— Eh bien, ce n'est pas du bordeaux, le taquina-t-elle. Mais c'est vraiment bon, surtout par un après-midi froid et venteux, après un voyage exténuant.

— Et un interrogatoire éreintant, ajouta-t-il d'un ton las en s'asseyant à côté d'elle au bar à carreaux blancs de la cuisine.

Elle but une gorgée de vin et attendit qu'il en dise plus.

— Ils ont trouvé la veste de Leilani, rapportée sur la plage par les vagues. Une veste d'hiver rembourrée. L'inspecteur m'a fait remarquer que, ma femme ayant disparu par une chaude soirée d'été, il ne comprenait pas pourquoi elle portait une veste pareille. J'ai répondu que je n'en savais rien, que je n'y comprenais rien. « C'est peut-être à cause du rembourrage : ça absorbe mieux l'eau, ça aide à noyer quelqu'un », a-t-il ajouté.

Anxieuse, Preshy poussa un soupir.

— J'ai répondu qu'il avait sans doute raison, reprit Sam en enlevant ses lunettes et en se frottant les yeux. Et que je m'en souviendrais pour mon prochain livre. Alors ils m'ont montré ce qu'ils avaient trouvé dans sa poche à fermeture Éclair.

Il tendit la main et fixa Preshy droit dans les yeux.

— L'alliance de Leilani. La réplique de la mienne.

D'un geste protecteur, elle posa sa main sur la sienne. Cet homme était en train de se briser sous ses yeux.

— Elle a dû l'enlever avant de...

Elle se tut. Elle ne voulait pas prononcer les mots. Elle le regarda se lever.

— Je vais marcher un peu, annonça-t-il en cherchant une veste dans la penderie. À tout à l'heure.

Il ferma la porte derrière lui. Inquiète, Preshy appela Daria.

— Je suis avec Sam, en Caroline du Sud.

— Je sais, Sylvie me l'a dit, répondit son amie sur un ton contrarié. Alors c'est quoi cette fois, Preshy ? L'amour ?

— L'idée de l'amour me rend toujours nerveuse. Mais c'est la première fois que j'éprouve ça... une tendresse, une inquiétude. Je me sens si impliquée avec cet homme ! C'est ça, l'amour, Daria ?

— Peut-être. Et maintenant, que va-t-il se passer ?

— Je dois l'aider. Oh, Daria, je n'ai jamais vu un homme aussi ravagé par le chagrin ! Les flics le harcèlent parce qu'ils ont découvert la veste de sa femme sur la plage, avec son alliance dans sa poche. Sam sait qu'ils pensent qu'il l'a tuée. Je ne sais pas quoi faire.

— Et si tu rentrais chez toi, ma chérie ? suggéra Daria d'une voix réconfortante. Apprivoise tes propres émotions et laisse Sam gérer son destin.

Mais Preshy savait que ses sentiments pour Sam étaient réels.

— Je resterai avec lui jusqu'au bout, déclara-t-elle.

À cause de ce qu'il avait fait pour elle. Il était son sauveur, son héros. Si seulement il pouvait devenir aussi son amant ! Mais cela n'arriverait peut-être jamais.

75

Sam avançait à grands pas sur le sable dur, le long de la mer. Les vagues venaient se briser en jets d'écume sur ses bottes, et les bécasseaux se dispersaient devant lui. Il marchait. Pour toute compagnie, il avait le mugissement de l'océan, les cris plaintifs des oiseaux tournoyant au-dessus de sa tête, le murmure de l'écume sur les bancs de sable et le craquement des arbres dépouillés de leurs feuilles. Et, incessant, le grondement du vent. Tout n'était que clameur, force : c'était sauvage, élémentaire. La puissance de l'océan.

Il remonta le col de sa veste et pressa le pas. Leilani était partie. Il ne la reverrait pas et son cœur porterait pour toujours la cicatrice de son absence. Quelle que soit la façon dont elle était morte, il allait devoir quitter cet endroit qu'il aimait. Rien ne serait plus jamais pareil sans elle.

Le visage du diseur de bonne aventure du temple de Shanghai lui revint en mémoire, aussi précis qu'une photo. « Je recherche deux personnes, lui avait dit Sam. Je veux savoir si je les trouverai. » Il entendit de nouveau la réponse du vieux sage : « La première personne que vous cherchez est une femme. Et la réponse est dans votre âme. » La question de Sam concernait Leilani. Et, au plus profond de son cœur, il savait que l'homme avait dit vrai. Maintenant, il sondait son âme, se demandant où il s'était trompé, en quoi il l'avait déçue.

Enfonçant ses mains dans ses poches, il se vida la tête de toute pensée, et, en osmose totale avec les éléments, happé par le grondement de l'océan déchaîné, il se laissa porter par le vent. Sa main gauche se referma soudain sur quelque chose qui ressemblait à du papier, tout au fond de la poche de sa veste.

Une vieille facture, songea-t-il en prenant et en défroissant la feuille, s'apprêtant à la jeter. Il vit, surpris, qu'il s'agissait d'une feuille verte, comme celles qu'avait coutume d'utiliser Leilani. Le vert était sa couleur préférée ; elle la trouvait apaisante. Sur cette feuille, un message était écrit, et il lui était adressé.

> *Sam chéri,*
>
> *Je regarde notre chien adoré allongé près de moi, sur la véranda, et j'essaie de ne pas voir la mer sur laquelle je sais que tu navigues ce soir. Tu l'aimes tant, tu la connais si bien que tu pourrais presque dire qu'elle t'appartient. Ton chien est vieux, maintenant, Sam, ses yeux sont fanés, sa respiration est faible. Il ne fera plus long feu sur cette terre, et tu ne peux pas imaginer à quel point je l'envie.*
>
> *Je ne pourrai jamais aimer comme aime ton chien, comme tu aimes, de cette manière si directe, si simple, si évidente. J'attends que mon cœur me*

montre le chemin, mais mon cœur est glacé. Un poids mort qui me tire vers le bas. J'attends de ressentir des émotions, de vibrer de bonheur, tout simplement, comme toi, ce soir, alors que tu préparais ton équipement de pêche et nettoyais ton petit bateau en sifflottant. Pourquoi ne suis-je pas comme toi ? me suis-je demandé.

Toute ma vie j'ai essayé, et, toute ma vie, j'ai échoué. Parfois j'ai trouvé l'oubli dans la peinture. C'est ainsi que j'ai le plus frôlé le bonheur. Mais, la plupart du temps, Sam, j'étais perdue. Et je sais maintenant que je ne me trouverai jamais.

Je ne m'appartiens même pas. Pas plus que tu ne m'appartiens, Sam. Même le chien ne m'appartient pas. Je n'en peux plus. Tout ce que je veux, Sam chéri, c'est être rien. Et ce soir j'atteins enfin mon but. Dans quelques minutes je vais marcher jusqu'à la petite crique et jusqu'au bras de mer qui n'est visible qu'à marée basse. Je vais m'y asseoir et regarder l'eau monter. Tu es le seul à connaître ma terreur de la mer. On dit que c'est lâche de mourir ainsi, mais pour moi cela représente un certain courage, qu'en penses-tu ?

Alors, mon chéri, je serai enfin libre. Nous serons tous les deux libres.

Je repense à notre bonheur et à notre voyage de noces à Paris. C'était ça, le bonheur, non ? Je me suis souvenue du goût qu'il avait eu pendant quelque temps, mais maintenant je ne vois plus que du noir.

Ne me pleure pas, pas plus que ton chien adoré, qui, bientôt, je le sais, viendra me rejoindre.

Tu dois continuer, Sam. Sois heureux. Tu as le don du bonheur, tout comme tu as le don de l'amour. Et, crois-moi, si j'avais su aimer, c'est toi que j'aurais aimé.

La lettre était signée Leilani Knight.

Abasourdi, Sam la replia soigneusement et la remit dans la poche où sa femme avait dû la laisser, pensant qu'il la découvrirait le jour même. N'était-ce pas la veste qu'il avait l'habitude de porter pour promener le chien sur la plage ? Sans doute voulait-elle s'assurer qu'il serait le seul à lire son message, dont il était l'unique destinataire.

Les mains dans les poches, le vent séchant ses larmes, il avança d'un pas vif sur le sable et finit par atteindre son but. La marée était basse. Un long moment, il resta en contemplation devant la petite crique.

L'eau recommençait à monter. Il regarda la première vague venir s'écraser sur le banc de sable en une gerbe d'écume et se retirer.

Les larmes lui brûlaient de nouveau les yeux.

— Je t'aimais, Leilani, hurla-t-il dans le vent. Jamais je ne t'oublierai.

76

Lorsque Sam rentra, Preshy vit immédiatement à l'expression de son visage qu'il s'était passé quelque chose. Elle le regarda avec anxiété retirer sa veste et la jeter sur une chaise. Il sortit la feuille de papier pliée et, la tenant à la main, se planta devant la jeune femme, qu'il ne quittait pas des yeux.

— Cela m'était strictement destiné, commença-t-il d'un ton très calme, mais je pense que tu as droit à une explication.

Elle prit la lettre, fixant toujours son visage las. Les yeux de Sam semblaient vides de toute vie. Soudain, elle comprit.

— C'est Leilani, n'est-ce pas ?

Il hocha la tête.

— Elle l'avait laissée dans la poche de ma veste, pensant que je la trouverais tout de suite. Elle était pliée tout au fond et, inexplicablement, les enquêteurs ne l'ont pas remarquée.

Il se dirigea vers la cheminée pour y ajouter une bûche.

— Je t'en prie, lis, dit-il alors.

Preshy alla à la fenêtre et s'exécuta. Lorsqu'elle eut fini, elle resta longtemps immobile, en proie à une profonde émotion.

— Mais pourquoi ? Pourquoi ? s'exclama-t-elle avec une soudaine violence. Elle avait tout ce que la vie peut donner !

Sam s'écroula dans un fauteuil.

— Les maniaco-dépressifs sont de grands malades. Leilani disait qu'elle prenait ses médicaments, mais… je suppose que ce n'était pas vrai, finit-il, résigné.

Preshy vint s'agenouiller à ses pieds et l'enveloppa d'un regard plein d'anxiété.

— Mais maintenant, tu as la réponse que tu attendais. Une fois que la police aura lu cette lettre, ton innocence n'aura plus à être prouvée.

— La police ne lira jamais cette lettre.

— Comment ça ? s'exclama-t-elle, surprise. Bien sûr que si ! Tu vas la leur montrer.

— Non ! fit-il avec fermeté. Je ne les laisserai pas lire les derniers mots de Leilani. Ils ne sont destinés qu'à moi.

Elle posa tendrement sa tête sur ses genoux.

— Mais tu dois la leur montrer, Sam. C'est la seule issue.

Repoussant Preshy, il se leva et se mit à faire les cent pas dans la pièce.

— Je n'ai jamais parlé à la police de la maladie de Leilani, de sa vulnérabilité. Ce n'est pas maintenant que je le ferai.

— Il le faut, Sam, insista-t-elle avec entêtement. Tu as bien vu à quel point la situation était grave quand la police t'a interrogé, cet après-midi. Si tu ne montres pas cette lettre, tu seras arrêté et jugé coupable.

Leilani n'aurait jamais voulu ça. Tu le sais parfaitement.

Ils se fixèrent un long moment. Puis, poussant un soupir, il finit par admettre que Preshy avait raison.

Elle alla à la cuisine remplir deux verres de vin du rouge des Carolines et revint vers lui.

— Nous allons porter un toast, annonça-t-elle.

Il prit un verre et, devançant ce qu'elle s'apprêtait à dire, s'exclama :

— À ma femme tant aimée, Leilani ! Une touche de grâce dans ma vie.

Ensemble, ils burent à la défunte.

77

Sam téléphona à la police. Il montra aux enquêteurs la lettre de Leilani, qu'ils comparèrent à d'autres
échantillons de son écriture. Ils lui rendirent la veste
rouge et l'alliance, lui dirent qu'ils étaient désolés
pour lui et que l'enquête était désormais classée. Tout
se passa si vite que ce fut comme si rien n'était jamais
arrivé.

Preshy décida de rester quelque temps avec l'écrivain dans la maison sur la plage. Ils se sentaient bien
ensemble, se chamaillaient toujours un peu, mais
gentiment désormais, plus en adversaires. Ils étaient
de bons amis. Ils allaient faire de longues promenades
dans le vent, se préparaient des repas d'une grande
simplicité, buvaient du vin au coin du feu et parlaient
très tard dans la nuit. Ils se racontaient leurs vies. Liés
malgré eux par la tragédie, ils avaient l'impression de
se connaître depuis toujours.

Le temps passa, quelques jours, une semaine…
quelques jours encore. Mais Preshy savait qu'elle ne
pouvait demeurer ainsi, entre deux eaux. Ils étaient
amis, mais pas amants. Elle décida de rentrer à Paris.

Un jour, en fin d'après-midi, il la prit par la main.

— Allons voir le soleil couchant, proposa-t-il.

Pour une fois, le vent était tombé et tout était calme. Même le grondement constant de l'océan s'était transformé en murmure. Des hirondelles de mer virevoltaient sur les vagues, et un parfum de sel et de pin flottait dans l'air. La main de Sam serrait celle de Preshy, lui prodiguant une chaleur réconfortante, tandis qu'ils escaladaient les dunes, pour arriver dans un creux protégé. Puis il la lâcha, se laissa tomber sur le sable et resta allongé, les mains croisées derrière la nuque, les yeux fixés sur Preshy.

— Viens me rejoindre, l'invita-t-il en souriant.

Elle s'exécuta, s'allongea contre lui, et, ensemble, ils contemplèrent le ciel du crépuscule, aux traînées pourpres et or. Mais déjà le soleil disparaissait à l'horizon. C'était fini. Tout comme, elle le savait, son séjour dans la maison de Sam. Elle allait devoir regagner Paris.

— Rafferty, fit-il, interrompant ses réflexions.

Elle se tourna vers lui.

— Oui ?

— Tu es une vraie amie.

— J'en suis heureuse, déclara-t-elle en hochant la tête.

— Mais…

Elle attendit la suite. Elle ne vint pas.

— Mais quoi ?

— J'ai peur de le dire, de gâcher notre amitié.

Elle se redressa et le fixa avec attention.

— De dire… quoi ?

— Je crois que je suis amoureux de toi, Rafferty.

— Oh ! s'exclama-t-elle, le visage rayonnant. Je crois que moi aussi je suis amoureuse de toi.

— Tu penses que ce pourrait être le grand amour ?

— Je ne sais pas, répondit-elle. Mais je m'en fiche, ajouta-t-elle avec un sourire radieux.

Il lui rendit son sourire.

— Moi aussi. Je ne faisais que te tester, afin de me laisser une porte de sortie au cas où tu dirais non. Parce que, vois-tu, je t'aime. Tu es unique, tu ne ressembles à aucune autre. Tu es la seule. Ne me quitte pas, Rafferty, jamais je ne pourrais te remplacer.

— Oh ! murmura-t-elle de nouveau, ses lèvres maintenant à quelques centimètres des siennes.

Il l'enlaça et ils s'embrassèrent. Le sable froid entrait sous le col de son pull, mais elle sentait les mains chaudes de Sam sur son corps, alors qu'il l'attirait plus près de lui. Elle se fichait même du sable dans ses cheveux. Tout ce qui lui importait, c'était l'avenir qui s'ouvrait à elle.

Ils firent l'amour pour la première fois sous le ciel étoilé, au son du murmure de la mer, dans la brise qui caressait leurs corps nus. Une histoire qui démarre sous de bons augures, songea Preshy au petit matin, sous le ciel où scintillait l'étoile du berger.

Ce même soir, assis sur la véranda, un verre de vin à la main, ils contemplaient le ressac incessant des grosses vagues grises, tandis qu'une brise bruissait dans les tamaris.

— Je dois te faire un aveu, commença-t-elle d'un ton inquiet.

— Je suis curieux de l'entendre, fit-il en se tournant vers elle et en souriant.

Penaude, elle reprit :

— Je t'ai soupçonné d'être impliqué dans la mort de Lily. Et même d'avoir ourdi le complot avec

Bennett. Bien sûr, je ne te connaissais pas bien à ce moment-là, ajouta-t-elle bien vite, provoquant l'hilarité de Sam.

— Ne recommence jamais à t'imaginer des choses pareilles, se contenta-t-il de dire.

— Promis.

— C'est tout ?

— Mon aveu ? Oui, c'est tout.

— Bien. Vu les circonstances, je te pardonne. Allons, Rafferty, continua-t-il en riant, tu avais parfaitement le droit de te poser des questions à mon sujet. Mais désormais c'est fini.

— Oui, acquiesça-t-elle, submergée par un immense sentiment de soulagement.

Le passé était le passé, la vie devait continuer.

— Et que vas-tu faire, maintenant ? demanda-t-elle.

Il réfléchit un instant.

— Je dois passer à autre chose... Je vais vendre cette maison, peut-être acheter un nouveau bateau, un nouveau chien... Essayer de recommencer à écrire.

Il tourna la tête vers elle.

— Et toi ? demanda-t-il.

— Oh ! fit-elle en feignant la désinvolture, je suppose que je vais rentrer à Paris.

— La plus belle ville du monde.

Ils se regardèrent droit dans les yeux. C'est alors qu'il lui prit la main.

— Ne me laisse pas, Rafferty, reprit-il d'une voix calme.

— Pourquoi ?

— Parce que je t'aime.

Ses mots la comblèrent de joie.

401

— Tu as une drôle de façon de le montrer, constata-t-elle, une lueur taquine dans le regard. Et si tu m'embrassais ?

Il le fit. Les choses s'enchaînant, il s'écoula encore une semaine, puis ils rentrèrent enfin chez eux, à Paris, pour une nouvelle vie. Ensemble.

78

Paris

Il y avait longtemps que Preshy était partie, et Miaou s'ennuyait toute seule. Elle était assise au beau milieu du lit de sa maîtresse, les pattes délicatement jointes, avec une expression sévère, comme si elle complotait quelque chose. Après un moment, elle se leva, étira l'une de ses longues pattes avant couleur chocolat, puis en fit autant avec l'autre. Enfin, elle se mit en quête d'une occupation.

Elle commença par s'arrêter dans la cuisine, où elle renifla, sans y toucher, la gamelle remplie par la gardienne le matin. Elle bondit sur le plan de travail et l'arpenta sur toute sa longueur avant d'y trouver une boîte d'œufs et une miche de pain déposées par la gardienne en prévision du retour de Preshy.

Sa trouvaille lui parut intéressante. Elle renifla la boîte, lui donna des coups de patte, et ne tarda pas à l'ouvrir. Elle y découvrit six œufs, ronds comme des balles, et sembla trouver qu'il serait très amusant de jouer avec. Elle en sortit un, le fit rouler sur le comptoir et le vit s'écraser sur le sol carrelé avec un bruit sourd. Intriguée, elle observa cette petite balle qui s'était transformée en goutte jaune et partit en chercher une autre, qu'elle fit rouler à son tour pour la voir elle aussi finir par terre. Elle répéta encore quatre fois son manège, jusqu'à ce que les six œufs forment une omelette sur le sol de la cuisine. Elle partit alors en quête d'un nouveau jeu.

La queue en l'air, suivant l'habitude des Siamois, elle entra d'un air digne dans la salle à manger. Toute cette activité l'avait un peu fatiguée. La grosse coupe de verre ancienne, au milieu de la table, la tentait. Elle était de taille idéale pour s'y pelotonner. Hésitant, elle posa ses pattes sur son bord et se prépara à sauter. La coupe s'inclina, se brisa sous son poids et tomba en morceaux. Perplexe, Miaou la regarda avant de se frayer prudemment un chemin entre les éclats de verre. Elle sauta de nouveau à terre et alla voir ce qui se passait dans le salon.

Assise sur la banquette sous la fenêtre, elle observa la circulation et les passants. Comme elle s'ennuyait ! Elle gratta la vitre d'une patte timide, cherchant un moyen de s'échapper. C'était impossible.

Débordant d'une énergie soudaine, elle replia ses pattes en position de détente. Puis elle traversa la pièce en trombe, fonça, sauta du canapé sur le dos des fauteuils, fila dans la chambre, s'envola sur le lit en un bond géant, tournoya sur place, transforma le couvre-lit en un tas informe, repartit comme une furie du lit au canapé et bondit sur les étagères, bousculant cadres et bibelots.

Une fois l'appartement sens dessus dessous, satisfaite, elle s'assit sur une étagère, les pattes jointes dans une pose de la plus gracieuse innocence. C'est là qu'elle remarqua la statue du guerrier Xi'an : elle frotta affectueusement son oreille contre, de plus en plus énergiquement. Le guerrier chancela, bascula et se retrouva en équilibre instable sur le bord de l'étagère. Intéressée, Miaou le regarda glisser en avant, centimètre par centimètre, pour finir par tomber. Très digne, elle s'avança jusqu'au bord et contempla les morceaux éparpillés sur le plancher.

Étrange ! Tout comme les jolies balles marron clair qui avaient fini en grosses gouttes jaunes, la statue, elle aussi, trompait par son apparence.

Regagnée par l'ennui, elle retourna sur la banquette sous la fenêtre, tourna en rond deux ou trois fois, avant de s'installer sur son coussin favori en attendant le retour de Preshy.

79

En route pour Paris

Sam dormit pendant presque tout le vol qui les ramenait en France. Il a l'air apaisé, constata Preshy en le regardant avec tendresse. Elle était prête à parier qu'il n'avait pas connu un tel repos depuis des années. Mais, désormais, les souvenirs douloureux concernant Leilani et Bennett étaient dépassés, et elle savait que, pour lui comme pour elle, la vie était sur le point de changer. Ensemble, ils allaient prendre un nouveau départ.

Le mot « bonheur » dansait devant les yeux de Preshy. Allait-elle enfin connaître cet état de félicité ? Et Sam ? Elle le regarda de nouveau et se dit que oui.

Paris se profila sous leurs yeux, encore partiellement enneigé, et toujours la plus belle ville du monde.

Le pilote informa les passagers qu'ils étaient sur le point d'atterrir, et Preshy donna un petit coup de coude à Sam.

— Nous sommes presque arrivés, lui dit-elle avec un sourire.

Il se frotta les yeux et la regarda d'un air embrumé.

— Et ce soir je te ferai la meilleure omelette de ta vie, reprit-elle.

— Quelle bonne idée ! approuva-t-il, souriant.

— Rien n'est aussi agréable que rentrer chez soi, déclara Sam un peu plus tard, alors que Preshy ouvrait la porte.

Dehors, il tombait de la neige fondue et il faisait très froid. Mais dans l'appartement les radiateurs étaient brûlants. Avec un miaulement de joie, la chatte surgit de l'obscurité.

— Miaou, ma Miaou ! s'exclama Preshy en la serrant dans ses bras, riant de bonheur, tandis qu'elle activait du coude l'interrupteur.

La lumière se fit, les laissant tous deux abasourdis face au spectacle qui s'offrait à leurs yeux.

— On dirait qu'il y a eu un cyclone ! fit Sam, stupéfait.

— Oh ! Miaou, qu'as-tu fait ? demanda Preshy, horrifiée, constatant que la précieuse coupe ancienne avait volé en éclats, que les cadres de photos et les bibelots étaient brisés.

Elle trouva son couvre-lit en boule dans la chambre, et le carrelage de la cuisine souillé d'œufs.

— Tant pis pour l'omelette ! fit remarquer Sam, pragmatique.

Mais Preshy était déjà en train d'inspecter les dégâts dans le salon.

— Sam, viens voir ! fit-elle d'une voix pressante.

Sur le morceau de soie rouge dans lequel il avait été emballé, le collier scintillait de tous ses joyaux.

— Le collier de ma grand-mère ! s'exclama-t-elle, émerveillée. Lily l'avait caché dans la statue qu'elle m'avait envoyée pour qu'il soit en lieu sûr. Regarde, Sam, c'est une splendeur !

Elle le ramassa et caressa la perle géante d'un doigt hésitant. La froideur du contact la surprit, et, se rappelant sa provenance, elle s'empressa de poser le collier sur la table de la salle à manger. Immobiles, ils restèrent à le contempler.

— Voilà pourquoi Bennett a tué Lily, fit Sam. Ce bijou vaut probablement une fortune. Je parie qu'il a aussi tué sa femme pour son argent, mais comme il n'en a pas hérité il lui a fallu trouver une autre source de revenus. Hélas, Rafferty, tu as été sa nouvelle proie, car lorsque son plan est tombé à l'eau il s'est rabattu sur le collier. Or Lily était un obstacle, et comme elle ne le lui a pas donné, il l'a tuée. Mais il n'avait toujours pas le bijou. C'est là que, grâce aux renseignements fournis par Mary-Lou Chen, la piste l'a ramené de nouveau à toi…

— Qu'allons-nous en faire, maintenant ?

Elle contemplait la perle macabre qui luisait comme un rayon de lune sur la table de verre fumé. Sam prit le collier et le lui attacha autour du cou. Les joyaux scintillaient lugubrement.

— C'est somptueux ! s'exclama-t-il avec admiration.

— Il n'est pas à moi, répliqua Preshy avec un frisson. Il a été volé à une impératrice défunte. Il appartient à l'Histoire. Il doit retourner chez lui, en Chine. Je vais en faire don à l'État chinois. Peut-être trouvera-t-il sa place dans un musée ?

Sam acquiesça :

— Je vais téléphoner à l'ambassade. Je suis sûr que ton don va ravir nos amis chinois.

Elle prit la chatte dans ses bras et lui murmura, en embrassant ses soyeuses oreilles chocolat :

— Si tu n'avais pas été là, vilaine Miaou, nous ne l'aurions jamais trouvé.

Avec un regard triomphant en direction de Sam, Miaou posa ses pattes sur les épaules de Preshy. La chatte se moquait de lui, il en aurait mis sa main au feu.

Il gagna la cuisine pour nettoyer le désastre sur le sol. Preshy l'avait suivi. Il se retourna et la regarda. Un sourire illuminait son visage mince. Ouvrant les bras, il lui dit :

— Pose cette bête et viens ici, Rafferty.

Perchée sur le plan de travail, la chatte regarda sa maîtresse se blottir dans les bras tendus, puis les deux visages aux lèvres jointes.

Miaou comprit alors qu'à l'avenir la vie ne serait plus tout à fait la même.

Remerciements

Un grand merci, bien sûr, à Jen Enderlin, mon éditrice. Je lui confierais sans hésitation ma vie entière pour qu'elle l'édite. À mon agent, Anne Sibbald, et à son équipe chez Janklow & Nesbit Associates. Tous se sont occupés de moi avec un professionnalisme et une affection que je leur rends, avec ma gratitude. Et à Sweat Pea et Sunny, mes magnifiques chats, pas toujours sages (peut-être reconnaîtrez-vous l'un d'entre eux dans ce livre), et qui me tiennent compagnie durant mes longues heures d'écriture.

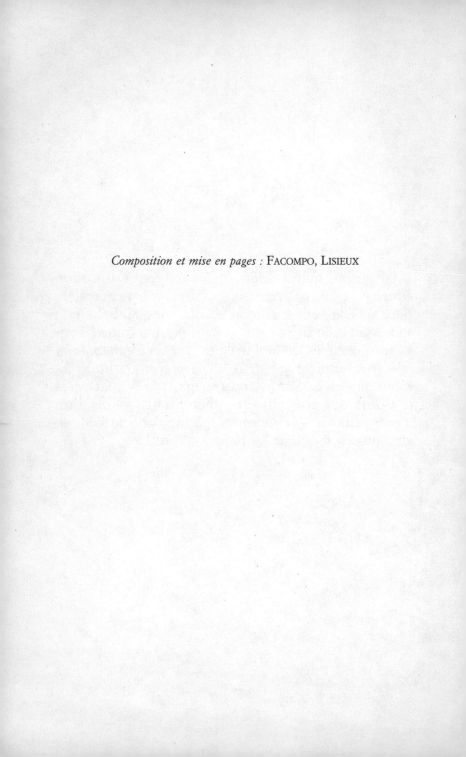

Composition et mise en pages : FACOMPO, LISIEUX

Achevé d'imprimer par GGP Media GmbH, Pößneck
en mai 2010
pour le compte de France Loisirs,
Paris